Eberhard Schröter

Walzerfahrt zum Mond

Eine Leipziger Kindheit

Lehmstedt

Satz und Gestaltung: Mareike Bardenhagen/Lehmstedt Verlag
Druck und Bindung: Memminger MedienCentrum

www.lehmstedt.de

ISBN 978-3-95797-129-6

Inhalt

Träumend über Leipzig

Fliegen war mein Lieblingstraum. Selbst am hellichten Tage konnte ich mit ausgebreiteten Armen durch die Lüfte gleiten und sogar auf der Stelle schweben. Wie eine Libelle. Das war Ende der sechziger Jahre, als ich gerade der Kindheit entwuchs. Am liebsten träumte ich im Sommer auf dem spitzen Dach unseres hohen, frei stehenden Mietshauses. Ich stibitzte das Fernglas meiner Eltern und den Bodenschlüssel, schlich von der ersten zur dritten Etage hinauf, schloss die Bodentür auf, erklomm die Stiege zum Trockenboden, suchte in der schweißtreibenden Hitze die Holzleiter, lehnte sie an den Zinkrahmen der Dachluke, ergriff den gelochten Eisenstab, klappte damit das Dachfenster nach hinten und kletterte hinaus auf das glühend heiße Dach. Frische Luft! Mich befiel ein leichter Höhenschwindel. Vorsichtig setzte ich mich auf den verwitterten Holzsteg, der eigentlich den Schornsteinfegern vorbehalten war.

Frische Luft? Bei Windstille vielleicht. Sonst roch es nach Chemie: bei Nordwind nach Bitterfeld und Wolfen, bei Westwind nach Leuna und Buna, bei Südwind nach Böhlen und Espenhain. Der Geruch verriet die Windrichtung. Zuweilen aber duftete es auch nach Garten und Wald. Das kam dann von gegenüber. Dort drüben verlief, quer zu meinem Blick, ein sandiger Fußweg. Dahinter erstreckte sich ein langer, zwei Meter hoher Lattenzaun, an dem, wie bei einem Feldrain, Unmengen von Goldruten blühten. Jene Goldruten, von denen Erich Loest später schreiben sollte, dass sie eines Tages ganz Leipzig überwuchert haben würden. Goldruten und Lattenzaun begrenzten die Friesengärten. Hinter diesem dreieckig angelegten Gartenverein breitete sich der Leipziger Auwald aus. Bis zum Horizont. Gedankenverloren schwebte ich über diesen Dschungel hinweg, genau so, wie Bernhard Grzimek einst in seinem Zebra-Flugzeug über die Serengeti flog. Seinen Film »Serengeti darf nicht sterben« hatte ich in der Filmbühne Capitol gesehen, die in Leipzig noch berühmter war als der ohnehin schon weltberühmte Film.

Jetzt griff ich zum Zeiss-Prismenfernglas, das achtfach vergrößerte und alles wunderbar räumlich zeigte. Links ragte die Villa des einstigen Kofferfabrikanten Mädler aus dem Grün, in der sich die Stasi eingenistet hatte. Ich schwenkte nach rechts über das Panorama des Auwalds und stoppte bei Leipzigs höchstem Bauwerk, der »Großen Esse«. Davor blickten die vier Flutlichtscheinwerfer des Zentralstadions aus dem Grün, des größten deutschen Stadions, das aus Kriegstrümmern der Leipziger Innenstadt aufgeschüttet worden war. In dieser Richtung schaukelten auch Riesenrad-Gondeln über den Baumwipfeln. Ein Wirrwarr von Musik stieg auf, Leute jauchzten, Jahrmarktsirenen heulten. All das wehte von der Kleinmesse zu mir herüber. Weiter rechts sah ich, dicht bei dicht, die Nikolaikirche, die Thomaskirche, den Rohbau des Uni-Hochhauses, das Neue Rathaus und schließlich, am Horizont, das Völkerschlachtdenkmal. Davor jedoch, nur einen Kilometer von mir entfernt, bohrte sich die spitze Nadel der Nathanaelkirche in den Lindenauer Himmel. Dort vorn begann meine Straße. Die Rietschelstraße.

Rietschelstraße

Mit dem Namen Rietschel wissen nur wenige etwas anzufangen. Sein berühmtestes Kunstwerk hingegen kennt fast jeder: das Goethe-Schiller-Denkmal in Weimar. Ernst Rietschel schuf es 1856/57 in Dresden, wo er im Gartenpavillon auf der Brühlschen Terrasse seine Bildhauerwerkstatt betrieb. Dabei stieß er auf ein Problem. Schiller war bekanntlich zwanzig Zentimeter größer als Goethe. So aber konnten zwei ebenbürtige Nationaldichter natürlich nicht in Bronze gegossen werden. Also modellierte sie Ernst Rietschel kurzerhand gleich groß.

Auch die Stadt Leipzig gab bei Ernst Rietschel über zwanzig plastische Werke in Auftrag. Darunter den breiten, figurenreichen Dreiecksgiebel am Augusteum. Das ursprüngliche Hauptportal dieses Universitätsgebäudes am Augustusplatz hatte Karl Friedrich Schinkel entworfen. Es war jedoch ebenfalls Ernst Rietschel, der dieses »Schinkeltor« aus dem Sandstein meißelte und noch dazu zwei selbst geschaffene Musen auf die Eckpfeiler der Balustrade stellte. Außerdem schuf er für die Aula des Augusteums zwölf große Wandreliefs zur »Kulturgeschichte der Menschheit«. Sie wurden bei den Bombenangriffen auf Leipzig zerstört, ebenso wie Rietschels Marmorbüsten in der Aula. Der klassizistische Dreiecksgiebel überlebte den Krieg. Bis 1968. Dann sprengte man neben der Paulinerkirche auch die erhaltenen Teile des Augusteums in die Luft. Zuvor waren aus seiner Wandelhalle noch schnell die vier lebensgroßen Gipsmodelle von Rietschels »Regententugenden« geborgen worden. Sie stehen jetzt auf der Empore im Foyer des Neuen Augusteums. Rietschels »Schinkeltor« indes bildet heute den Hofeingang in der blauen Glasfassade des Universitäts-Hauptgebäudes. Nur ein paar Schritte von hier entfernt, an der Moritzbastei, wurde zudem ein Denkmal von Ernst Rietschel wieder aufgestellt: die Bronzestatue des preußischen Agrarreformers Albrecht Thaer.

Der Name Rietschel begegnet einem zuweilen völlig unerwartet. Auf Weihnachtsmärkten zum Beispiel, in den Verkaufswagen der Pfefferküchlerei Groschky aus Pulsnitz. Die Firma geht auf den Schwager des Bildhauers zurück und wurde 1825 in Rietschels Pulsnitzer Geburtshaus gegründet. Deshalb bäckt Groschky auch »Rietschelkuchen«, deren goldene Pappschachteln mit den lockigen Porträts des Meisters verziert sind.

In Deutschland gibt es vierzehn Rietschelstraßen. Die Leipziger Rietschelstraße beginnt am Lindenauer Markt und zieht sich einen Kilometer lang nach Nordwesten. Auf ihrem letzten Stück verläuft sie zwischen großen, frei stehenden Altbauten auf der linken Seite und dem langen Zaun der Friesengärten auf der rechten. In der Rietschelstraße 35 wohnte Ende 1949 der spätere Schauspieler Manfred Krug mit seinem Vater zur Untermiete. Sieben Hausnummern weiter verbrachte ich meine Kindheit und Jugend.

Bis in die sechziger Jahre endete die Rietschelstraße an der quer stehenden »Stange«, einem rot-weiß lackierten Straßengeländer. Dahinter verlief ein breiter Sandweg von Lindenau nach Leutzsch. Die »Stange« entwickelte sich zu einem beliebten Treffpunkt der Jugend. Überhaupt war unser letztes Stück der Rietschelstraße eher eine Spielstraße als eine Verkehrsstraße. Autos fuhren hier kaum, am Straßenrand parkte kein einziges. Die paar, die es gab, standen in Garagen. Nur zur Frühjahrs- und zur Herbstmesse füllte sich das Kopfsteinpflaster über Nacht mit »Westwagen«.

Es war die Zeit, als die Gehwege noch mit Gaslaternen beleuchtet wurden, die der Laternenputzer pflegte. Einmal im Jahr kamen die Schleusenräumer, öffneten die Kanaldeckel, holten eimerweise stinkenden Schlick herauf und kippten ihn einfach an die Bordsteinkante. Ein Pferdefuhrwerk sammelte später die getrocknete Masse ein. Hin und wieder fuhr der Kohlenmann mit seinem Lanz Bulldog vor, dessen Motor im Sekundentakt rumpelte und nie ausging. Im Sommer warteten die Hausfrauen regelmäßig auf den Laster des Eismanns. Er vermeldete seine Ankunft mit den zwei Tönen seiner Pfeife, hackte mit dem Pickel große Brocken von schweren Eisstangen ab und verkaufte sie für ein, zwei Alugroschen. In den Wohnungen kamen sie in die Eisschränke, die nach und nach von den elektrischen Kühlschränken Kristall 63 und Kristall 140 verdrängt wurden. Im Herbst erschien dann ein mit Säcken beladener Laster, der alle Haushalte mit Einkellerungskartoffeln versorgte. Schließlich quälte sich mit rasselnder Kette noch ein elektrisches Postauto aus der Vorkriegszeit tagtäglich über das Kopfsteinpflaster. In den sechziger Jahren wurde es von einem gelben Barkas abgelöst.

All das ist längst Vergangenheit. Geblieben aber sind die Geschichten rund um die Leipziger Rietschelstraße.

Die Explosion

Unser Hof war zehn Meter lang und zehn Meter breit und mit gelben Ziegeln gepflastert. Zur Mitte hin fielen sie leicht ab. Am tiefsten Punkt lag der Gully. Beidseitig grünten Hausgärten. Vorn stand das Mietshaus mit seinen verglasten Holzbalkons. Rechts daneben führte eine Ausfahrt zur Rietschelstraße. Und hinten erstreckte sich ein breites und flaches Hofgebäude, von dem der Putz bröckelte. Darin lag ein Kontor, an das sich rechter Hand zwei Garagen anschlossen.

An einem brütend heißen Sommertag in den fünfziger Jahren war das Holztor der rechten Garage sperrangelweit geöffnet. Das zugehörige Auto stand draußen. Genau über dem Gully. Herr Brendel wusch es mit einer Art Handfeger, der an einem langen Wasserschlauch hing. Der Mann war Architekt und als solcher sehr gründlich. Er reinigte auch den Motorraum. Mit Waschbenzin. Kaum fertig, rollte er mit seiner Limousine vom Hof, um sie trockenzufahren.

Zurück blieben die Kinder, die Herrn Brendel beim Autowaschen mit Fragen gelöchert hatten. Mittendrin stand mein Vater. Als Lehrer ergriff er die einmalige Gelegenheit, endlich selbst etwas erklären zu können. Also rief er:

»Kommt mal alle her! Ich will Euch was zeigen. Riecht ihr das Benzin? Was meint ihr. Ob das brennt?«

»Jaaa!«

»Na dann, geht mal ein Stück zur Seite!«

Er zündete ein Streichholz an und warf es auf den Gully. Die Erde bebte. Ein zentnerschwerer Kanaldeckel flog in die Luft und wieder herab und zerbrach in zwei Teile. Wir Kinder stoben auseinander. Im Haus rannte alles zu den Balkonfenstern und blickte hinunter. Außer Frau Kroschel im zweiten Stock. Sie war zu behäbig, um rechtzeitig vom Klo zu kommen, als daraus eine Fontäne hochspritzte. Auch Herr Kostelnik aus dem ersten Stock erschien nicht. Er hatte Nachtschicht gehabt und lag in der Badewanne, als der Stöpsel herausknallte. Im Nu verlor er sein mühsam im Badeofen erhitztes Wasser. Zum Glück war er nicht mehr bei der Polizei. Er hatte nämlich vor Jahren politische Witze erzählt, woraufhin er entlassen wurde und für längere Zeit verschwand.

Zu Schaden kam keiner. Mein Vater musste sich aber einiges anhören. Später lobte man ihn, freilich nur hinter vorgehaltener Hand. Denn nach der Explosion gab es im Keller zunächst keine Ratten mehr. Der gesprungene Kanaldeckel indes zeugte noch jahrzehntelang von der pädagogischen Fehlleistung.

Morinol

Beim Federballspielen im Hof wetteiferten wir darum, wer den Ball am längsten in der Luft halten konnte. Zum Schmettern benutzten wir Bälle mit schweren Vollgummikuppen. Zuweilen löste sich so eine Kuppe vom Korb und pfiff davon. Wurde ein Schmetterball einmal nicht getroffen, flog er mit Vorliebe in einen der Hausgärten beiderseits des Hofs. Kroschels hatten gleich zwei davon. Es war schier unmöglich, sie zu verschonen. Direkt hinter den flachen Zäunen konnten wir die Bälle noch leicht mit den Schlägern herausholen. Doch wehe, wenn sie im Gemüse landeten. Dann musste sich einer opfern und durch die Gartentür schlüpfen. Stets rechneten wir damit, dass oben ein Fenster aufging und Frau Kroschel heruntermeckerte. Später wehrte sich die alte Dame mit Vorhängeschlössern. Notgedrungen mussten wir fortan über die Zäune hinwegklettern, was ihnen gar nicht gut bekam.

Aufwendiger war es, wenn Federbälle auf das Dach des flachen Hofgebäudes flogen, in dem sich links das Kontor der Gerhard Moran KG befand. Nur wenn keiner da war, konnten wir hinaufklettern. Dazu mussten wir die lange Holzleiter vom Trockenplatz holen, sie quer über den Hof tragen und an die linke Wand des Kontors anlehnen. Dort, wo ein Spalier aus Holzleisten an Goethes Gartenhaus erinnerte, stieg ich auf der wackligen Leiter vier Meter hoch. Der Wechsel auf die Dachpappe verursachte jedes Mal ein warnendes Bauchkribbeln. Nun war Eile geboten. Die Federbälle mussten geborgen sein, bevor Frau Kroschel rief: »Runter da! Ihr zertrampelt ja das ganze Dach!« Also rasch über das Flachdach gelaufen, die Federbälle eingesammelt und hinab in den Hof geworfen. Die Federbälle in der Dachrinne barg ich im Liegen, denn mein erneutes Bauchkribbeln signalisierte Gefahr. Jetzt aber schnell zurück zur Leiter und nichts wie hinunter.

Doch wozu diente eigentlich das Holzspalier an der Seitenwand des Flachbaus? Die Gerhard Moran KG hatte es in den sechziger Jahren anbringen lassen. Dieser private Chemiebetrieb saß in Böhlitz-Ehrenberg, unterhielt sein Kontor jedoch in unserem Hof und testete hier obendrein die Wetterfestigkeit seiner Chemikalien. Dazu wurden sie auf die Holzschindeln gepinselt, die lose an den Querlatten des Spaliers in Sonne, Regen und Wind baumelten und rätselhafte Gerüche verströmten. Manchmal standen auch verschlossene Fässer und Kanister mit undefinierbaren Flüssigkeiten herum. Noch sonderbarer erschienen uns die bröseligen, rotbraunen Schaumstoffplatten, die fünf Zentimeter dick waren, dreißig Zentimeter im Quadrat maßen und direkt auf dem Putz klebten. Sie trugen jeweils fünf dicke Kleckse aus einer säuerlich riechenden, dunklen Masse und erinnerten an übergroße Pfefferkuchen. Diese dunkle Masse sollte später unter dem Markennamen »Morinol« Karriere machen. »Morinol« war der Fugenkitt der DDR-Plattenbauten. Ohne »Morinol« aus unserem Hof wäre das enorme Wohnungsbauprogramm der DDR undenkbar gewesen.

Die Gerhard Moran KG wurde 1972 verstaatlicht und nannte sich danach VEB Bauchemie Leipzig. Das Kontor zog bei uns aus, und ein Mieter baute die leeren Räume zu zwei weiteren Garagen um. Nach 1990 galt »Morinol« dann als sehr gefährlich, weil es bis zu vierzig Prozent Asbest enthielt. Man kratzte es aus den Fugen der Plattenbauten wieder heraus und ersetzte es durch andere Dichtstoffe.

Walzerfahrt zum Mond

Die Garage in unserem Hof, die gleich rechts neben dem Kontor der Gerhard Moran KG lag, war groß. Sie war so groß, dass ihr Flachdach in der Mitte von einem stehenden Stahlträger gestützt werden musste. Öffnete sich ihr dreigliedriges Holztor, überkam mich stets ein Gefühl von Abenteuer. Denn in dieser Garage lagerten die Einzelteile eines der größten Karussells der DDR. Dort standen weiße Holzpfeiler mit aufgesetzten Laternen, Bögen voller Glühbirnen, weiße Geländer, farbige Wandteile in den verschiedensten Formen, schwere Eisenteile, Vollgummiräder, ein massiver Elektromotor und nicht zuletzt achtzehn Gondeln für je zwei Personen, die aus bunt bemaltem Blech bestanden und wie riesige, gestauchte Hauslatschen aussahen. Mittendrin stand ein Paar aus Pappmaché auf einer gelben Mondsichel und tanzte in Frack und weißem Ballkleid Walzer. An der Garagenwand lehnte schließlich ein großes Holzgestell voller Glühbirnen, dessen Schriftzug den Namen des Karussells verriet: »Walzerfahrt zum Mond«.

Die »Walzerfahrt« wurde jeweils im Frühjahr und im Herbst auf der Leipziger Kleinmesse aufgebaut, dem größten Rummelplatz des Landes. Auf dem Gelände am Cottaweg erstreckten sich über einen halben Kilometer drei lange Reihen mit Verkaufsständen, Losbuden, Spielhallen, Zuckerwatteständen, Luftschaukeln, Kinderkarussells, Kettenkarussells, Berg- und Talbahnen, Geisterbahnen, Autoscootern, Riesenrädern sowie mit einer »Schwäbschen Eisenbahn«, einer Kinderautobahn und einer Achterbahn. Ganz am Ende jedoch, gewissermaßen als Höhepunkt aller Vergnügungen, drehte sich die »Walzerfahrt zum Mond«.

Wenige Wochen vor Beginn der Kleinmesse erschienen bei uns in der Rietschelstraße die »Karússellmänner«. Mit Betonung auf dem U, wie es bei uns Sitte war. Chef der »Karússellmänner« war Herr Muske. Seine Mitarbeiter wechselten von Saison zu Saison und trugen verdächtige Namen. Den einen nannten sie »Tangoschritt«, den anderen »Karússell-Ede«. Mutter sah es nicht gern, wenn wir uns unter »dieses Volk« mischten. Doch wir wollten unbedingt dabei sein, wenn die Karússellteile immer wieder aufs Neue ausgebessert und gestrichen wurden. Manchmal durften wir sogar helfen. Oder wir bekamen etwas Farbe, um unseren »Matschtopf« neu anzupinseln. Der »Matschtopf« war eine Fünf-Liter-Blechbüchse, über deren Boden ein kleiner Wasserhahn aus Messing eingelötet war. Damit ließ es sich bei Sommerhitze vortrefflich »matschen«.

Kaum war die frische Farbe trocken, wurden die Einzelteile der »Walzerfahrt« mit Lastwagen abtransportiert und aufgebaut. Wer dann auf der Kleinmesse mitfahren wollte, musste auf einem kreisförmigen Brettersteg steil nach oben steigen und am Kassenhäuschen bei Herrn Muske seine Fahrkarte kaufen. Erwachsene 30 Pfennig, Kinder 20 Pfennig. Wir aus der Rietschelstraße erhielten Freikarten. Die Sirene heulte auf, Herr Muske gab Gas, die schräge Scheibe mit den achtzehn Gondeln rumpelte los. Erst zaghaft, wobei die speckigen Fahrkarten eingesammelt wurden. Dann schneller. Nun drehten die »Karússellmänner« einige Gondeln schwungvoll um sich selbst, vorzugsweise jene, in denen hübsche Mädchen saßen. Gewöhnliche Fahrgäste mussten ihre Gondel mit herausgestrecktem Bein meist selber drehen. Jetzt gab Herr Muske Vollgas. Der ganze Laden rumpelte und pumpelte und alles drehte sich schräg nach oben und wieder hinunter und dazu noch um die eigene Achse wie beim Wiener Walzer. Köpfe und Haare flogen nur so nach außen. Und in der Mitte, auf der Mondsichel, tanzte das schwarz-weiße Paar seinen Walzer. Von Walzertakten konnte indes keine Rede sein. Aus den Lautsprechern plärrten vielmehr englische und westdeutsche Schlager vom Tonband. Der Plattenspieler und die AMIGA-Singles im Schallplattenständer dienten lediglich als Alibi für mögliche Kontrollen.

Nachdem die Kleinmesse einmal zu Ende war, besuchte ich mit meinem Bruder die Großeltern an der Angerbrücke. Sie besaßen den Tabakladen gegenüber dem Straßenbahnhof »Deutsch-Sowjetische Freundschaft«. In seinem ersten Leben war Großvater Friseur gewesen. Um sich fit zu halten, übte er regelmäßig an unseren Köpfen. Das kratzte und ziepte furchtbar, und mit juckenden Hemdkragen flohen wir so schnell wie möglich nach Hause. Diesmal führte unser Weg über den nahegelegenen Messplatz. Die Buden und Fahrgeschäfte waren weitgehend abgebaut, von der »Walzerfahrt« stand nur noch der hölzerne Unterbau. Dort aber entdeckten wir einen Schatz. Nein, nicht etwa das verlorene Kleingeld. Das war längst aufgesammelt. Was wir fanden, waren Dutzende von Kämmen. Welch ein Glück, dass wir eine alte Aktentasche mithatten. Als wären es Goldstücke, stopften wir die Kämme gierig hinein, bis kein einziger mehr herumlag. Zurück in der Rietschelstraße breiteten wir unseren Schatz aus und erwarteten große Bewunderung. Unsere Mutter schien jedoch überhaupt nichts von Schätzen zu verstehen. Sie ekelte sich und schrie irgendetwas von Milben und Läusen und so. Wir sollten »das da« sofort aus der Wohnung schaffen. Ehe wir uns versahen, landete unser Schatz im Müll.

Die »Walzerfahrt zum Mond« wurde bald von einem ähnlichen Schicksal ereilt. Von Messe zu Messe klapperte sie mehr, und Ende der sechziger Jahre wurde sie von der Baupolizei gesperrt. Herr Muske schulte zum Straßenbahnfahrer um, die »Walzerfahrt« verschwand aus der Garage in der Rietschelstraße und machte Platz für unseren neuen Wartburg sowie einige Fahrräder.

Stabil-Baukasten

Nicht nur auf der Leipziger Kleinmesse drehte sich ein Riesenrad, sondern auch bei uns zu Hause. Jedes Jahr wurde es aufs Neue aus den Metallteilen des Stabil-Baukastens zusammengeschraubt. Die vier Kästen von »Walthers Stabil« stammten aus der Jugendzeit unseres Vaters. Für das Riesenrad reichten sie gerade so. Zunächst bogen und schraubten wir ein großes Rad aus langen Locheisen zusammen. Danach montierten wir zwei dreieckige Stützen aus Winkeleisen auf mehrere Lochplatten, die noch ein Geländer und ein Kassenhäuschen erhielten. Schließlich hängten wir das Rad ein und versahen das vordere Ende seiner überstehenden Achse mit einem großen Zahnrad. Sein Gegenstück, das kleine Zahnrad, fand seinen Platz weiter unten, bekam eine Kurbel, und über die Zacken beider Räder spannten wir eine Kette. Schon lief der Antrieb. Das Wichtigste aber fehlte noch: die vier Gondeln. Die hatte unser Vater einst originalgetreu aus Pappe ausgeschnitten und zusammengeklebt und rot, blau, gelb und grün angemalt. Wir fügten ihre Aufhängungen in das große Rad – und fertig. Dieses Riesenrad bauten wir stets zur Weihnachtszeit und stellten es in die Wohnstube. Am liebsten vor das Doppelfenster mit dem Blick auf die verschneiten Friesengärten. Bei klirrendem Frost wuchsen an den äußeren Scheiben die wunderbarsten Eisblumen.

Einfaches Kurbeln reichte bald nicht mehr. Auch beim Spielzeug hatte längst das Elektrozeitalter begonnen. Folglich bekam das Riesenrad einen kleinen Motor, der von einer Flachbatterie gespeist wurde. Zudem brachten wir kleine Glühbirnen an, selbst am großen Rad. Dafür hatte mein großer Bruder, der spätere Ingenieur, raffinierte Schleifkontakte entwickelt. Licht an! Motor an! Wie romantisch das in dem dunklen Wohnzimmer anzusehen war. Der Weihnachtsbaum ertrug diese Konkurrenz allerdings nicht lange. Zuerst verlor er seinen Schokoladenschmuck, dann die Nadeln. Am Ende wurde er zerhackt und im Badeofen verheizt.

Nachdem das Riesenrad wieder demontiert war, konnten wir mit dem Stabil-Baukasten anderes bauen. Bei lediglich vier Kästen stieß unser Schöpfertum jedoch bald an Grenzen. Zwar boten die Anleitungshefte Beispiele für Zugbrücken, Maschinen, Autos, Schiffe oder Flugzeuge. Doch für die ganz großen Konstruktionen wie die Londoner Tower Bridge, den Berliner Funkturm oder gar eine Achterbahn fehlten die Teile. Sie reichten aber noch für eine »Walzerfahrt zum Mond«. Ihre Karussellscheibe drehte sich schräg wie beim Original und wurde wie dort von einem Elektromotor angetrieben. Ein runder Aufstieg mit Geländer führte hinauf zum Kassenhäuschen, in dem ein Püppchen den Herrn Muske ersetzte. Ringsum ragten locheiserne Pfeiler empor, auf denen kleine Glühbirnen leuchteten. Und die Gondeln? Die konstruierte mein Bruder aus Pappe. Sie drehten sich sogar um die eigene Achse. Farbe indes bekamen sie keine mehr.

Schneller als gedacht, waren wir Jungs dem Baukasten-Alter entwachsen. Unser Vater bat uns, alle Teile gewissenhaft einzuölen und verstaute die Kästen für die nächste Generation. Als diese jedoch das passende Alter erreicht hatte, galt ein Stabil-Baukasten längst als »uncool«.

Indianer

Von Winnetou und Old Shatterhand hatte ich zwar gehört, doch die Karl-May-Bücher kannte ich nicht. Folglich war ich beim Spielen ein namenloser Indianer oder Cowboy, je nachdem. Keiner von uns Kindern kam je auf die Idee, dass Cowboys eigentlich Viehhirten waren. Für uns waren das Männer, die den ganzen Tag ritten und wild um sich schossen. Sie zählten zu den Bösen, die den Indianern das Land raubten, während die Indianer ihre Heimat verteidigten und folglich die Guten waren. So hatte man uns erzogen. Als 1966 der Indianerfilm »Die Söhne der großen Bärin« in die Kinos kam, wollten alle Jungs natürlich Tokei-ihto sein. Keiner wollte zu den weißen Männern gehören und schon gar nicht Red Fox heißen.

Meine Karriere als Indianer begann im Alter von fünf Jahren. Im Sommer 1960 in Westberlin. Oma Frieda, die in der Rietschelstraße mit uns zusammen wohnte, besuchte damals ihre Schwester Lina in Berlin-Steglitz und nahm mich mit. Einen Western sah ich dort nicht. Selbst die Winnetou-Filme waren noch nicht einmal gedreht. Was mich zum Indianer machte, war etwas anderes. Und das kam so:

Wir unternahmen eine Schiffstour und fuhren in die Schleuse am Zoo. Ich blickte aus dem Fenster, das knapp über dem Wasserspiegel lag. Plötzlich stieg das Wasser und stieg und stieg. Das Schiff sank! Ich bibberte vor Angst. Oma Frieda und Tante Lina versuchten, mir zu erklären, dass das Schiff in Wirklichkeit nicht sank, sondern gemeinsam mit dem Wasser stieg. Sie schienen recht zu behalten. Trotzdem, der Schrecken blieb. Zum Trost durfte ich mir eine Kleinigkeit wünschen. Ich wusste sofort, was ich brauchte. Einen Indianerstutz. Und zwar so einen, wie ich ihn in einem Steglitzer Schaufenster gesehen hatte. Also gingen wir zu dem Spielzeugladen, und ich bekam diesen prächtigen Federschmuck. Er bestand aus einem blauen Stirnband und zwei Schleppen und war rundum mit echten, buntgefärbten Federn geschmückt. Was für ein Schatz! Dazu wünschte ich mir gleich noch den passenden Zündplättchen-Revolver. Der galt den Damen hingegen als verdammenswertes Kriegsspielzeug und wurde mir verwehrt. Sie hatten keine Ahnung, dass ich als Indianer unbedingt bewaffnet sein musste. Nur so konnte ich mich auf den Kriegspfad begeben und schließlich die ersehnte Friedenspfeife rauchen.

Wieder zurück in Leipzig war ich der zünftigste Indianer der Rietschelstraße. Andere Kinder jedoch schossen mit Zündplättchen-Revolvern. Erfreulicherweise klickten sie nur leise, weil die langen Rollen mit den Zündplättchen längst verschossen waren. Um dennoch mithalten zu können, baute ich mir aus frischer Weide und Bindfaden einen Flitzebogen. Damit fühlte ich mich gleich wie ein richtiger Indianer. Später ergänzten die Eltern meine Bewaffnung mit einem Tomahawk und einem Messer aus Plastik. Einmal musste ich aber noch versuchen, an einen Zündplättchen-Revolver heranzukommen. Dazu zog ich Tante Martha ins Vertrauen.

Tante Martha war eine weitere Schwester von Oma Frieda. Sie fuhr jedes Jahr über Westdeutschland nach Belgien. Auch nach dem Mauerbau von 1961. Sie war ja Rentnerin. In Belgien besuchte sie ihren Sohn, der dort im Krieg stationiert gewesen war und eine Belgierin geheiratet hatte. Ich konnte Tante Martha davon überzeugen, wie unverzichtbar so ein Zündplättchen-Revolver für einen Indianer wie mich war. Und tatsächlich, sie brachte mir einen Colt mit. Er trug sogar zwei Häuptlingsprofile auf den Griffschalen. Dazu bekam ich eine große Rolle Zündplättchen mit zehn mal hundert Schuss. Leider war die Pistole das billigste Modell. Sie sah zwar aus wie ein Colt, bestand allerdings nicht aus schwerem Metall wie die Revolver meiner Spielkameraden, sondern aus grauem Plastik. Ihr Lauf ließ sich nicht nach unten knicken und die Trommel drehte sich nicht beim Schießen. Ich hoffte, dass Tante Martha meine Enttäuschung nicht spürte. Jedenfalls gab ich mir große Mühe, keinerlei Gefühle zu zeigen. Ganz wie ein echter Indianer.

Für richtige Indianerschlachten fehlte uns das Personal. Also holten wir Kinder unsere Spielzeugindianer und Cowboys aus Lineol und Gummi aus den Kinderzimmern, beschrifteten sie an den Füßen mit unseren Namen und schlugen noch einmal die große Indianerschlacht vom Little Big Horn. Die meisten kämpften an der Seite von Tatanka Yotanka alias Sitting Bull. Kaum einer entschied sich für General Custer. Kein Wunder, dass die amerikanische Armee auf unserem Trockenplatz erneut verlor.

Die üblichen Personalbögen der DDR enthielten Fragen wie diese: »Haben Sie sich im kapitalistischen Ausland aufgehalten, insbesondere in der BRD oder in Westberlin?« Irgendwann schrieb ich da hinein: »Ja. 1960. In Westberlin. Im Alter von fünf Jahren.« Nachgefragt hat keiner.

August 1961

Am 3. August 1961 bekam unsere Familie Nachwuchs. Ich war sechs Jahre alt, mein Bruder schon zehn. Mutter und Töchterchen befanden sich wohlauf. Vater auch. Ein paar Tage später holten wir sie im Waldstraßenviertel ab. In der Städtischen Frauenklinik Eitingon. Hätte ich das Wort Eitingon damals nach Gehör schreiben sollen, wäre »Eidegon« daraus geworden, weil man es rundum so aussprach.

Wir nahmen eine Taxe. Das kam sonst nie vor, denn die fünfundsechzig Pfennig pro Kilometer plus Grundgebühr und Wartezeit waren für uns viel Geld. Bei dem sowjetischen Automodell namens Wolga versanken wir, je nach Gewicht, unterschiedlich tief in den Sitzen. Vater hatte sich schwer mit Technik behängt. Schließlich wollte er das Familienereignis ja mit dem Fotoapparat Werra, der Schmalfilmkamera Pentaka 8 und mit Hilfe des Belichtungsmessers Weimarlux für alle Zeiten festhalten.

Mutter trat aus dem Portal und schritt auf uns zu. Stolz trug sie das Würmchen im Arm, das in eine Babydecke gewickelt war und ein rosa Mützchen trug. Sie beugte sich etwas herab, ließ uns hineinsehen und die Wangen unseres Schwesterleins streicheln. Vater filmte derweil und knipste und rief: »Hierher gucken!« Dabei lief er rückwärts und seitwärts und um uns herum. Wir überreichten Mutter einen großen Strauß Sommerastern. Vater konnte seine Frau erst nach getaner Arbeit in den Arm nehmen. Hier wie bei anderen Ereignissen ließ mich nie das Gefühl los, dass für Vater das Dokumentieren stets wichtiger war als das Ereignis selbst.

Die Taxe, die noch mit einem umlaufenden, schwarz-weißen Karoband gekennzeichnet war, hatte inzwischen gewartet. Wir stiegen ein, halfen Mutter und fuhren über das Elsterbecken und durch ein Stück Auwald nach Hause. In der Rietschelstraße wartete bereits Oma Frieda mit einem eigenen Blumenstrauß. Auch ein frisch gestrichenes Gitterbettchen und eine emaillierte Kinderbadewanne standen bereit. Plastikbadewannen gab es noch nicht. Das Plastikzeitalter begann eben erst. Ach, wie freuten wir Brüder uns mit den Eltern und der Oma über unser Schwesterchen! Doch leider bestanden diese Tage nicht nur aus Freude.

Kurz zuvor war bei uns die Nachricht vom Tod Onkel Richards aus Westberlin eingetroffen. Der Onkel meines Vaters hatte uns zuweilen mit seinem tuckernden VW Käfer besucht. Vater hatte ihn immer wieder in Berlin-Britz besucht, wenn er in Berlin-Hauptstadt zu tun gehabt hatte. Nun wollte er Onkel Richard die letzte Ehre erweisen. Im Blumenladen am Bahnhof Friedrichstraße bestellte er einen Kranz mit Trauerschleife, holte ihn ab, kaufte sich eine Fahrkarte und fuhr mit der U-Bahn zur Beisetzung nach Britz. Danach übernachtete er noch bei Tante Lisbeth und fuhr am Sonntag zurück. Die Tante gab ihm ein hochwillkommenes Geschenk für meine Mutter mit: eine blaue Baby-Box von Penaten.

Wenige Tage später kam der 13. August 1961. Um ein Haar hätten sie unseren Vater ausgemauert.

4-3-4-3-6

In den sechziger Jahren erhielten wir ein Telefon. Die Nummer lautete 4-3-4-3-6. Erste Gespräche, die ankamen, verliefen etwa so:

»Schröter.«

»Herr Winkler? Hier ist Frau Lohse. Würden Sie mir bitte ein Pfund Butter zurückzulegen?«

»Hier ist nicht Winkler. Hier ist ein Privatanschluss.«

»Ist dort nicht 4-3-4-3-6?«

»Doch. Wir haben die Nummer von Kaufmann Winkler bekommen. Seine neue kennen wir nicht.«

»Oh, Entschuldigung.«

Das war aber noch nicht alles. Wir hatten obendrein nur einen halben Anschluss, das heißt, einen Gemeinschaftsanschluss mit Familie Hornig unter uns im Erdgeschoss. Entweder konnten sie telefonieren oder wir. Beide gleichzeitig ging nicht. Jedes Mal, wenn die anderen telefonierten, war die eigene Leitung tot. Dafür sorgte ein schwarzer Kasten auf dem Stubenbalkon, in dem es zuweilen knackte und dessen Inhalt mein großer Bruder fachkundig »Relais« nannte. Immer dann, wenn einer den Hörer von der schwarzen Bakelit-Gabel nahm, knackte es auf dem Balkon. Ein Ortsgespräch kostete damals fünfzehn Pfennig. Ferngespräche mussten beim Fernamt angemeldet werden.

Nun genoss unsere Mutter als »Hausvertrauensmann« in der Tat das Vertrauen der Hausgemeinschaft. Das ging so weit, dass uns einige Mieter gern einmal besuchten. Meistens zum Telefonieren. Dabei verließen wir diskret die Stube. Anschließend bezahlte zum Beispiel Frau Kostelnik zwanzig Pfennig pro Gespräch. Wie in einer Telefonzelle. Bei Frau Schmidt war das komplizierter. Sie musste hin und wieder mit ihrer Schwester telefonieren, die nördlich von Berlin wohnte. Nachdem ein solches Gespräch beim Fernamt angemeldet war, konnte es Stunden bis zum Rückruf dauern. Vorzugsweise geschah das am Abend. Wenn sich das Fernamt schließlich meldete und die Verbindung herstellte, drückte Vater die Stoppuhr, die er extra angeschafft hatte. Ich musste das Treppenhaus hinunterwetzen und klingeln. Frau Schmidt stand schon in den Startlöchern, schnappte ihr Portemonnaie und rannte die Holzstufen hinauf zum Telefon. Wir verließen das Wohnzimmer. Ein Ferngespräch war teuer. Die Zeit lief. Die Schwestern hatten sich immer viel zu erzählen. War der Hörer endlich aufgelegt, erschien Frau Schmidt im Flur, Vater drückte erneut die Stoppuhr und notierte das Ergebnis sekundengenau in der Tabelle, die neben dem Telefon lag. Er blickte auf den Telefontarif, rechnete den Betrag aus und fügte ihn hinzu. Frau Schmidt bezahlte und schwatzte in der offenen Wohnungstür noch eine Weile mit Mutter.

Das gesamte Geld aber, das beim Telefonieren zusammenkam, wanderte in den rückwärtigen Schlitz des roten Spielzeugtresors aus Plastik, der irgendwann als Telefonkasse angeschafft worden war. Sein Gewicht nahm stetig zu. Besonders nach dem zwanzigsten Jahrestag der DDR 1969, als neben den Alumünzen auch 20-Pfennig-Stücke aus Messing und 5-Mark-Stücke aus Kupfernickel eingeführt wurden.

Die Schwindelbrücke

Eine Viertelstunde von unserem Haus entfernt, mitten im Auwald, stand eine hölzerne Brücke. Sie führte über die damals sehr verschmutzte Kleine Luppe. Eines Tages nahm mich Oma Frieda bei der Hand, und wir spazierten genau dorthin. Sie musste einen Grund gehabt haben. Kaum waren wir an der Brücke angelangt, beugte sie sich zu mir herab und sagte eindringlich:

»Das ist die Schwindelbrücke. Da musst du jetzt drübergehen. Ganz allein. Wenn du geschwindelt hast, stürzt du ins Wasser.«

Das schlechte Gewissen stieg in mir auf. Mein kleiner Leib erzitterte. Alles sträubte sich. Ich blickte Oma Frieda wehleidig in die Augen, zog an ihrer Hand und wimmerte:

»Nein, Oma. Bitte nicht. Ich will nicht über die Schwindelbrücke.«

Sie blickte gnädig zurück und antwortete schlicht: »Na gut.«

Wir änderten die Richtung, liefen ein Stück auf dem Damm der Kleinen Luppe entlang und über Trampelpfade zurück nach Hause. Je weiter wir uns von der Schwindelbrücke entfernten, desto leichter wurde mir ums Herz. Ich nahm mir vor, nie wieder zu schwindeln. Jedenfalls nicht unnötig.

Später ließ sich die Schwindelbrücke nicht mehr meiden. Im Winter nicht, weil es über sie hinweg zum Rodeln auf die alte Radrennbahn oder ins Zentralstadion ging. Im Sommer nicht, weil über sie ein Radweg in den Wald führte. Ich stürzte allerdings nie ins Wasser. Die Geschichte von der Schwindelbrücke hatte sich als Schwindel erwiesen.

Jedoch nicht ganz. Denn im April 1945, kurz bevor die Amerikaner die damalige Reichsmessestadt befreiten, befreiten sich viele Leipziger auch selbst. Wenigstens von einigen Lebenslügen. Zu mitternächtlicher Stunde belebte sich der Auwald. Junge Frauen und Senioren schlichen mit Rucksäcken zu den Brücken über Elster, Pleiße und Luppe. Schweigend warfen sie hinab, was ab sofort gefährlich werden konnte: Urkunden, Orden, Abzeichen, Dolche, Pistolen, Munition, Uniformteile, zerrissene

Parteibücher und viel Gedrucktes wie Zeitungen, Zeitschriften sowie Bücher wie »Mein Kampf« und »Der Mythus des 20. Jahrhunderts«. Der Überlieferung zufolge verwandelten sich Leipzigs Flüsse kurzzeitig in strömende Papierteppiche. Vielleicht rührte die Geschichte mit der Schwindelbrücke ja von daher.

Der Mumans

Der Mumans hatte Menschengestalt, trug ein schwarzes Zottelfell und blickte aus kleinen Augen, die, wenn er wütend wurde, feurig mit Blut unterliefen. Wer unvorsichtig war, konnte dem Mumans durchaus begegnen, denn er lebte in unserem Keller. Das erzählte zumindest Oma Frieda. Von da an traute ich mich nur noch bei Tage hinunter. Wenn es zum Beispiel hieß: »Eberhard, hol doch mal ein Glas Gurken hoch!« Es half kein Weh und Ach. Ich musste hinunter und die Holztür zur Kellertreppe aufschließen, die bestimmt aus gutem Grunde inwendig mit Stahlblech beschlagen war. Ich musste das Licht für die Kellertreppe einschalten, unauffällig hinabsteigen, das Vorhängeschloss an unserem Kellerverschlag öffnen und mich vorsichtig durch die Lattentür hineinschleichen.

Hier gab es zunächst keinen Strom. Nur eine Kerze. Die kleinen Fenster sorgten tagsüber jedoch für ein mattes Dämmerlicht. Ich brauchte also keine Taschenlampe. Gleich links stand die Kartoffelhorde, in der nächsten Ecke waren die Kohlen gestapelt. Ja, gestapelt. In anderen Kellern lagen sie so auf dem Haufen, wie sie der Kohlenmann hingeschüttet hatte. Bei uns nicht. Unser Vater schwärmte von Berlin, wo die Briketts schon fertig gestapelt auf hölzernen Kohlentragen hinabgeschleppt würden. Deshalb seien die Berliner Keller auch nicht derart verdreckt wie hier, meinte er.

Ich griff nach dem Beil und lauschte. Vielleicht schlich sich ja gerade der Mumans heran. Nichts dergleichen. Schnell das Beil wieder in den Hackeklotz geschlagen, zum Regal gelaufen, die Reihe der kohleverstaubten Einweckgläser überflogen und eines mit Gewürzgurken herausgegriffen. Dann zurück in den Vorraum des Kellers und das Vorhängeschloss wieder zugeschnappt. Da passierte es. Plötzlich Finsternis. Hatte doch so ein unbedarfter Mieter oben das Licht ausgeschaltet. Dabei konnte jede Sekunde der Mumans auftauchen! Ich tastete mich, mit der linken Hand das Gurkenglas fest an die Brust gedrückt, mit der Rechten zur Kellertreppe. Selbstredend hatte der Unbedarfte dort oben auch die Kellertür geschlossen. Es könnte ja sein, dass Ratten hinunterrennen. Ich fand die Treppe im Schimmer des gespenstergrünen Leuchtpfeils, der im Krieg den Weg zum Luftschutzraum gewiesen hatte. Mein Bruder, der nebenbei bemerkt nichts vom Mumans hielt, behauptete, der Pfeil sei radioaktiv. Man müsste ihn bei Gelegenheit mal mit einem Geigerzähler untersuchen. Jedenfalls sollte ich die Leuchtfarbe weder berühren noch abkratzen. So, nun ein letztes Mal in die Finsternis gelauscht. Kein Mumans. Jetzt aber nichts wie weg hier. Um Haaresbreite war ich dem Ungeheuer nochmal entwischt. Von dieser Gefahr hatte meine Mutter, die schon ungeduldig auf die Gurken wartete, natürlich keinen blassen Schimmer. Oma Frieda allerdings tauschte wissende Blicke mit mir aus.

Jahre später nahm ich meine kleine Schwester an die Hand, führte sie in den finsteren Keller hinab und weihte sie in das Geheimnis vom Mumans ein. Mittlerweile hat sie Physik studiert und sogar promoviert. Doch bei dem Wort »Mumans« fährt ihr immer noch der Schrecken in die Glieder.

Die Birne

Von hinten gesehen bildete unser Haus mit dem linken Nachbarhaus eine Schlucht. Sie war zehn Meter breit und zehn Meter hoch. Mittendrin markierte ein schier unüberwindlicher Lattenzaun die Grenze zwischen beiden Anwesen. Jenseits betrieb Herr Berger einen Hühnerhof. Diesseits lag unser Trockenplatz, und Richtung Straße grünte unser Familiengarten. Er grenzte unmit telbar an den Hühnerhof, der zu einer Art Hochsicherheitstrakt ausgebaut war. Direkt am Zaun steckten Bleche in der Erde, damit sich die Hühner nicht hindurchscharrten. Oben waren Plastiknetze auf den Zaun gepflanzt, damit das Federvieh nicht fortflatterte. In diese unangenehm riechende Schlucht drangen nur nachmittags ein paar Sonnenstrahlen.

Dennoch hatte sich unser seliger Opa Max in der Kunst des Gartenbaus versucht. In die Mitte unseres Hausgartens hatte er einen kümmerlichen Apfelbaum gepflanzt, dessen mehlige Früchte von gefräßigen Maden bewohnt waren. Die kleinen Äpfel fielen bereits vor ihrer Zeit auf die paar Grashalme, die einmal eine Wiese hatten werden sollen. Einzig die drei Sauerkirschbäume am Hühnerzaun und die Maiglöckchen darunter gediehen ganz prächtig. Dazwischen fand noch eine Sandkiste Platz. Ihr Boden war, ebenso wie der lange und schmale Gartenweg, mit alten Ofenkacheln ausgelegt. Ihre Glasur erzeugte unter den Schuhsohlen jenes Kreischen, das ein jeder vom Kratzen des Fingernagels über die Wandtafel kennt. Neben den Kacheln wuchsen Stachelbeer- und Johannisbeersträucher, die nur eine kurze Lebensspanne hatten. Auch meine Sonnenblumen schafften es nicht über die Größe von Margeriten hinaus. Nur der Birnbaum, der am Zaun zum Trockenplatz stand, bekam etwas mehr Sonne. Birnen trug er trotzdem nicht.

Doch dann! O Wunder! Er blühte! Allen Unkenrufen zum Trotz zauberte er sogar ein Birnlein hervor. Wir gossen fleißig, und das Birnlein wuchs zur Birne heran. Vom Fenster unseres Kinderzimmers aus konnten wir das genau beobachten. Jeden

Abend und jeden Morgen kontrollierten wir ihr Wohlergehen. Längst gehörte die Birne mit zur Familie. Im Unterschied zu den mehligen Äpfeln wurde die Birne groß und saftig. Da sie an einem zierlichen Zweig hing, bauten wir ihr extra eine Stütze. Mein großer Bruder hatte obendrein die Idee, eine Alarmanlage zu installieren. Ein dünner Draht sollte vom Birnenzweig zu unserem Fenster hinauf führen und in einem Kasten mit Batterie, Klingel und roter Lampe enden. Jede Bewegung hätte sofort Alarm ausgelöst. Es blieb aber bei der Idee.

Der Zeitpunkt der Ernte nahte. Eine Leiter würden wir nicht brauchen, denn die große Frucht hing ja in Griffweite. Der Familienrat tagte und entschied: Am Wochenende sollte es sein. Dann sollte die Birne den Höhepunkt des sonntäglichen Mahls bilden und zum Nachtisch feierlich verzehrt werden.

Auch an jenem Sonntagmorgen blickten wir als erstes aus dem Fenster. Keine Birne! Wir trauten unseren Augen nicht. Wir rannten hinunter. Tatsächlich. Die Birne war weg. Jemand hatte sie geklaut. Es war das größte Verbrechen, das die Rietschelstraße je gesehen hat. Keinem schmeckte der Sonntagsbraten. Auch das Birnenkompott aus dem Keller konnte die bedrückende Stimmung nicht heben.

Wir begannen mit den Ermittlungen. Zu allem Unglück konnten wir keinerlei Spuren finden. Selbst die Befragung der Nachbarn brachte keine Hinweise auf den Täter. Niemand wollte etwas bemerkt haben. Die Hauptverdächtigen, zwei Tunichtgute aus den Nachbarhäusern, stritten alles ab. Wir mussten also die Ermittlungen ergebnislos einstellen und den Fall zu den Akten legen.

Der Herbst kam. Ein ungewöhnlich heftiger Sturm fällte unseren Birnbaum und nahm ihm damit jede Möglichkeit, es erneut zu versuchen. Zersägt und zerhackt landete er im Badeofen. So machte er sich am Ende doch noch nützlich. Der Tatort hingegen wucherte mit Topinambur zu. Seltsamerweise nennt man diese gelb blühende Pflanze auch »Erdbirne«.

Einwecken

Die einen sagen »Einkochen«, die anderen »Einmachen«. Zünftig heißt es »Einwecken«. Benannt nach Johann Carl Weck, der um 1900 eine Fabrik für die benötigten Utensilien gegründet hatte.

Bei uns zu Hause wurde jeden Sommer eingeweckt. Darum kümmerten sich Mutter und Oma Frieda. Sie spülten die Gläser und stellten eines nach dem anderen auf das grüne Linoleum des Küchentischs. Unter der Platte dieses besonderen Möbelstücks verbarg sich noch ein zweiter Tisch zum Herausziehen, in den zwei emaillierte Spülbecken eingelassen waren. Darin wuschen die Frauen nun die Einlegegurken, bevor sie diese mit Zwiebeln, Dill, Senf- und Pfefferkörnern sowie je einem Lorbeer- und einem Kirschblatt in die Gläser stopften. Anschließend gossen sie einen süßlichen Essigsud auf, legten rote Einweckgummis auf die Rillen der Gläser und schlossen sie mit Glasdeckeln, die mit Metallbügeln und einfachen Wäscheklammern angepresst wurden.

Derweil wartete auf dem Gasherd der verzinkte Einwecktopf. Bei jeder Ladung wurden sechs Gläser ins Wasser gestellt, dann kam der Blechdeckel drauf und das Einweckthermometer in das Loch im Deckel. Jetzt noch das Gas angezündet, den Topf auf neunzig Grad erhitzt und die Temperatur zwanzig Minuten gehalten. Fertig. Mutter hob die kochend heißen Gläser mit Topflappen heraus, stellte sie auf ausgebreitete Geschirrtücher und deckte sie mit Tüchern ab. Dass Mutter dabei immer wieder aufschrie, lag an den Topflappen von Tante Martha. Die waren derart grob gehäkelt, dass ihre zarten Finger durch die Maschen rutschten.

Waren die Gewürzgurken eingeweckt, folgten, je nach Jahreszeit, Senfgurken, grüne Bohnen, Süßkirschen, Sauerkirschen, Pflaumen, Birnenstücke, Apfelstücke und Apfelmus. Woher aber kamen all diese Früchte?

Die Schattenmorellen gediehen im Schatten unseres Hausgartens. Alles andere musste herangeschafft werden. Zu diesem Behufe, wie Vater gern altertümelnd sagte, bestiegen wir unsere dunkelrote Jawa. Das war ein Zweitakt-Motorrad aus tschechischer Produktion. Vater nahm den verchromten Tank zwischen die Knie, ich setzte mich hinter ihn, und schon knatterten wir nach Lindenthal im Norden von Leipzig. Ferne Verwandte bewirtschafteten dort einen großen Garten. Sie ließen uns ernten, was wir begehrten. Die weniger empfindlichen Früchte kamen in einen großen Rama-Karton aus der Vorkriegszeit, den Vater mit Lederriemen auf den Gepäckträger schnürte. Alles andere verteilten wir auf zwei Rucksäcke. Sie stammten ebenfalls noch aus der Zeit, deren Alltag meist beschwiegen wurde. Den einen Rucksack setzte mein Vater auf, den anderen bekam ich auf den Rücken. Dadurch saß ich zwar ziemlich weit hinten, konnte meine Last jedoch auf dem Rama-Karton absetzen. Auf diese Weise schlichen wir am rechten Straßenrand zurück in die Rietschelstraße. Zu jener Zeit hatten Motorräder noch keine Blinker, Rückspiegel kamen gerade erst auf, und das Tragen von Sturzhelmen war noch freiwillig. Folglich fuhr mein Vater mit einer lindgrünen Schiebermütze aus Popeline, und meine Haare wehten frei im heißen Sommerwind. Dabei beschäftigte mich das furchtbare Erlebnis, das ich ganz zum Schluss gehabt hatte.

Während nämlich mein Vater in dem Lindenthaler Einfamilienhaus verschwunden war, um die Rechnung zu begleichen, musste ich in der schwülen Glasveranda warten. Dort hing das pure Grauen an der Wand. Es war der Panzer eines riesigen Gürteltiers, der einen widerlichen Geruch verströmte. So stellte ich mir Verwesung vor. Diese stinkende Bestie sollte mich fortan durch meine Albträume jagen. Wollte ich vor ihr fliehen, war ich wie gelähmt. Wollte ich vor ihr fortfliegen, konnte ich nicht abheben. Wollte ich um Hilfe schreien, hatte ich keine Stimme mehr. Mir blieb stets nur eine einzige Rettung vor dem Gürteltier: sofortiges Aufwachen.

Ich fuhr nie wieder mit nach Lindenthal. Das störte aber keinen weiter, denn das Einwecken starb ohnehin gerade aus.

Vom Morden

Das nützlichste Zubehör beim Einwecken waren die breiten Gummis mit ihren zehn Zentimetern Durchmesser. Sie hatten eine enorme Feuerkraft. Legte ich einen solchen Einweckgummi über den linken Daumen, fasste seine Nase zwischen Daumen und Zeigefinger der rechten Hand, spannte ihn bis zum Gehtnichtmehr, zielte und feuerte ihn ab, dann gab es Tote. Tote Fliegen.

Sie saßen an der Decke. Watsch! Am Fenster. Watsch! An der Lampe. Watsch! An den Wänden. Watsch, watsch, watsch! Erfuhr Mutter von dem Massaker, lobte sie mich nicht etwa wegen meiner Verdienste um die häusliche Hygiene. Nein, sie rief: »Die schöne Tapete! Und die Decke! Wir können doch nicht alle paar Wochen Herrn Göttner bestellen. Mach das sofort weg!«

Herr Göttner war unser Maler. Auch er verabscheute meine Hinrichtungen an den schönen Tapeten und Decken und bevorzugte, wie meine Eltern, den Foltertod am Fliegenfänger. Das war so eine kleine Papphülse, aus der man ein braunes, klebriges Band an einer Schlaufe herauszog. Daran hängte man den Fliegenfänger auf. Vorzugsweise an einer Deckenlampe. Im Dunkeln hing man oft selber dran und hatte die toten oder zappelnden Viecher in Gesicht und Haaren, im schlimmsten Falle an den Lippen.

Die kleineren Fliegen gaben schnell auf. Die fetten Brummer indes zappelten lange, rutschten den Leim hinunter und fielen schließlich herab. Das galt als ungehörig. Also opferte Vater pro Fliegenfänger einen runden Bierdeckel aus seiner Sammlung, schnitt ein münzgroßes Loch hinein und schob ihn über die Papphülse am unteren Ende. Jetzt konnten die klebrigen Brummer ordnungsgemäß sterben und nicht etwa auf dem Teppich oder gar auf der Decke des Ehebetts.

Die vielen Fliegen stammten aus Bergers Hühnerstall. Dieser hässliche Schuppen, der rundum mit Dachpappe vernagelt war, stand auf dem Nachbargrundstück, unmittelbar hinter dem hohen Zaun unseres Trockenplatzes. In dem Stall und auf der nackten Erde hielt Herr Berger an die fünfzig Hühner und einen Hahn. Dieser Hühnerhof reichte bis zu der großen Kastanie an der Rietschelstraße. Damit lag er, gemeinsam mit unserem Garten, genau in der Schlucht zwischen beiden Häusern.

Jeden Morgen, zwei Stunden vor Sonnenaufgang, begann der Hahn zu krähen. Sein »Kikeriki« hallte zwischen den Fassaden hin und her und wollte kein Ende nehmen. Nun hätte man dabei durchaus an Landurlaub denken können. Unsere Eltern bekamen jedoch keine Urlaubsgefühle. Denn ihr Schlafzimmer, ohnehin schon von Bergers Fliegen geplagt, lag genau im Schalltrichter. Vater, der als Lehrer seine Nerven für den Unterricht brauchte, hielt das nicht aus. Herr Berger war leider nicht zu bewegen, seinem Hahn den Hals umzudrehen. Auch der Offizier, der über uns im selben Schalltrichter schlief, verweigerte den Gebrauch seiner Dienstpistole. Also wollte mein Vater selbst zur Tat schreiten. Immerhin steckte ja im Keller das Beil im Hackeklotz.

Diese Idee verwarf er allerdings aus pädagogischen Gründen. Es obsiegte die intellektuelle Lösung nach dem Motto: »Der Klügere gibt nach.« Unsere Eltern zogen mit ihren Betten in eines der beiden Wohnzimmer. Mein Bruder und ich rückten ins Krähzimmer nach. Wir kamen damit ganz gut zurecht. Unser Zimmer hingegen, das mit dem Blick zum »Tatort Birnbaum«, bekam unsere kleine Schwester. Die Stimmung hellte sich auf. Richtig lustig wurde es, als wir drei Kinder Oma Frieda mit Bergers Hühnerstall und Vaters Jawa in Verbindung brachten und stundenlang sangen: »Unsre Oma fährt im Hühnerstall Motorrad …«

Herr Berger hielt nicht nur Hühner, sondern auch Tauben. Der eine Taubenschlag stand auf dem Hühnerstall, der andere auf einem hohen Pfahl. Beide Einflugschneisen führten genau über unseren Trockenplatz. Die Hausfrauen konnten sich heftig aufregen, wenn ihre frische Wäsche wieder einmal bekleckert war. Außer Meckern taten sie aber nichts.

Wer etwas tat, war Bergers Sohn. Der nahm einfach seinen Knicker, also sein Knicklauf-Luftgewehr, lud ein Diabolo nach dem anderen und schoss damit querfeldein durch die Gegend. Natürlich nicht auf die eigenen Tauben, sondern auf Sperlinge, weil sie die Futtertröge der Hühner und Tauben leerfräßen. Gegen dieses wilde Treiben schien nun tatsächlich jemand Maßnahmen ergriffen zu haben. Vielleicht war es der Offizier von oben. Jedenfalls fand das Sperlingsmorden ein jähes Ende.

Der Daumenschießer

Mich packte die Angst. Oma Frieda hatte gesagt: »Heute kommt der Daumenschießer.«

Ich spürte eine tödliche Gefahr über dem Tag schweben. Auf jeden Fall drin bleiben heute! Und gut verstecken! In die Schule ging ich ja noch nicht. Da rief Mutter nach mir. Ausgerechnet jetzt sollte ich zum Milchmann gehen. Es half kein Zetern. Mutter drückte mir die neue Plastik-Milchkanne in die Hand und reichte mir das Portemonnaie mit einer Mark und zwei Pfennigen. Genau passend für anderthalb Liter Milch. Auf dem Hinweg schützte ich mich vor dem Daumenschießer, indem ich den Henkel der Kanne über den Unterarm streifte, beide Daumen fest in die Fäuste presste und diese dann tief in den Hosentaschen vergrub.

Herr Sterzing, unser Milchmann, war genauso blass wie seine Milch und all das andere, was er verkaufte. Alles lose. Butter schnitt er vom Block, Quark holte er aus einer großen Schüssel, Eier nahm er von einer Palette aus Pappe und durchleuchtete sie vor dem Eintüten mit einer Speziallampe. Mehl, Zucker, Salz, Reis und Grieß lagerten nebeneinander in offenen Fächern. Für alles zusammen besaß er nur eine einzige Schippe. Wer also Mehl kaufte, bekam gleich noch eine Spur Zucker mit in die Tüte, wer Zucker kaufte eine Spur Salz, und so weiter. Die Milch, die zuweilen verdächtig dünn wirkte, schöpfte er mit einer langstieligen, zylinderförmigen Kelle aus der klassischen Alukanne vom Milchhof. Kaum war mein Gefäß voll, drückte ich den Deckel drauf, bezahlte und war froh, den säuerlich riechenden Laden wieder verlassen zu können.

Auf dem Rückweg versenkte ich den linken Daumen erneut ganz tief in der Tasche. Der rechte musste fatalerweise draußen bleiben, um den Bügel der vollen Milchkanne zu umklammern. Was aber tun, um auch diesen vor dem Daumenschießer zu retten? Es half nur eines. Ich musste den Arm schnell im Kreise drehen. Bei ausreichender Geschwindigkeit blieb die Flüssigkeit drin. Zugleich wurde es schier unmöglich, meinen Daumen zu treffen.

Da! Ein Schuss! Oma hatte recht gehabt. Plötzlich stand ein Mann mit einem rauchenden Gewehr auf dem Gehweg. Neben seinen Stiefeln lag eine Patronenhülse. Kleinkaliber. Der Mann lud nach und zielte aufs Neue. Allerdings nicht auf meine Daumen. Auch nicht auf die Daumen anderer Leute. Er zielte nach oben, Richtung Dachrinne. Meine Angst verflog. Ich fasste mir ein Herz und fragte ihn, worauf er denn schieße.

»Auf die wilden Tauben«, antwortete der uniformierte Schütze. »Die übertragen Krankheiten und fressen den Kalk aus dem Putz. Es sind viel zu viele geworden.«

Ach, Oma Frieda. Du und Dein Sächsisch. Von wegen »Daumenschießer«. »Taubenschießer«! Nun begriff ich, warum Herr Berger heute Morgen all seine Tauben in den Verschlag gesperrt hatte. Und ich wusste jetzt auch, warum die PVC-Dachrinnen lauter Löcher hatten, aus denen im Winter riesige Eiszapfen wuchsen.

Malerfreuden

Herr Göttner sah mit seinen angeklatschten Haaren so aus wie der Rundkopf der Familie Übermut aus Kellners Steckbaukasten. Zusätzlich schob er einen stattlichen Bauch vor sich her. Sogar im fortgeschrittenen Alter wohnte der Malermeister noch bei seiner Mutter und pflegte als einziges Hobby die tagtägliche Feierabendarbeit. Kein Mensch wusste, wofür er das viele Geld brauchte. Auch bei uns renovierte er jedes Jahr ein Zimmer und legte dabei eine Woche lang die halbe Wohnung lahm.

Mutter nutzte diese Zeit für Pläne. Sie hatte die Umrisse aller Zimmer fein säuberlich auf Millimeterpapier gezeichnet und mit den einschlägigen Maßen versehen. Die Wände hatte sie ebenso exakt eingetragen wie Fenster, Türen und Kachelöfen. Außerdem schüttete sie eine Tüte mit den vielen kleinen Pappschnipseln auf den Tisch. Das waren die Grundrisse unserer Schränke, Tische, Stühle, Schreibtische, Regale, Betten, ja selbst der Blumenständer. Natürlich alles maßstabsgerecht. Damit räumte Mutter die ganze Wohnung auf dem Papier um. Zuweilen blätterte sie nebenbei noch in »Kultur im Heim«, ihrer Zeitschrift für modernes Wohnen. Wir Kinder durften unsere Ideen selbstverständlich mit einbringen. Bloß niesen durfte keiner.

Das Material, das Herr Göttner zum Malern brauchte, kauften wir in der Konsum-Drogerie in der Güntherstraße. Dort bekamen wir Konsummarken in der Höhe unseres Einkaufs und klebten sie in das Umsatzwertmarkenheft. Die Umsatzbeteiligung für Miteigentümer der Konsumgenossenschaft lag bei etwa anderthalb Prozent. Wir kauften Schlämmkreide, Tapetenleim und bedruckte Tapeten. Raufaser sollte erst später aufkommen. Da unsere Wände drei Meter zwanzig hoch und oben gewölbt waren, konnten sie nicht in voller Höhe tapeziert werden. Deshalb nahmen wir auch Tapetenleisten mit, die mit buntem Silberpapier bezogen waren und mit speziellen Stiften auf die obere Tapetenkante genagelt wurden. Wenn nötig, kamen noch Leinölfirnis, Terpentinersatz, Fensterkitt, Öl-Vorstreichfarbe und Öl-Lackfarbe hinzu.

Als Nächstes räumten wir das jeweilige Zimmer aus. Die schwersten Möbel schoben wir in die Mitte und behängten sie mit alten Bettlaken. Die Deckenlampe ersetzten wir durch eine Fassung mit einer Hundertwattbirne. Nun konnte Herr Göttner kommen, um die Decke abzuwaschen und die alte Tapete einzuweichen und abzukratzen. So lange, bis das Zimmer vom Malergeruch erfüllt war und das Wasser von den Fensterscheiben lief. Am Ende rührte Herr Göttner noch zwei Eimer mit Schlämmkreide an. Als er dann am nächsten Abend wieder erschien, fragte er:

»In welcher Farbe soll ich denn die Decke diesmal streichen, Frau Kommerzienrat?« Er nannte Mutter immer »Frau Kommerzienrat« und sorgte damit für Schmunzeln. Wir blickten uns an und taten so, als würden wir ernsthaft überlegen. Allerdings wussten wir längst, dass es für Herrn Göttner nur eine einzige Farbe gab, nämlich Ocker. Also sagte ich frech:

»In diesem Jahr würde ich mal Ocker probieren.«

Während wir das Lachen herunterschluckten, entgegnete Herr Göttner freundlich:

»Eine gute Wahl. Nehmen wir diesmal also Ocker.«

Er tönte die zähflüssige Schlämmkreide ab, tünchte die Decke und strich anschließend Makulatur auf die Wände. An den nächsten beiden Abenden klappte er im Korridor seinen riesigen Tapeziertisch auseinander und stürzte sich erneut in die Arbeit. Wir lernten dabei, wie man ordentlich tapeziert. So ging das Jahr für Jahr. Nachdem die vier Zimmer sowie Küche, Bad und der Korridor mit seinem großen, mehrfarbigen Einbauschrank renoviert waren, ging es wieder von vorn los. Einmal roch die Wohnung wochenlang nach Chemie. Das war, als Herr Göttner die Zimmertüren, die oben jeweils mit einem Dutzend kleiner Pressglasscheiben gefüllt waren, von Braun auf Weiß ummodelte. Vom Korridor gingen insgesamt sieben Türen ab. Sie alle wurden geschliffen, weiß vorgestrichen und weiß lackiert. Ein zweites Mal passierte uns das nicht.

Die vielen Doppelfenster mit den Oberlichtern und die beiden Balkons strich Vater lieber selbst. Er malerte gern und betrachtete das als einen zweiten Sommerurlaub. Nachdem uns die »Walzerfahrt zum Mond« endgültig verlassen hatte, konnte er die große Garage dafür nutzen. Am liebsten aber malerte er im Sonnenschein. Dazu stellte er einen alten Tisch in den Hof, zog sein kariertes Arbeitshemd an und setzte die orientalische Kappe auf, die er aus dem Kaukasus mitgebracht hatte. Er bearbeitete die Fenster mit Drahtbürste und Sandpapier, ergänzte ausgebrochenen Kitt, ölte rohes Holz mit Leinölfirnis, strich vor und lackierte. Nach etwa zehn Jahren war er einmal rum und fing von vorne an. Seine Verpflegung bestand aus einer Schachtel f6 und und ein paar kleinen Flaschen Pilsner, meist Echt Ulrich oder Bauer-Bier, die nach der Verstaatlichung von 1972 Stadtbräu beziehungsweise Turmbräu hießen.

Unser Mietshaus gehörte einer westdeutschen Erbengemeinschaft. Es wurde treuhänderisch von der KWV verwaltet, der volkseigenen Kommunalen Wohnungsverwaltung. Obwohl das Haus nicht uns Mietern gehörte, pflegten wir es wie unser Eigentum. Die Farbe für den Außenanstrich stellte die KWV zur Verfügung. Alle strichen ihre Fenster weiß. Außer Herr Kostelnik. Der strich sie grün. Der strich überhaupt alles grün. Ich sagte Vater, wie toll es wäre, wenn jedes Fenster eine andere Farbe bekäme, dann hätten wir eine riesige Villa Kunterbunt. Er entgegnete trocken, dass es in der DDR gar nicht so viele Farben gebe, wie unser Haus Fenster habe.

Mein Vater verkündete immer wieder Weisheiten wie: »Je länger eine Farbe trocknet, desto besser ist sie.« Den Wahrheitsgehalt dieser Aussage konnte ich regelmäßig überprüfen. Und zwar in der dunkelsten Ecke unseres abgewinkelten Korridors, wo die Hausapotheke hing. Sie bestand aus einem alten Holzschränkchen, das nach Medizin roch und von Vater vor Jahrzehnten außen und innen mit weißer Ölfarbe lackiert worden war. Das Weiß hatte inzwischen den gediegenen Ton von Elfenbein angenommen, einige Lackstellen warfen sonderbare Wellen, vor allem aber klebte die Tür beharrlich im Gehäuse fest. Sie ließ sich nur mit einem kräftigen Ruck am Schlüssel öffnen. War sie auf, klebte an ihrer Innenseite stets eine rot-blaue Schachtel Gothaplast. Diese Ölfarbe, die nie richtig trocknete, musste Vaters Weisheit zufolge eine der allerbesten gewesen sein.

Große Wäsche

Zum Verdruss aller Hausfrauen lag unser Waschhaus nicht im Keller, sondern im Dachgeschoss. Dort oben, in einem Raum mit Dachschräge, Gaube und gekacheltem Fußboden, stand der mächtige Waschkessel. Er war direkt an den Schornstein gemauert, und sein emaillierter Bottich trug einen großen Blechdeckel. In diesem brodelnden Hexenkessel kochte Mutter unsere weiße Wäsche. Zumindest bis in die sechziger Jahre hinein. Alles dafür Notwendige mussten wir in die dritte Etage hochschleppen: Feuerholz, Kohlen, Holzwanne, Waschbrett, Scheuerbürste, Wäscheglocke, Wringmaschine, Kernseife sowie je eine Packung Wasserenthärter GEMOL und »mildwirkendes Waschmittel« MILWA aus Genthin. Außerdem natürlich noch den großen Weidenkorb mit der schmutzigen Wäsche. Lediglich das Wasser kam dort oben direkt aus dem Hahn.

Die ovale Holzwanne mit den zwei Eisenreifen musste zunächst quellen, damit sie das Wasser halten konnte. Zudem füllte Mutter bereits am Vortag mit dem Schlauch Wasser in den Kessel, löste das GEMOL auf, drückte die Wäsche hinein und ließ sie über Nacht einweichen. Am anderen Morgen heizte Vater den Kessel an. Mutter schüttete MILWA hinzu, verrührte es mit der Wäsche und schloss den Bottich mit dem großen Deckel. Als das Wasser kochte, rührte und stampfte sie die schwere Masse mit der Wäscheglocke. Beißender Dampf erfüllte das Waschhaus. Das Wasser lief in Strömen von den kleinen Fenstern. Sie blieben jedoch geschlossen. Aus Angst vor Zugluft.

In dieser Dampfsauna holte Mutter ein kochend heißes Wäschestück nach dem anderen aus dem Kessel und warf es in die Holzwanne, die auf zwei Böcken stand. Hartnäckige Verschmutzungen rubbelte sie auf dem Waschbrett weg. Oder sie griff zu Kernseife und Scheuerbürste. Danach ging es ans Spülen. Dazu spritzte sie mit dem Schlauch erfrischend kaltes Wasser in die Holzwanne, schwenkte das Wäschestück und wrang es aus. Sie zog den Stöpsel, ließ das Spülwasser auf den Kachelboden plätschern, füllte frisches Leitungswasser auf und spülte erneut. Schließlich kurbelte sie das gereinigte Wäschestück durch die Gummiwalzen der Wringmaschine, die an der Holzwanne festgeschraubt war. Nun erst konnte sie es in den Weidenkorb legen. Im brodelnden Kessel aber warteten noch Dutzende Bettbezüge, Kopfkissen, Laken, Tischdecken, Handtücher, Schlafanzüge, Nachthemden, Unterhemden, Schlüpfer und Taschentücher. Mutter machte weiter und weiter. Sie stampfte und rührte und rubbelte und schrubbte und spülte und zog und schob und hob und wrang und schwitzte und stöhnte und fluchte. Am Ende hatte sie es gründlich satt.

Oma Frieda spannte derweil an der frischen Luft die lange Wäscheleine. Wenn der Trockenplatz nicht ausreichte, zog sie im Hof eine weitere Leine. Dann trugen wir die schweren Wäschekörbe vom Waschhaus gemeinsam herab und halfen Oma Frieda beim Aufhängen. Die großen Stücke waren derart schwer, dass sie bis zum Boden durchhingen. Also hoben wir die Leinen mit den Wäschestützen an, die uns sonst als Lanzen oder Stelzen dienten. Endlich wehte die weiße Baumwolle im Wind und bot ein herrliches Labyrinth zum Versteckspiel, an dem sich auch unsere kleine Schwester beteiligte. Gern gesehen war das von den Erwachsenen freilich nicht.

Mit dem Abnehmen von der Leine war die große Wäsche bei weitem nicht beendet. Es musste noch gerollt werden. Der Weidenkorb mit der zusammengelegten Wäsche kam in den Handwagen, und los ging es. Die Wäscherolle lag ein paar Straßen weiter in einem Kellergeschoss. Mutter hatte sie zuvor gebucht. Das Ungetüm bestand aus einem riesigen Holzkasten, der bis zum Rand mit Steinen gefüllt war. Darüber verlief eine waagerechte Zahnstange. Mit ihrer Hilfe bewegte ein Elektromotor den Kasten ganz langsam zwei Meter hin und her. Dabei drückte er tonnenschwer auf die zwei Hartholzrollen, auf denen er lagerte und um die lange Leinentücher mit der Wäsche gewickelt waren. So ging das drei Mal hin und her, bis auf der einen Seite das hölzerne Gitter herunterkrachte. Mir fiel nun die Aufgabe zu, die schwere Holzrolle mit der Wäsche herauszuziehen und die nächste, von Mutter inzwischen vorbereitete Rolle hineinzuschieben und das Gitter wieder hochzuheben. Schon ruckelte es, und der große

Kasten schob sich erneut drei Mal hin und her, bis das Gitter auf der anderen Seite herunterkrachte. Ein ums andere Mal wickelte Mutter Wäsche um die hölzernen Rollen und holte sie glatt und duftend heraus und legte sie sorgfältig in den Wäschekorb. Der Spaß kostete zwanzig Pfennig pro Stunde. Die Münzen wurden in ein Stück Papier gewickelt, das unseren Namen trug, und in die »Kasse des Vertrauens« geworfen.

Diese Art der großen Wäsche neigte sich in meiner Kindheit gerade ihrem Ende zu. Mitte der sechziger Jahre öffnete in unserer Nähe ein Waschstützpunkt. Fortan brachte Mutter die große Wäsche dorthin. Für die kleine Wäsche kaufte sie eine Wellradwaschmaschine WM 66 und eine Wäscheschleuder. Sie wusch jetzt mit SPEE aus dem VEB Waschmittelwerk Genthin. Ein paar Jahre später übernahm ein Waschvollautomat den Großteil der Arbeit. Die Wäsche musste aber weiterhin aufgehängt werden, und gerollt wurde auch noch eine Weile.

Der Kreutzbach

Bei uns zu Hause stand ein Kreutzbach. Vater hatte ihn 1929 zu seinem achten Geburtstag bekommen und darauf das Klavierspielen gelernt. Mein großer Bruder erlernte es nicht. Ich versuchte es immerhin. Einzig unsere kleine Schwester brachte es zu hörenswerten Leistungen. Der Kreutzbach stand nach und nach in allen Zimmern außer in Küche und Bad. Zum Wechsel in den nächsten Raum musste er jedes Mal über den langen Korridor geschleppt werden. Unser Vater, der wacker musizieren konnte, scheiterte jedoch am Transport des Instruments. Wir versuchten es mit vereinten Kräften. Vergebens. Der Kreutzbach schien mit den Dielen verwachsen zu sein. Es gab nur einen, der helfen konnte: Herr Kostelnik.

Der Nachbar, der im VEB Schwermaschinenbau S. M. Kirow Krane baute, war bärenstark und verfügte über die nötigen Pranken, um das Klavier anheben zu können. Unser Vater, umsichtig wie er war, hatte zum Unterlegen bereits Bretter aus dem Keller geholt. Auch konnte er sich einen Vortrag nicht verkneifen, was denn beim Transport des Klaviers so alles zu beachten sei: die Türschwellen, die engen Kurven, vor allem aber der vorsichtige Umgang mit dem empfindlichen Instrument. »Ja, ja«, sagte Herr Kostelnik, erkundigte sich kurz nach dem Ziel, hob das Klavier an und zog es auf den Messingrollen davon. Die betagten Dielen bogen sich bedenklich, das Klavier schwankte, über die erste Türschwelle ging es mit einem energischen Ruck, und die folgenden Kurven kriegte Herr Kostelnik gerade so. Vater fasste sich ans Herz. Uns Jungen blieb nur ein kräftiges Gegenhalten, damit der Kreutzbach nicht umfiel. Mutter rannte derweil mit einem großen Staubtuch herum und wischte die Spinnweben von der Rückseite. So rumpelte unser Tross quer durch die Wohnung. Am Ziel angelangt, richtete sich Herr Kostelnik auf und atmete tief durch. Wir erzählten ihm den alten Witz von dem Butler, der ein Klavier transportieren sollte und den Lord fragte: »Und was soll ich in die andere Hand nehmen, Sir?«

Herr Kostelnik lachte herzlich und bekam zum Dank eine erlesene holländische Zigarre aus der Zedernholzkiste, die ein westdeutscher Messegast zurückgelassen hatte. Er zog sie unter der Nase entlang, lächelte zufrieden und bedankte sich. Vater haute sofort in die Tasten und entschied, der Kreutzbach müsse nicht neu gestimmt werden. Etwas schräg klang er ja schon immer.

Ein andermal wurde Herr Kostelnik als Schlosser gebraucht. Die Wohnungstür war defekt. Sachkundig blickte er auf das Problem und sagte: »Herr Nachbar, haben Sie mal einen kleinen Schraubenzieher?«

Vater stürzte zum Werkzeugkasten, holte den kleinsten unserer Schraubenzieher und drückte ihn dem Arbeiter in die Pranke. Der blickte höchst verwundert zurück und fragte barsch: »Was soll ich denn mit diesem Spielzeug?«

Abermals rannte Vater los und kam mit dem größten Schraubenzieher zurück, den wir überhaupt hatten: dreißig Zentimeter lang.

»Sehen Sie, Herr Nachbar«, strahlte der Schwermaschinenbauer. »Das ist ein kleiner Schraubenzieher.«

Wir Kinder prusteten los, und alle stimmten ein. Vater bedankte sich erneut mit einer holländischen Zigarre. Herr Kostelnik schnupperte genüsslich daran und beteuerte, dass das wirklich nicht nötig gewesen sei. Wenn jedoch seine Hilfe wieder einmal gebraucht würde, bräuchten wir das nur zu sagen.

Naturliebhaber

Herr Kostelnik, unser Nachbar, hatte einen kantigen Schädel und eine herbe Gemütsart. Doch er liebte die Natur. Er und seine Frau waren die größten Naturliebhaber, die ich je kennengelernt habe. Der Arbeiter hegte und pflegte sein schwarzes EMW-Gespann aus den Eisenacher Motorenwerken. Sonntags trat er in aller Herrgottsfrühe den bulligen Viertaktmotor an und tuckerte wie ein Förster in den Auwald: mit hohen Stiefeln, grünem Lodenmantel, Motorradbrille und Forstmütze. Sturzhelme waren ja noch freiwillig. Wenn ihn Frau Kostelnik begleitete, rutschte sie tief in den Beiwagen hinab und verbarg sich mit ihrer Motorradhaube hinter der Windschutzscheibe. Im Herbst aber federte sie hoch oben über ihrem Mann auf dem Sozius. Der Beiwagen wurde jetzt für die Spankörbe voller Pilze benötigt. Die Nachbarin bot auch unserer Mutter welche an. Mutter hatte solche Pilze allerdings noch nie im Leben gesehen. Nicht einmal auf Bildern. Sie lehnte freundlich ab. Familie Kostelnik mit ihren zwei Töchtern überlebte derartige Mahlzeiten, obwohl damit eigentlich nicht zu rechnen war.

Ganz besonders liebte Frau Kostelnik die Blumen. Sie malte Pastelle mit Schneeglöckchen, Tulpen, Narzissen, Rosen oder Astern, rahmte sie und verkaufte sie in der Nachbarschaft. Mutter kaufte kein Bild. Sie mochte lieber die echten Blumen, namentlich die im Auwald. Die Märzenbecher zum Beispiel, die den lichten Boden kilometerweit überzogen. Später die weißen Buschwindröschen. Danach den Bärlauch, dessen Knoblauchduft bis zur Rietschelstraße wehte und kurzzeitig die Gerüche der Chemieindustrie überlagerte.

Für seine EMW hatte Herr Kostelnik im Hausgarten eine grüne Brettergarage gezimmert. Später stellte er dort noch sein Fahrrad mit Hilfsmotor unter, mit dem er viel besser querfeldein fahren konnte. Wenn er mit diesem »Hühnerschreck« losknatterte, wehte sein grüner Lodenmantel im Fahrtwind, das große Zeiss-Prismenglas baumelte vor der Brust, und aus dem Jägerrucksack ragte der Schaft von einem Gewehr. Auf diesen Schaft hatte Herr Kostelnik seine Spiegelreflexkamera der Marke Praktica montiert, zusammen mit einem riesigen Teleobjektiv. Dieses Gerät legte er wie eine Flinte an und »schoss« damit ein Tierfoto nach dem anderen. So dokumentierte er den Artenreichtum des Leipziger Auwaldes. Auf Tausenden von Farbdias verewigte er Füchse, Wiesel, Dachse, Ringelnattern, Laubfrösche, Zauneidechsen, Fledermäuse und vor allem Vögel.

Den Vögeln galt seine besondere Leidenschaft. Fand er einen hilflos am Boden, brachte er ihn mit in die Rietschelstraße. In seinem Vogelbauer auf dem Balkon sah ich zum ersten Mal einen Stieglitz. Er war krank. Herr Kostelnik pflegte ihn gesund und ließ ihn wieder frei. Der Naturliebhaber brachte auch mehrere Mauersegler mit, die nicht mehr vom Boden abheben konnten. Ihr Gefieder war voller grüner Spinnen. Mit der Pinzette las er die Parasiten heraus und warf die Mauersegler hoch in die Luft, wo sie zirpend entschwanden.

Der Höhepunkt aber kam mit den zwei Dohlen, die als Jungvögel aus ihrem Nest gefallen waren. Für sie baute Herr Kostelnik extra seinen kleinen Fahrradschuppen zur Voliere um, indem er dicke Äste einfügte und die Tür mit Maschendraht bespannte. Die Dohlen wurden zahm und freundeten sich mit uns Kindern an. Wir waren dabei, als sie fliegen lernten, als sie große Platzrunden über dem Hof drehten, als sie auf dem ausgestreckten Arm landeten. Alle im Haus liebten die zwei Rabenvögel.

Dann geschah das Massaker. Eines Nachts riss uns ein herzzerreißendes Geschrei aus dem Schlaf. Am anderen Morgen lagen die Dohlen zerfleischt auf dem Boden der Voliere, übersät von blutigen Federn. War es der Marder? Waren es die Ratten? War es ein Widersacher? Wer immer es gewesen sein mochte, er hat große Trauer verursacht. Wir Kinder waren nicht die Einzigen, die bitterlich weinten.

Aschengrube

Die Asche aus unseren Öfen schütteten wir bis Ende der sechziger Jahre in die Aschengrube. Dieses tiefe, rechteckig gemauerte Loch lag neben Kroschels Garten im Hof und war auf Pflasterebene mit einem großen Eisenblech verschlossen. Wenn ich die Asche wegbrachte, musste ich eine eiserne Klappe in der Mitte öffnen, um dann den Inhalt des verzinkten Eimers hinabzuschütten. Zuweilen leuchtete mir Glut entgegen. Bei strengem Frost trug ich alte Lederhandschuhe, damit meine Finger nicht an dem Eisenbügel der Klappe festgeklebten.

Im Frühjahr fuhren die Müllmänner vor. Wie zu Kaisers Zeiten kamen sie mit einem Pritschenwagen, der von zwei Pferden gezogen wurde. Sie stellten das Fuhrwerk neben die Aschengrube. Die Pferde blickten gelangweilt auf die Garage mit der »Walzerfahrt« und ließen ein paar dampfende Äpfel fallen. Von den Balkons kamen neugierige Blicke. Frau Kostelnik verschwand reaktionsschnell und war die Erste, die mit Schippe und Eimer im Hof erschien, um die Pferdeäpfel zu bergen. Die benötigte sie für ihre Erdbeerplantage im Hausgarten. Derweil beschimpfte Frau Kroschel vom Balkonfenster die Müllmänner: »Stieben Sie gefälligst nicht so rum! Sie versauen mir ja meinen ganzen Garten!«

Unrecht hatte sie nicht. Denn die beiden Müllmänner hatten das große Eisenblech von der Grube weggezogen und mit ihren Stiefeln den unterirdischen Aschenberg betreten. In der ersten Phase schaufelten sie ihn in hohen Bögen direkt auf den Pferdewagen. In der zweiten Phase schippte der eine die Asche auf das Hofpflaster, der andere warf sie weiter auf die Ladefläche. Als sie fertig waren, schlossen sie die Grube wieder und fegten den Staub notdürftig zusammen. Uns Kindern zeigten sie noch stolz eine mit der Schaufel hingerichtete Ratte und warfen sie dann der Asche hinterher. Schließlich kletterten sie auf den Kutschbock, strafften die Zügel und trabten mit einem lauten »Hüa!« hinaus auf die Rietschelstraße. Während ich mich fragte, wieviel von der stiebenden Ladung es wohl bis zum neuen Scherbelberg schaffen würde, lief Frau Kostelnik mit Schippe und Eimer hinterher und machte erneut fette Beute.

Einige Wochen später klingelte es bei uns. Frau Kostelnik übergab meiner Mutter eine Glasschale mit riesengroßen Erdbeeren und sagte stolz: »Eigene Ernte!« Mir wurde ganz übel.

Rattenkrieg

In den Kellerverschlägen unseres Hauses entdeckten die Bewohner zunehmend angenagtes Obst und Gemüse. Ratten! Die Hausgemeinschaft versammelte sich zum Kriegsrat. Die Männer führten gegen die Ratten hygienische Gründe ins Feld, die Frauen ekelten sich einfach nur. Am Ende wurde einmütig beschlossen, den Ratten den Krieg zu erklären. Auch die Naturliebhaber stimmten zu.

Zunächst wurde mit Gift gekämpft. Der Kammerjäger kam. Er legte violette Körner in die Ecken und versah die Kellerwände mit rot umrandeten Zetteln. Sie warnten mit der Aufschrift »Vorsicht, Rattengift!« Doch es brachte nichts. Als könnten die Ratten lesen. Im Haus verbreitete sich gar die Auffassung, es seien intelligente Tiere.

Da kam Herr Bauer zu Besuch. Herr Bauer war der Vater von Frau Hornig aus dem Erdgeschoss und gab sich als erfahrener Rattenjäger aus. Er sah sich den Hof fachmännisch an und erkannte, was längst alle wussten: Unter dem Pflaster zogen sich Rattengänge dahin. Und zwar dort, wo sich die gelben Ziegel leicht absenkten. Herr Bauer hob einige heraus und stieß tatsächlich auf geheime Höhlen. Nun zerschlug er zahlreiche leere Glasflaschen, die sich in Hornigs Keller angesammelt hatten. Die Scherben stopfte er gewissenhaft in die Hohlräume und setzte die Ziegel wieder ein. Tags darauf waren Obst und Gemüse erneut angeknabbert. Die Ratten wurden sogar noch frecher. Jetzt spazierten sie nachts schon über den Hof.

Herr Kostelnik konnte es nicht mehr mit ansehen. Er griff zu seinem Luftgewehr, das Diabolos aus Blei verschoss und mit einem Zielfernrohr ausgerüstet war. Sobald es dunkel war, legte er die Flinte auf die Brüstung seines geöffneten Balkonfensters und wartete. Dann plötzlich: Zack! Zack! Zack! Nach den Exekutionen lief er hinunter und warf die Kadaver in die Aschengrube. Zur Abschreckung für die vermeintlich intelligenten Artgenossen.

Endgültig besiegten wir die Ratten jedoch erst Ende der sechziger Jahre, als wir Mülltonnen aus Blech bekamen. Die Aschengrube wurde mit Sand verfüllt und zugemauert. Der Rattenkrieg war zu Ende.

Scherbelkiste

Eine Scherbelkiste war ein extragroßer Holzkasten ohne Deckel. Vor Einführung der Mülltonnen besaß jeder Hof im Viertel so eine Scherbelkiste. Unsere stand neben der Aschengrube. Selbstverständlich diente sie nicht nur zum Wegwerfen von Scherben. Da flogen alle möglichen Gegenstände hinein, die kein Erwachsener mehr gebrauchen konnte. Wir Kinder allerdings schon. Wir hatten für fast alles Verwendung.

Ich liebte es, durchs Wohngebiet zu stromern und die Scherbelkisten zu inspizieren. Während sich Mutter um die Hygiene sorgte, hoffte Vater, der alles Erdenkliche sammelte, auf interessante Neuzugänge. Mein großer Bruder erteilte mir sogar gezielte Suchaufträge. Brauchte er zum Basteln bestimmte Widerstände, Kondensatoren oder Schalter, schleppte ich alte Röhrenradios herbei. Nur Volksempfänger waren nicht willkommen. Nicht, weil sie aus dem Dritten Reich stammten, sondern weil sie schlichtweg keine brauchbaren Teile enthielten. Der Clou wäre ein Fernseher oder ein Tonbandgerät gewesen. Gleichwohl, derart kostbare Geräte waren in den sechziger Jahren noch längst nicht reif für den Müll. Vater hätte es gern gesehen, wenn ich ein Grammophon mit einem großen Trichter gefunden hätte. Damit konnte ich nicht dienen. Wohl aber mit ein paar alten Schellackplatten, die sich Vater kaum anhörte und später verkaufte.

Einmal gab es Streit um eine historische 6x9-Klappkamera von Voigtländer. Ich hatte sie gemeinsam mit einem Freund in unserer Scherbelkiste entdeckt. Daneben lag noch ein Karton mit alten Fotos. Beide behaupteten wir, die Kamera zuerst gefunden zu haben. Unsere Eltern mussten schlichten. Er bekam den Fotoapparat, ich die Bilder. Später erst verstand ich diese Entscheidung. Mein Vater hatte nämlich schon eine solche Kamera. Folglich interessierte er sich viel mehr für die alten Fotos. Beides stammte aus dem Nachlass von Herrn Hornig, dem Optikermeister unter uns, der vor einiger Zeit verstorben war. Es konnte sich also lohnen, das Ausrangieren weiter zu beobachten.

In der Tat. Kurz darauf sah ich vom Balkon aus, wie Frau Hornig eine hölzerne Schachtel in die Scherbelkiste warf. Ich rannte sofort hinunter, um sie zu bergen. Was für ein Schatz! Zierliche Damenuhren und alte Brillen, teils vergoldet, teils randlos. Darunter so ein ovaler Kneifer, wie ihn Karl Liebknecht in unserem Geschichtsbuch trug. Mein Vater meinte, ich hätte da etwas wahrhaft Historisches gerettet. Sicherheitshalber werde er die Uhren und Brillen bei seinen anderen Sammlungen aufbewahren.

Andere Fundsachen durfte ich behalten. Ein großes Blechauto zum Beispiel oder Plastik-Flugzeuge, beschädigte Lineol-Indianer, einen kleinen Hirschfänger und sogar ein Luftgewehr ohne Schaft, dessen Lauf leider verbogen war. Selbst das Zigarettenbilderalbum mit den alten Uniformen blieb in meinem Besitz. Was ich jedoch auf der Stelle abliefern musste, war die große Blechbüchse mit Tand aus der Nazizeit. Derartiger Krempel war tabu.

Als ein dankbares Sammelgebiet erwiesen sich alte Schilder. Zum Beispiel weiße Emailleschilder mit schwarzen Aufschriften wie »Kontor«, »Abort« oder »Betteln und Hausieren verboten«. Vater sehnte sich nach einer großen Blechtafel mit einer alten Hausordnung. In den Scherbelkisten konnte ich keine finden. Deshalb schraubte ich kurzerhand in der Nachbarschaft eine ab und verduftete damit. Vater würdigte diesen Diebstahl als eine Heldentat. Immerhin hätte ich ein bedeutendes Kulturgut bewahrt, das sonst irgendwann auf den Müll geflogen wäre. Die Hausordnung erhielt einen Ehrenplatz an der Wand unseres Stubenbalkons.

Schließlich fand ich in einer Scherbelkiste auch einen Elektrisierapparat. In dem Köfferchen, das mit lila Samt ausgeschlagen war, klemmten Instrumente aus fingerdicken, geschlossenen Glasröhren. Oben zeigten sie rätselhafte, hohle Glasformen. Da gab es einen Kamm, eine Harke, eine Scheibe, eine Schnecke sowie einfache Stäbe. Am unteren Ende besaßen sie allesamt eine Metallhülse. Zu Hause nahm ich so ein gläsernes Instrument und steckte es in den dafür vorgesehenen Griff aus Bakelit, der an einem Kabel hing. Danach schob ich den Stecker des Elektrisierapparates in die Steckdose und drehte den Regler auf. In der Glasröhre blitzte es lila, es knisterte gefährlich und roch ziemlich brenzlig. Sofort zog ich den Stecker aus der Dose. In der Bedienungsanleitung las ich, dass die gläsernen Instrumente bei Abszessen, Fisteln, Asthma, Haarausfall und Rheumatismus helfen sollten. Doch die Zeit für derartige Menschenversuche war offenbar vorbei. Weder Vater noch Mutter, nicht einmal mein experimentierfreudiger Bruder erkannten irgendeinen Nutzen in dieser Höllenmaschine. Ich auch nicht. Also brachte ich den Elektrisierapparat auf den Boden. Irgendwann flog er endgültig in den Müll.

Überschwemmung

Im August prasselte die Sonne derart heftig auf unser gelbes Hofpflaster, dass keiner mehr barfuß gehen konnte. Dann schlug die Hitze in Schwüle um. Es dauerte nicht lange, bis sich der Himmel mit schwarzen Wolken zuzog. Tropische Blitze zuckten herab, und die Donner knallten so laut, dass das Geschirr im Küchenschrank klapperte.

»Der jüngste Tag!«, rief Oma Frieda. »Gott steh uns bei!«

»Wir haben doch einen Blitzableiter auf dem Dach«, versuchte Vater zu beruhigen und erklärte wie bei jedem Gewitter, dass dieser geerdete Stab von dem Amerikaner Benjamin Franklin erfunden worden war.

»Die Sintflut!«, wimmerte Oma Frieda, als sich die Himmelsschleusen öffneten. Wir standen auf dem Küchenbalkon wie auf der Kommandobrücke eines Schiffes bei Windstärke zwölf, so peitschten die Wogen gegen die einfachen Fensterscheiben. Nach bangen Minuten zog der Gewitterguss mit seinen Blitzen und Donnern weiter. Wir blickten hinunter zum Hof. Das Pflaster stand vollkommen unter Wasser. Jetzt musste ich mich sputen.

Schnell die Badehose angezogen, den kleinen Ball geschnappt, das Treppenhaus hinuntergerannt, barfuß durch die riesige Pfütze gewatet, die Luft angehalten, mit meinen Kinderarmen tief in das lauwarme Wasser hinabgegriffen, das gusseiserne Gitter vom Gully gehoben und den kleinen Ball auf die senkrechte Röhre gedrückt. Durch ihr rundes Loch sollte eigentlich das Wasser in die Kanalisation abfließen. Nun aber brummte dort unten der kleine Ball vor sich hin. Die Wassermassen drückten ihn auf die Röhre und drehten ihn dabei, wodurch das Wasser nur ganz langsam abfließen konnte. Inzwischen sengte die Sonne von Neuem und heizte den See weiter auf, der fast den gesamten Hof einnahm. Immer mehr Kinder erschienen in Badehosen und Badeanzügen und tummelten sich in einem der größten Planschbecken Leipzigs.

Alle brachten etwas mit: Bälle, Schwimmringe, Badeenten, aufblasbare Gummikrokodile, Gummiindianer und vor allem kleine Schiffe wie Kanus, Segelboote und Aufziehboote. Das Tollste war mein Knatterboot aus Blech. An seinem Heck ragten zwei Metallrohre heraus, die im Bootsrumpf mit einem waagerechten Verdampfer verbunden waren. Der bestand aus einem doppelten Blech, das rundum verlötet war. Ich füllte Wasser in die eine Röhre, bis es aus der anderen wieder herauskam, setzte das Boot ins Wasser, zündete eine Art Teelicht an und schob es unter den Verdampfer. Nach einigen Sekunden hob ein lautes Knattern an, aus dem Heck pufften Dampfwölkchen, und das Blechboot zog unter dem Jubel der Anwesenden knatternde Runden.

Mein großer Bruder kam mit seiner grauen Wasserpistole herunter und brachte meine mit. Bei der konnte ich die Düse verdrehen und dann raffiniert um die Ecke schießen. Ein Freund spritzte mit einer schwarzen »08er« von seiner Westtante. Ein anderer täuschte vor, Fotos mit einem Apparat aus dünnem Kunststoff zu schießen, jedoch spritzte er beim Zusammendrücken lediglich sein Gegenüber nass. Und wer solches Spielzeug nicht besaß, der bewaffnete sich einfach mit einer »Spritzflasche«, vorzugsweise einer Plastik-Zitrone aus einem Westpaket. Meine kleine Schwester füllte ihre gelbe Schwanen-Gießkanne und versetzte damit die schwimmenden Bälle in Drehung.

Selbst die Erwachsenen nahmen regen Anteil. Frau Kroschel meckerte diesmal nicht, sondern warf kleine Bälle mit der Aufschrift »Tchibo« vom Balkon. Frau Kostelnik lief über den Hof und hob uns Jungen wollüstig die Handtücher hoch, die wir uns inzwischen umgebunden hatten. Angeblich wollte sie nur kontrollieren, ob wir auch etwas drunter hätten. Einige Zeit später, als der Wasserspiegel beträchtlich gesunken war, holte Herr Schmidt aus dem Erdgeschoss seinen langen Gartenschlauch, schraubte ihn an den Wasserhahn im Hof und spielte Springbrunnen. Derweil lief unser Vater barfuß mit der Werra und der Pentaka 8 herum und fotografierte und filmte und dokumentierte damit das Ereignis des Sommers.

Einkellerung

Im Herbst kellerten alle Haushalte Kartoffeln ein. Das begann damit, dass eine Kassiererin von Haus zu Haus lief, kleine Abschnitte aus den Kartoffelkarten schnitt, das Geld kassierte und in die lederne Schaffnertasche steckte. Ihr folgte der schwer mit Säcken beladene Lastzug. Vor unserem Haus koppelte der Beifahrer den Hänger ab und wies das Lastauto rückwärts in den Hof ein. Hier warteten schon die Vertreter unserer sieben Haushalte. Sie mussten nun entscheiden, was mit den vollen Säcken zu geschehen habe. Die einen, die Vater als »schludrig« bezeichnete, ließen sich die Zentnersäcke so wie sie waren in ihre Keller tragen und in die brusthohen Kartoffelhorden schütten. Dort konnten sie dann in Ruhe vor sich hin faulen. Die anderen, die »gewissenhaften«, ließen sich ihre Kartoffeln hingegen zunächst auf das trockene Hofpflaster schütten. Dazu gehörten natürlich auch wir. Waren alle beliefert, zählten die Kartoffelmänner die geleerten Säcke nach und fuhren weiter zum Nachbarhaus.

Jetzt begann unsere Arbeit. Am Anfang breiteten wir die Knollen, an denen zuweilen der halbe Acker hing, so weit wie möglich aus. Sie sollten in der Sonne noch ein wenig nachtrocknen. Sorten wie »Linda«, »Granola« oder »Adretta« kannten wir nicht. Wir kannten auch keine »festkochenden«, »vorwiegend festkochenden« oder »mehlig kochenden« Kartoffeln. Wir kannten einfach nur »Kartoffeln«. Das war aber nicht weiter schlimm. Viel wichtiger war ihre Auslese. Dazu hockten wir uns mit Eimern neben die Kartoffeln und sortierten sie nach den Kriterien »tadellos«, »beschädigt«, »angefault« oder »Pellkartoffel«. Die tadellosen kamen im Keller in die große Horde und wurden Schicht um Schicht mit Keimstopp bestreut. Sie konnten aus der unteren Schräge entnommen werden, wobei die verbliebenen von oben nachrutschten. Die beschädigten oder angefaulten Knollen schütteten wir in separate Obsthorden und verspeisten sie zuerst. Da im Laufe der Zeit auch die besseren Kartoffeln alterten, gelangte bei uns eigentlich nie die beste Qualität auf den

Tisch. Mit Ausnahme der kleinen Pellkartoffeln, die Vater am liebsten aß. War alles im Keller, kehrte jede Familie ihren Teil der Ackerkrume zusammen und schüttete ihn in die Aschengrube.

Doch wehe, wenn es beim Einkellern regnete. Dann half auch die größte Gewissenhaftigkeit nicht weiter. Notgedrungen ließen alle Mieter ihre feuchten Kartoffeln direkt in die Horden schütten. Werturteile über andere Familien unterblieben. Alle ärgerten sich gleichermaßen über ihre rasch verfaulenden Knollen.

Ende der sechziger Jahre wurde es in der DDR üblich, dass alle jungen Frauen arbeiten gingen, dass die Kinder an der Schulspeisung teilnahmen und dass zu Hause immer mehr Makkaroni, Spaghetti und Spirelli gegessen wurden. Der private Kartoffelkonsum sank spürbar. Das Einkellern wurde abgeschafft. Wer wollte, konnte zunächst noch Zentnersäcke mit dem Handwagen vom Gemüsehändler nach Hause fahren. Allerdings bürgerte es sich schnell ein, nur die gerade benötigten Kartoffeln einzukaufen. Sie steckten mittlerweile in grobmaschigen Netzen, die, wenn sie nicht an der obersten Knolle gepackt wurden, gern zerrissen und ihren Inhalt freiließen.

Auch deshalb gingen wir »gelernten DDR-Bürger«, wie uns der Dresdner Conférencier O. F. Weidling spitzzüngig nannte, niemals ohne Einkaufsnetz oder Dederon-Beutel außer Haus. Von den Westdeutschen wurden wir dafür milde belächelt. In Wirklichkeit waren wir der Zeit um Jahrzehnte voraus.

Knäckerchen

Von der Rietschelstraße aus gesehen trug unser Haus an den seitlichen Fassaden je drei übereinanderliegende Stubenbalkons. Links aber, wo die Zufahrt in den Hof führte, wucherte ein wilder Weinstock bis zum Dach empor und verwandelte die hölzernen Balkons in zünftige Weinlauben. Leider trug er keine Trauben. Das einzig Genießbare waren seine Sprossranken. Wir Kinder kauten gern auf diesen kleinen, sauren Wünschelruten herum, bis sich unsere Münder zusammenzogen.

Der Weinstock stammte noch aus der Kaiserzeit und wurde langsam altersschwach. Jahr für Jahr starben meterlange Verästelungen ab und mussten herausgeschnitten werden, um den jungen Trieben Luft zu verschaffen. Das führte uns jeden Herbst zu einer Gemeinschaftsaktion zusammen. Die Balkonbesitzer und ihre Helfer griffen zu Baumscheren und Harken und schnitten und zogen, am Dach beginnend, die knackenden und stiebenden Zweige aus dem Weinstock. Dabei bildete sich ein Knäuel, das beim Herunterziehen ständig wuchs und schließlich auf dem Pflaster der Ausfahrt landete. Dieses Gestrüpp zogen und schoben wir dann mit mehreren Harken in den Hof. Eine Besen-Nachhut kehrte Zweige, Blätter und Staub hinterher. Mitten im Hof wölbte sich nun ein mannshoher Haufen, auf den noch andere Holzreste sowie einige Gartenabfälle flogen.

Derweil hatte sich das halbe Haus versammelt. Vater zerknüllte mehrere »Leipziger Volkszeitungen«, die er nicht mehr brauchte, schob sie unter den Haufen und zündete sie an. Die Flammen schossen hoch. Wir Kinder johlten. Wo die Gartenabfälle lagen, zischte und dampfte es giftgrün. Je heißer es wurde, desto schneller fingen auch die Holzreste Feuer.

Wir Kinder hatten rechtzeitig für Munition gesorgt. All unsere gesammelten Kastanien flogen nach und nach ins Feuer und sorgten mit ihrem Knallen für Freude und Erschrecken. Die Zeit verrann. Es dämmerte. Vater hielt das Feuer mit der Harke zusammen. Bei jeder Bewegung stob ein Funkenregen zum

Himmel hinauf. Jetzt legte Frau Kostelnik Kartoffeln in die Glut, holte sie erst wieder heraus, als sie schwarz waren, und verteilte sie. Wir ließen sie abkühlen und löffelten sie aus. Die versprochene Delikatesse war das nicht. Sie schmeckten rauchig und verkohlt. Auch wenn das Feuer irgendwann keine Nahrung mehr fand, leuchtete doch die Glut bis in die Nacht hinein. Am anderen Morgen kehrte Vater die Asche zusammen und schüttete sie in die Aschengrube.

Ein solches Feuer hieß bei uns »Knäckerchen«. Als ich dann eines Tages ins Ferienlager fuhr und wir ein Lagerfeuer entfachten und ich es im tiefsten Selbstverständnis »Knäckerchen« nannte, blickten mich die Kameraden an wie einen Außerirdischen. Die Berliner Kinder fragten mich, wat denn det nu schon wieda sein solle, so ein »Knäckerchen«. Bestimmte Worte sind halt nur Eingeweihten zugänglich. Worte wie »Mumans«, »Scherbelkiste« oder eben »Knäckerchen«.

Der Holländer

In den Garagen, Schuppen und Kellern unseres Hauses stand so manches Fahrzeug herum. Abgesehen von einem Auto, zwei Motorrädern und dem »Hühnerschreck« wurden sie alle mit Muskelkraft angetrieben. Die Großen besaßen meist Fahrräder. Wir Sprösslinge hingegen bewegten uns mit Kinderradern, Luftrollern, Holzrollern oder Dreirädern fort. Je nach Altersklasse. Das außergewöhnlichste Fahrzeug aber war unser Holländer. So etwas gab es weit und breit kein zweites Mal.

Der Holländer bestand aus einem blauen Blechgestell, welches vier rot-schwarze Räder zusammenhielt und in der Mitte ein längliches Sitzbrett trug. Ich setzte mich auf dieses Brett und lenkte mit den Füßen, indem ich sie auf die freiliegende und bewegliche Vorderachse stellte. Die nötige Fahrbewegung erzeugte ich mit dem langen Hebel zwischen dem Sitz und der Vorderachse, der wie ein großes T aussah. Ich packte beide Griffe und schob den Hebel vor und zog ihn wieder zurück. Diese Bewegung übertrug sich auf eine Stange, die unter dem Sitz nach hinten verlief und dort die Kurbelwelle der Hinterachse antrieb. Vor – zurück – vor – zurück – und ab ging die Post. Jetzt war ich ein Rennfahrer. Schnell und wendig schoss ich über das gelbe Ziegelpflaster des Hofs, über die Granitplatten des Bürgersteigs und über das Kopfsteinpflaster der Rietschelstraße. Ringsum bettelten mich die Kinder an, auch mal fahren zu dürfen. Einen Holländer gab es damals ja nicht zu kaufen. Unserer stammte noch aus der Kindheit meines Vaters in den zwanziger Jahren.

Heimlich jedoch träumte ich von einem richtigen Tretauto aus Blech. Von einem roten, wie es bei Schuh-Schäfer stand. Mit dem konnte ich zwar nicht wegfahren, weil es auf einem Podest verankert war. Trotzdem setzte ich mich an sein Lenkrad und fuhr in Gedanken durch die Welt, während Mutter nach passenden Schuhen suchte. Richtige Tretautos kannte ich nur von den Spielzeugseiten der westdeutschen Versandhauskataloge. So eins, das wär's gewesen. Wurde es natürlich nie.

Doch wir Kinder waren findig und suchten Ersatz. Als tauglich erwiesen sich zwei alte Handwagen im Keller. Wir zogen die Vehikel über die Kellertreppe nach oben in den Hof. Einer stellte sich jeweils vorn zwischen die leiterförmigen Seiten und lenkte mit den Holzgriffen der hochgeklappten Deichsel. Ein anderer ergriff die hintere Querlatte und schob volle Pulle. Der Wendekreis war riesig, doch in unserem großen Hof konnten wir ganz gut damit herumkurven. Die Lust am Fahren verging uns aber schnell. Oben ging ein Balkonfenster auf. Diesmal schimpfte Frau Kostelnik wie wild drauflos, weil die eisenbeschlagenen Holzräder einen Höllenlärm machten. Ihr Mann hatte Nachtschicht gehabt.

Fahrschüler

»Bist du Fahrschüler?«, fragte der wachhabende Lehrer an der großzügig verglasten Innentür unseres Schulhauses aus Kaisers Zeiten. Nach dem Vorklingeln ließ er nur noch »Fahrschüler« ein. Für alle anderen schloss sich die Tür fünf Minuten vor acht. Erst mit dem Klingeln um acht ging sie wieder auf. Bis dahin stauten sich die Zuspätkommer auf der steinernen Treppe bis hinunter zur Außentür. Auch ich wurde zuweilen ausgesperrt und rannte dann mit dem Stundenklingeln über den frisch geölten Holzfußboden zu meinem Klassenzimmer.

Die »Fahrschüler« waren mir lange Zeit ein Rätsel. Machten sie etwa schon ihren Mopedschein? Wohl kaum. Dafür musste man fünfzehn sein. Was ging hier also vor?

Ich erfuhr erst später, dass unsere Schule auch zwei Züge mit »erweitertem Russischunterricht« führte. Ab dem dritten Schuljahr besuchte ich selbst so eine »Russischklasse«. Sie unterschied sich von den »allgemeinbildenden Klassen« in dreierlei Hinsicht. Zum einen lernten wir bereits ab der dritten Klasse Russisch und nicht ab der fünften, und Englisch war obligatorisch. Zweitens unterrichteten bei uns die besten Lehrer. Und drittens wurden für diese Spezialklassen die besten Schüler der Stadt ausgewählt. Tagtäglich fuhren mehrere Hundert davon aus allen Ecken Leipzigs mit der Straßenbahn zur Uhlandschule nach Lindenau oder zur Schillerschule nach Gohlis, der zweiten Schule mit solchen Spezialklassen. Wer nicht umsteigen musste, bekam grüne Schnipsel für zehn Pfennig pro Fahrt. Bezahlt von der Schule. Wer umsteigen musste, erhielt eine Monatskarte. Für die Klebemarke bezahlte die Schule sieben Mark pro Monat.

Das also waren sie, die »Fahrschüler«. Ich gehörte nicht dazu, denn ich musste ja von der Rietschelstraße lediglich die Uhlandstraße hochlaufen und war nach fünf Minuten da.

Grußadresse

Am Ende der ersten Klasse, am 30. Juni 1963, diktierte uns die Lehrerin den folgenden Text ins Deutschheft:

»Lieber Walter Ulbricht!

Herzlichen Glückwunsch zum 70. Geburtstag.

Deine Klasse 1b.«

Polytechnischer Unterricht

»Handwerk hat goldenen Boden.« Diesen Spruch hörte ich in der Familie von klein auf. Vielleicht haben wir deshalb viel gebastelt und experimentiert. Einfallsreichtum und Fingerfertigkeit waren in der DDR ja überlebensnotwendig. Wir alle mussten »gelernte DDR-Bürger« werden, um O. F. Weidling noch einmal die Ehre zu geben. Offiziell nannte sich diese Ausbildung »polytechnischer Unterricht«. Der einheitliche Schultyp hieß daher »zehnklassige allgemeinbildende polytechnische Oberschule«, kurz POS.

Das Erlernen handwerklicher Fertigkeiten begann schon mit dem Werkunterricht in der ersten Klasse. Anfangs bastelten wir noch. Später bauten wir im Werkraum meist schöne und nützliche Sachen. Wir färbten zum Beispiel Marmorpapiere, wie ich sie von den Insel-Büchern her kannte. Damit bezogen wir dann die Deckel selbst gefertigter Fotoalben. Wir sägten auch birnenförmige Teile aus rotbraunen PVC-Platten aus, feilten die Ränder glatt, bohrten je ein Loch hinein, legten die Rohlinge in einen Muffelofen, holten sie mit dicken Handschuhen wieder heraus und drückten sie, labberig wie sie waren, auf den Hals einer leeren Weinflasche. Nach dem Erkalten hielt ein jeder von uns seinen Schuhanzieher in den Händen und bekam dafür eine angemessene Zensur. Da wir drei Geschwister nacheinander in dieselbe Schule gingen, lagen bei uns zu Hause schließlich drei rotbraune Schuhanzieher herum.

Ähnlich verhielt es sich mit Erzeugnissen aus Holz, die wir an der Werkbank sägten, bohrten, schliffen und lackierten. Das waren zum Beispiel Zeitungsständer aus Holzleisten und Wäscheleinen, von denen wir am Ende ebenfalls drei hatten. Ein andermal schnitten wir Kunstlederstücke zu, lochten sie an den Rändern und flochten sie mit Bändern zu Buchumschlägen zusammen. Später montierten wir sogar Zahnradgetriebe aus speziellen Metallbaukästen. So ging das bis zur sechsten Klasse. Wer noch nicht genug gewerkelt hatte, der konnte sich an der Schule oder im Haus der Pioniere einer der zahlreichen Arbeitsgemeinschaften anschließen.

Werken klingt männlich. Doch alle Mädchen machten mit. Nadelarbeiten klingt weiblich. Doch alle Jungen machten mit. Das war in der dritten und vierten Klasse. Wir lernten Kreuzstich und Hexenstich sowie das nützliche Knopfannähen und das inzwischen unnütze Strümpfestopfen. »Nadeln« war unser liebstes Fach. Nicht aber, weil wir alle wie Meister Nadelöhr werden wollten. Nein. Es lag allein an der Lehrerin, denn Fräulein Bernhardt war eine großartige Erzählerin. Beim Nähen, Stopfen und Häkeln erzählte sie immer Märchen oder auch Geschichten aus ihrer Kindheit im Spreewald. Wir konnten gar nicht glauben, dass sie jeden Tag mit dem Kahn in die Schule gefahren sein wollte. Am lebendigsten erzählte sie von »Flipper«, diesem Delfin im gleichnamigen amerikanischen Film, der gerade in unseren Kinos lief.

Ab der siebten Klasse wurden wir zwei Jahre lang im Technischen Zeichnen unterrichtet. Jeder von uns musste sein hölzernes Reißbrett mit der eingeschobenen, T-förmigen Reißschiene mitbringen. Für eine allgemeinbildende Schule war Technisches Zeichnen bereits eine recht hohe Spezialisierung. Unser Interesse hielt sich folglich in Grenzen. Nachdem wir die Reißbretter nicht mehr benötigten, benutzten sie zumeist unsere Mütter als Kuchenbretter. Ähnlich unbeliebt war das Schulfach ESP, also »Einführung in die sozialistische Produktion«, das uns von der siebten bis zur zehnten Klasse begleitete. In meinen Zeugnissen steht dafür stets eine Zwei. Merkwürdigerweise kann ich mich an nichts erinnern, was ich in ESP gelernt haben sollte.

Ganz anders verhielt es sich mit UTP, dem »Unterrichtstag in der sozialistischen Produktion«, der ebenfalls von der siebten bis zur zehnten Klasse im Wechsel mit ESP ablief. UTP fand jedoch nicht in der Schule statt, sondern in einer speziell eingerichteten Werkstatt eines Volkseigenen Betriebes. Dort erlernten wir Fertigkeiten der Metallbearbeitung wie Anreißen, Sägen, Feilen, Körnen, Bohren und Entgraten. Wir flochten Kabelbäume, löteten Drähte zusammen und montierten Elektroschalter. Manche Eltern nannten das »Kinderarbeit«, den meisten von uns gefiel UTP aber besser als das Sitzen im Klassenzimmer. Zudem konnten wir in den Sommerferien in der echten Produktion mitarbeiten und uns ein paar Hundert Mark verdienen.

Kurz vor dem Abitur erklommen wir die höchste Stufe der polytechnischen Ausbildung. Sie nannte sich »wissenschaftlich-praktische Arbeit«. Eigentlich war das ziemlich strategisch gedacht. Zumindest in unserem Falle. Ein Assistent der Leipziger Bauhochschule gab sich redlich Mühe, uns analoge und digitale Rechner zu erklären. Wir durften sogar praktisch an ihnen üben. Das war 1972. Leider erkannte ich damals nicht, dass uns hier der Weg in die Zukunft gewiesen werden sollte.

Fehlleistungen

Vor dem Wandertag erklärte uns die Klassenlehrerin, wie nützlich eine Thermosflasche sei, denn sie halte die Temperatur von heißen oder kalten Getränken lange konstant. Möglich sei das, weil sie mit Quecksilber gefüllt sei. Quecksilber? Wir, die polytechnisch Gebildeten, blickten argwöhnisch. Ich entgegnete, Quecksilber sei doch ein sehr gut leitendes Metall. Das wisse ich von dem »Quecksilberschweinchen« im Treppenhausautomaten. Außerdem sei Quecksilber schwer und hochgiftig. Eine Thermoskanne hingegen sei leicht und für Lebensmittel gedacht. Deshalb bestehe sie aus doppelwandigem Glas, das innen verspiegelt und luftleer gepumpt sei. Die Lehrerin errötete. Es war das Klingeln, das sie rettete.

Unsere Deutschlehrerin, die in Dresden aufgewachsen war, erzählte gern von ihrer Heimatstadt. Zum Beispiel von der Frauenkirche, von der nach dem Krieg nur ein Trümmerhaufen übrig geblieben war. Sie sei ein Wunderwerk gewesen, denn man habe sie aus Quark und Eiern gebaut. Ich dachte mir zwar noch ein paar Steine hinzu, schleppte die Schulweisheit dann aber jahrzehntelang mit mir herum. Nachdem die Frauenkirche wieder aufgebaut war und ich mich einer Führung anschloss, wollte ich endlich Gewissheit haben. Ich fragte also, ob es stimme, dass die Frauenkirche einst aus Quark und Eiern gebaut worden sei. Die anderen Teilnehmer der Führung, die entfernte deutsche Dialekte sprachen, blickten mich an, als gehöre ich weggesperrt. Die Kirchenführerin jedoch antwortete routiniert: »Selbstverständlich. Dem Mörtel wurde früher so manches beigemischt. Darunter auch Quark und Eier. Zuweilen sogar Ochsenblut, Bier oder Urin.« Inzwischen waren alle Blicke auf die Führerin gerichtet und wollten sie ebenso weggesperrt wissen wie mich.

Unser Sportlehrer war sehr beliebt. Zumindest bei den Sportlichen, zu denen ich zählte. In der Leichtathletik liefen wir und sprangen und warfen. Wir warfen mit Kugeln, Schlagbällen, Medizinbällen und Speeren. Vom Speerwerfen wussten wir, dass die alten Griechen das trainiert hatten, um im Krieg ihre Feinde besser aufspießen zu können. Das war lange her. Nun sollten wir etwas ganz Ähnliches tun. Wir sollten mit Handgranaten werfen. »Handgranatenweitwurf« nannte sich diese Disziplin. In einer Kiste lagen Stielhandgranaten, in einer anderen Eierhandgranaten. Die Stielhandgranaten kannten wir von Fotos aus den zwei Weltkriegen. Die stählernen und geriffelten Eierhandgranaten waren sowjetischer Bauart. Natürlich alles nur Attrappen ohne Zünder und Sprengstoff. Wir warfen sie von uns und bekamen dafür Zensuren. Je weiter, desto besser. Doch denen, die darüber nachdachten, war nicht wohl bei der Sache. Und manchen Eltern, die ja allesamt den letzten Krieg miterlebt hatten, ebenfalls nicht.

Das neue Schuljahr begann in der DDR grundsätzlich am 1. September. Dieser Tag hieß bei uns Weltfriedenstag, weil an ihm der Zweite Weltkrieg begonnen hatte. Als wir nach den Sommerferien das Klassenzimmer wieder betraten, wirkte es immer ziemlich trostlos. Also fragte die Lehrerin, wer denn eine Topfpflanze mitbringen könne. Mehrere meldeten sich. Ein Klassenkamerad versprach einen großen Efeu, der angeblich seine ganze Wohnung zuwuchere. In den Tagen darauf füllten sich die Fensterbretter mit Grün. Neben dem Klassendienst und dem Tafeldienst wurde ein Blumendienst eingeteilt. Nur der Efeu musste nicht gegossen werden. Weil er fehlte. Trotz wiederholter Versprechen kam er auch in den nächsten Tagen nicht. Er sollte überhaupt nie kommen. Unser Klassenkamerad hieß fortan »Der Efeu«. In den vielen Ferien wurden die Topfpflanzen dann vorübergehend mit nach Hause genommen. Einmal im Jahr überreichten einige Schüler unserer Klassenlehrerin sogar Schnittblumen. Das war stets am 12. Juni, am Tag des Lehrers.

Auch mein Vater brachte, solange er Lehrer war, seiner geliebten Ehefrau am Lehrertag Blumen mit nach Hause. Meistens eine Mischung aus verschiedenen Einzelsträußen. Er überreichte ihr die Komposition, als habe er sie extra für sie zusammenstellen lassen. Zwei Mal im Jahr kaufte er jedoch wirklich Blumen für Mutter. Zu ihrem Geburtstag im August und zum Hochzeitstag am 11.11., der zugleich Faschingsanfang war. Da schenkte er Mutter stets einen großen Strauß Chrysanthemen und erklärte uns allen unverdrossen, dass Chrysos Altgriechisch sei und Gold heiße. Anthos hingegen heiße Blüte. Folglich sei eine Chrysantheme eine Goldblüte. Chrysanthemen waren nicht die einzigen Schnittblumen, die es im November zu kaufen gab. Aber die haltbarsten. Vater wären Sebnitzer Kunstblumen gewiss noch praktischer erschienen. Mutter hätte ihm das allerdings nie verziehen.

Rumpelmännchen

An unserem Ende der Rietschelstraße befanden sich keine Läden. Doch in höchstens zehn Minuten Entfernung konnten wir alles Nötige finden. Es gab drei Bäcker, drei Fleischer, einen Fischladen, einen Geflügelladen, zwei Milchmänner, drei Gemüseläden, ein Reformhaus, zwei Tante-Emma-Läden, zwei HO-Lebensmittelläden, zwei Konsum-Selbstbedienungsgeschäfte, einen Tabakladen, drei Drogerien, drei Schreibwarenläden, zwei Elektroläden, einen Fotoladen, einen Fotografen, einen Haushaltwarenladen, einen Schuhverkäufer, zwei Schuster, einen Uhren- und Schmuckladen, einen Uhrmacher, einmal »Flax und Krümel« Kinderkleidung, einen Modellbahnladen, zwei Fahrradläden, drei Friseure, eine Zoohandlung, eine Volksbuchhandlung, einen Schallplattenladen, einen Kunstgewerbeladen, zwei Kinos, zwei Kohlenmänner, eine italienische Eisdiele, fünf Kneipen und – zwei »Rumpelmännchen«.

So hießen die Altstoffannahmestellen, die sich in kleinen Läden befanden. Das Rumpelmännchen auf dem Schild im Schaufenster ähnelte dem weißbärtigen Glasmännchen im DEFA-Film »Das kalte Herz«. Nur, dass das Rumpelmännchen rot gekleidet war, einen dicken Sack auf dem Rücken trug und einen Knotenstock in der Faust hielt. Später wurden diese Annahmestellen in SERO umbenannt, das Kürzel für VEB Kombinat Sekundärrohstofferfassung.

Alle Pioniere, also die meisten Schüler der unteren Klassen, wurden regelmäßig aufgefordert, durch ihr Wohngebiet zu ziehen und Altpapier zu sammeln. Später sangen sie: »Hab'n Se nicht noch Altpapier, liebe Oma, lieber Opa …« Das war gut. Die Bündel sollten in der Schule abgeliefert werden. Das war schlecht. Denn wer seine Altstoffe selbst wegbrachte, der bekam dafür ordentlich Geld.

In unserer Familie fuhren wir demzufolge alles selbst zum Rumpelmännchen. Für ein Kilo Zeitungspapier gab es dreißig Pfennig. Wenn unser Vater seine vielen Zeitungen nach erneuter Durchsicht freigegeben hatte, verschnürten wir sie mit Bindfadenresten zu Paketen und packten sie auf den alten Handwagen. Obendrauf kam ein Wäschekorb mit gespülten Flaschen und Gläsern, die, je nach Sorte, fünf bis dreißig Pfennig pro Stück brachten. Manchmal krönten wir die Fuhre mit einem Sack Lumpen für fünfzig Pfennig das Kilo. So klapperten wir über die Granitplatten des Bürgersteigs. Einer zog an der Deichsel, der andere schob an der hinteren Querstange. Eine Fuhre brachte mindestens fünf Mark. Bei einem Taschengeld von fünfzig Pfennig pro Woche war das fürstlich. Manchmal bekamen wir im Laden sogar eine Prämie in Form von bunten Abziehbildern.

Auch unsere Mutter war vom Rumpelmännchen angetan. Nicht nur wegen seiner Nützlichkeit, nein, auch wegen seiner Gestalt. Also beschloss sie, dass ich zu einem großen Kinderfasching als Rumpelmännchen gehen sollte. Sie nahm ein rotes Inlett, bezog damit einen breitkrempigen Spitzhut aus Pappe, nähte auf ihrer alten Singer-Nähmaschine einen roten Umhang, setzte Flicken auf einen kleinen Jutesack und stopfte ihn mit Knüllpapier aus. Mit diesem Kostüm gewann ich den zweiten Preis. Das war eine Plastikrakete, die ich zur Hälfte mit Wasser füllte, dann aufrecht auf eine spezielle Luftpumpe klemmte, kräftig aufpumpte und schließlich durch Ziehen an einem Faden startete. Während die Umstehenden nass wurden, flog die Rakete haushoch, kippte, fiel zu Boden und schlug mit ihrer gummierten Spitze auf. Ein solches Fluggerät hatte ich zuvor noch nie gesehen. So viele Läden es im Viertel auch gab – ein Spielzeugladen, vor dessen Schaufensterscheibe ich hätte träumen können, war nicht darunter.

Ferienlager

»Jeder Doofe einmal in Glowe.« Diesen Spruch kennt jeder, der mal in Glowe auf Rügen war. Ich verbrachte dort im Sommer 1967 zwei Wochen im Kinderferienlager der Gewerkschaft Unterricht und Erziehung.

Wir hatten uns gerade in den Bungalows eingerichtet, da wurden wir auf den Appellplatz gerufen. Gerüchte liefen um. Die Stimmung war gedrückt. Die Fahnen wehten auf Halbmast. Nun erfuhren wir, warum. Am 6. Juli 1967 hatte sich ein schweres Zugunglück ereignet. In Langenweddingen bei Magdeburg war eine Schranke nicht richtig geschlossen, ein Tanklaster fuhr auf die Schienen, wurde von einer Dampflok erfasst und explodierte. Die ersten Wagen brannten sofort aus. Sechsundneunzig Menschen starben. Darunter vierundvierzig Kinder, die, so wie wir kurz davor, auf dem Weg ins Ferienlager waren. Als wir das hörten, liefen uns die Tränen aus den Augen. Die Fahnen blieben auf Halbmast. Der Urlaub aber ging weiter, wenn auch etwas gedämpft.

Unser Betreuer war Zeichenlehrer und sah aus wie Taddeus Punkt. Er trug eine Baskenmütze, hatte immer Block und Stift dabei und nutzte jede Pause zum Zeichnen. Eines Tages führte er uns zu einer großen Düne und erzählte, dass hier ein Teil von »Hatifa« gedreht worden sei. Diesen DEFA-Film über die Sklavin Hatifa kannten wir natürlich von Professor Flimmrich. Ein andermal fuhren wir zum Königstuhl, dessen Besuch damals kostenlos war. Vom Kreidefelsen wanderten wir zu den Wissower Klinken, die Caspar David Friedrich einst gemalt hatte. 2005 stürzten diese zwanzig Meter hohen Zinnen ins Meer.

Als Höhepunkt des Ferienlagers in Glowe galt das Ausdauerschwimmen in der Ostsee. Gegen Wind und Wellen ankämpfend, wollte ich das Schwimmabzeichen der Stufe drei ablegen. Ich schaffte es auch. Da das aber am letzten Tag war, bekam ich weder die Urkunde noch das Abzeichen mit den drei Wellen, das so gut zum Ostseeurlaub gepasst hätte. Die Rückreise, raunte man im Zug, führe an Westberlin vorbei. Deshalb drückte sich manch einer die Nase an der schmutzigen Scheibe platt. Leider war draußen nichts zu sehen als Kiefern, Kiefern und nochmals Kiefern.

Wer sich im Leipziger Hauptbahnhof treffen wollte, der tat das bei Blumen Hanisch in der Westhalle. Auch wir sammelten uns dort, bevor wir 1968 ins Ferienlager nach Groß Köris fuhren. Nach der Übergabe verabschiedeten sich die Eltern, und schon stiegen wir die Treppe hinauf zum Querbahnsteig. In der riesigen Halle roch es nach Steinkohlenrauch und Öl. An einem der sechsundzwanzig Gleise wartete bereits unser Zug. In Groß Köris, das südlich von Berlin liegt, war für mich die Beschäftigung mit dieser Stadt das Spannendste. Wir sahen einen Film über die Errichtung des »antifaschistischen Schutzwalls«. Darin wurde unter anderem gezeigt, wie man einen Spionagetunnel entdeckte. Die Amerikaner hatten ihn von Westberlin aus unter der Grenze hindurch nach Altglienicke gegraben, um Telefongespräche des sowjetischen Militärs abzuhören. Was für eine Agentengeschichte!

An einem anderen Tag fuhren wir selbst mit dem Bus nach Berlin, direkt zur Jerusalemer Straße, auf deren Fahrbahn das goldene Springer-Hochhaus stand. Natürlich auf der anderen Seite des »antifaschistischen Schutzwalls«, der sich als eine doppelte Mauer mit Wachtürmen entpuppte. Doch nicht wegen des Springer-Verlags waren wir dort, sondern wegen der Reinhold-Huhn-Gedenkstätte auf unserer Seite der Mauer. Man erklärte uns, dass dieser tapfere DDR-Grenzsoldat erschossen worden sei. Und zwar von Westberliner Tunnelbauern, von Klassenfeinden also. Wieder so eine Tunnelgeschichte! Aber ziemlich traurig. Traurig war auch der Besuch des Sowjetischen Ehrenmals im Treptower Park, wo über siebentausend Soldaten der Roten Armee bestattet sind, die bei der Befreiung Berlins ihr Leben gelassen hatten. Schließlich fuhren wir noch in den Tierpark Friedrichsfelde und besuchten das Alfred-Brehm-Haus. Neben den echten Raubkatzen faszinierten mich besonders die vier mächtigen Bronzelöwen, die in der Nähe des Eingangs standen. Zu Hause erklärte mir Vater, dass diese Löwen einst das Kaiser-Wilhelm-Nationaldenkmal vor dem Berliner Schlossportal geziert hätten. Heute steht an dieser Stelle die »Einheitswippe«.

Auch mein drittes Ferienlager führte mich in die Nähe von Berlin, nämlich nach Petzow. Diesmal fuhren wir zur Exkursion nach Potsdam. Wir besuchten Schloss Cecilienhof, wo die Alliierten 1945 das Potsdamer Abkommen unterzeichnet hatten. Danach liefen wir durch den Park zum Marmorpalais. Über seinem Portal las ich »Deutsches Armee-Museum«. Davor stand der Brandtaucher. Der echte. Sensationell! Ich kannte dieses erste deutsche U-Boot ja von den Digedags. Sie waren mit dabei, als der Brandtaucher 1850 in Kiel vom Stapel lief und getestet wurde und dann sank. Vor dem Armee-Museum stach außerdem eine schlanke Luftabwehrrakete in den Himmel. Sie sollte uns wohl ein Gefühl von Sicherheit vermitteln. Obendrein standen auf der rückwärtigen Terrasse am Heiligen See noch einige Panzer und Geschütze. Ihre Kanonenrohre zeigten Richtung Osten. Hinter dem Wasser und den Bäumen lag Westberlin. Jeder konnte vom Park aus den Sendeturm auf dem Westberliner Schäferberg sehen, der nur fünf Kilometer entfernt war.

Ich entkam also in keinem meiner Ferienlager diesem »besonderen politischen Gebiet Westberlin«. So zumindest nannte der VEB Landkartenverlag den westlichen Stadtteil 1968 in seinem Plan »Berlin – Hauptstadt der DDR«.

Meerbote

Unsere Briefträgerin trug in ihrer Umhängetasche bei weitem nicht nur Briefe aus. Bereits am frühen Morgen stieg sie das Treppenhaus hinauf und steckte die Tageszeitungen in die Schlitze der Wohnungstüren. Vormittags kam sie erneut und brachte Briefe, Karten und Zeitschriften. Erst Ende der sechziger Jahre wurde im Flur des Erdgeschosses eine lange Reihe von Hausbriefkästen angebracht. Fortan musste jeder seine Post selbst hochholen. Einmal im Monat jedoch klingelte die Briefträgerin weiterhin bei jenen, die noch kein Girokonto besaßen. Die mussten bei ihr die Rundfunk- und Fernsehgebühren bezahlen sowie die Abonnements von Zeitungen und Zeitschriften. Mit den Zeitschriften aber war das so eine Sache.

Denn bei dem andauernden Papiermangel der DDR bestimmte der staatliche Postzeitungsvertrieb, was überhaupt abonniert werden durfte. SED-Tageszeitungen wie das »Neue Deutschland« oder die »Leipziger Volkszeitung« konnten selbstredend immer bestellt werden. Auch die »Frösi« mit ihren beliebten Beilagen zum Basteln und Experimentieren kam ins Haus. Bei anderen heiß begehrten Zeitschriften musste man sich gedulden, bis ein Abonnent starb, um in der Warteliste einen Platz höher zu rücken. Blieb also nur die Schlange am Zeitungskiosk. Oder man hatte gute Beziehungen zu einem Schreibwarenladen.

Unser Schreibwarenhändler hieß Arthur Meerbote. Sein Geschäft war ein verputzter Flachbau mit großen Schaufenstern und lag in der Erich-Köhn-Straße 41, keine zehn Minuten von unserem Haus entfernt. Wir kauften stets bei Meerbote. Niemals bei Mehner. Der lag zwar näher, doch Mehner beschiss. Herr Meerbote hingegen galt als ehrlicher und tüchtiger Geschäftsmann. Er verkaufte Schulbücher für alle Klassenstufen und die nötigen Hefte, Umschläge, Füllfederhalter, Lineale, Zeichendreiecke, Winkelmesser, Zirkel, Malfarben, Rechenschieber und so weiter. Und er pflegte einen guten Kontakt zu unserem Vater.

Vielleicht auch deshalb, weil unser Vater als Lehrer und Fachberater der Stadt Leipzig nicht ohne Einfluss war.

Neben Schreibwaren führte Herr Meerbote auch Zeitschriften. Von ihm bekamen wir alles, was das Herz begehrte. Der Verkäufer stand im grauen Kittel hinter seinem Ladentisch, zog ein vorbereitetes Päckchen hervor und schob es möglichst unauffällig über den Tresen. Sein Blick signalisierte: Bitte schnell wegstecken!

Das Päckchen enthielt sogenannte Bückware. Jede Woche die »Wochenpost«, das Satireblatt »Eulenspiegel« und die »NBI«, also die »Neue Berliner Illustrierte«. Jeden Monat den »Sammlerexpress«, »Das Magazin« mit den Aktfotos, den »Technikus«, »Jugend und Technik« für die Söhne sowie das Jugendmagazin »Neues Leben« für die Tochter. Nicht zu vergessen »Kultur im Heim« mit den modernen Wohnideen für Mutter. Eine solche Menge an Zeitschriften konnten wir uns nur leisten dank des niedrigen Preises von durchschnittlich fünfzig Pfennig.

Das einzig wirklich Wichtige waren jedoch die Digedags für sechzig Pfennig. War das neueste Heft erschienen, verbreitete sich die Nachricht wie ein Lauffeuer. Ich bettelte Vater, so schnell wie möglich zu Meerbote zu gehen und mich mitzunehmen. Auf dem Rückweg bekam ich dann von der Rietschelstraße nichts mit, denn ich versank vollkommen im neuesten Abenteuer der Digedags.

Die Digedags

Unser Geschichtsunterricht der fünften Klasse begann 1966 mit der Urgesellschaft. Wir Jungs konnten da locker mitreden. Wir waren ja selbst mit dabei, als die Digedags im Raumschiff XR 8 auf fremden Planeten landeten. Wir waren mit dabei, als sie auf Urmenschen stießen und ihnen den Nutzen des Rades erklärten. Danach radelten die Urmenschen auf jeweils zwei Steinscheiben durchs Gelände und trugen sogar Sturzhelme aus Kürbisschalen.

Die Bilderzeitschrift, die solche Geschichten in großen Bögen erzählte, hieß eigentlich »Mosaik«. Doch kein Mensch sagte »Mosaik«. Alle sagten »Digedags«, weil unsere kleinen, aber pfiffigen Helden Dig, Dag und Digedag hießen. Die allmonatliche Fortsetzung ihrer Abenteuer konnten wir kaum erwarten. In der Schule waren die Digedags jedoch unerwünscht. Manchem Lehrer galten sie gar als »Schmutz- und Schundliteratur«. Das konnten wir überhaupt nicht verstehen, denn sie erschienen ja im DDR-Verlag Junge Welt. Ob wir einfach zu viel von den Digedags lernten, sodass die Lehrer eifersüchtig auf sie waren?

Am Ende der fünften Klasse behandelten wir im Geschichtsunterricht das Römische Reich. Endlich! Von den Digedags kannten wir längst den Kaiser, die Legionen, die Galeeren, das Kolosseum, die Gladiatoren, das Forum Romanum, die Wagenrennen und das Tivoli mit seiner Achterbahn. Da kam kein Lehrer hinterher. Selbst was er uns über Sklavenhalter und Sklaven erzählte, wussten wir schon lange. Dann beendete er das Thema Rom. Wir Jungs blickten uns ratlos an. Hatte er uns doch prompt das Wichtigste verschwiegen! Ich fasste mir ein Herz und fragte:

»Und was ist mit den Katakomben?«

»Woher kennst du denn die Katakomben?«

»Na, aus den Digedags«, antwortete der Chor der Wissenden.

Dem Lehrer verschlug es die Sprache. Es klingelte. Über die Katakomben erfuhren wir nichts mehr. Das war aber nicht weiter schlimm. Wir wussten ohnehin viel besser Bescheid als der vorgebliche Historiker.

Den Digedags verdankten wir ganze Teile unseres Wissens. Mit ihnen waren wir nicht nur in Rom unterwegs, sondern auch in Venedig, Genua, Triest, Dalmatien, Byzanz und Ägypten; in Berlin, Nürnberg, London, Petersburg und auf der fränkischen Burg Rübenstein; im Orient, in Amerika, auf dem Mond, auf dem Mars, auf dem Neos und wo nicht sonst noch alles. Die Digedags machten uns mit historischen Gestalten vertraut wie Alexander dem Großen, Otto von Guericke, James Watt, August Borsig, Konstantin Ziolkowski, dem Eckensteher Nante und sogar dem Prager Golem. Sie entführten uns in die Welt von Raumfahrern, Seeräubern, Eingeborenen, Erfindern, Spionen, Alchimisten, Gaunern, Königen, Dogen, Sultanen, Indianern und Sklavenbefreiern. Wir liebten die Gestalten mit den sprechenden Namen wie Teutobold, Sinus Tangentus, Mac Gips, Doktor Knilch, die Teufelsbrüder, Adelaide von Möhrenfeld, vor allem aber Ritter Runkel von Rübenstein mit seinen schrägen Ritterregeln. Ob Masern, Scharlach, Ziegenpeter oder gar ein gebrochenes Bein – alles war zu überleben, wenn nur der Karton mit den Digedags unterm Bett stand.

Anfangs waren sie zu dritt. Dig mit der schwarzen, Dag mit der blonden und Digedag mit der roten Locke. Unsere Sammlung begann mit Heft 13, in dem ein Tornado das Zirkusschiff der Digedags nach Rom trug. Dabei lernte ich die Urgewalt eines Wirbelsturms fürchten. Ein guter Freund schenkte uns später die allerersten Ausgaben, darunter Heft 7 mit dem Vulkanausbruch, den fliegenden Gesteinsbrocken und der strömenden Lava. Die Erinnerung daran versetzt mich heute noch in Angst und Schrecken. Ab Heft 20 verloren Dig und Dag ihren Kameraden Digedag aus den Augen und mussten ihre Abenteuer allein bestehen. Sie reisten durchs Weltall, und auf Erden begleiteten sie später Ritter Runkel auf Schatzsuche in den Orient. Wir fieberten mit ihnen, als sie Digedag auf die Spur kamen und nach zehn langen Jahren endlich wieder zusammenfanden. Sie kehrten in die deutschen Lande zurück, Ritter Runkel heiratete Adelaide von Möhrenfeld, und die Digedags reisten nun zu dritt quer durch Amerika und anschließend durch den Orient. Bis 1975. Auf dem Rücktitel von Heft 223 verabschiedeten sie sich völlig überraschend, indem sie auf ihren drei Kamelen in ein Traumbild hineinritten. Die Digedags sollten niemals wiederkehren.

Was Hannes Hegen mit seinem Berliner Mosaik-Kollektiv auf weit über fünftausend Druckseiten hinterlassen hat, ist die bedeutendste deutsche Comicserie überhaupt.

Duosan Rapid

Was in Westdeutschland UHU war, war bei uns Duosan Rapid. Es gab zwar auch Tuben mit Mökol oder Kittifix. Doch Duosan Rapid war das Original. Anfangs besaß die blau-weiße Tube statt eines Schraubverschlusses eine lange Aluminiumnase. Zum Öffnen wurde eine Nadel mitgeliefert, deren Ende zu einem Ring gebogen war. Damit stach ich ein Löchlein in die Spitze der Nase und schob die Nadel tief hinein. Zog ich sie wieder heraus, konnte ich den glasklaren Klebstoff sehr genau dosieren. Nach getaner Arbeit schob ich die Nadel einfach zurück in das Löchlein.

Als sich unser Vater einmal stationär ins Friesenkrankenhaus begeben musste, ging er vorab zu Meerbote. Er holte sein Päckchen Zeitschriften ab und kaufte dazu noch einen DIN A3 großen, mehrseitigen Modellbogen sowie eine Tube Duosan Rapid. Wenn wir Vater besuchten, sahen wir das Modell wachsen. Es war das damals schnellste Turboprop-Flugzeug der Welt, eine sowjetische Tupolew TU-114. Ich kannte sie bereits von der Rückseite des Heftes 35 der Digedags vom Oktober 1959. Als wir Vater aus dem Krankenhaus abholten, war das Pappmodell bis auf die vier Doppelpropeller und die Räder fertig. Es war so groß, dass es in Fluglage nicht durch die Türrahmen passte. Auf dem Heimweg drohte es bei jeder Windböe abzuheben.

Wir Kinder bastelten zunächst kleine »Frösi«-Modelle. Vater leitete meinen großen Bruder an. Ich durfte derweil an den Klebelaschen das Geradeausschneiden üben. Unser Schwesterchen hingegen musste mit einer roten Plastikschere und einigen Schnipseln vorliebnehmen. Später interessierte ich mich selbst für Flugzeuge und schnitt aus Kranich-Modellbögen mehrere Düsenflugzeuge aus und klebte sie mit Duosan Rapid zusammen.

Dann folgten die modernen Plastik-Bausätze vom VEB Plasticart Zschopau. Sie enthielten einen Spezialkleber sowie Abziehbilder zum Verfeinern der Modelle. Nach einigen Jahren bestand meine Flotte aus mehreren Hubschraubern, aus dem schwedischen Düsenjäger Saab-35, einer Caravelle der Air France, einer Jak-40 der Aeroflot, einer TU-134 und einer IL-62 der Interflug sowie einer Boeing-727 der Pan Am. Auch der schöne Doppeldecker AN-2 war dabei. Am liebsten aber flog ich mit dem kleinen tschechischen Hochdecker L-60 durchs Kinderzimmer und damit über weite Landschaften. Vater nannte die L-60 immer »Fieseler Storch«. Später erzählte er uns, dass er im Krieg in einem solchen Verbindungsflugzeug abgeschossen worden und gerade noch so herausgekommen sei, bevor es explodierte.

Zum Geburtstag bekam ich einmal den Bausatz eines ziemlich großen Hochdeckers mit Gummimotor. Ich sägte Rippen und Leisten zurecht, klebte sie mit Duosan Rapid zusammen und bezog das leichte Gerippe mit Spannpapier. Die Testflüge startete ich auf dem Trockenplatz. Dazu drehte ich den Propeller mit dem Zeigefinger so lange im Kreise, bis das Gummiband im Rumpf vollkommen verdrillt war. Schätzungsweise zweihundert Mal. Anschließend stieß ich den Hochdecker von mir. Der Propeller rasselte kurz, das Flugzeug nahm eine gefährliche Schräglage ein und bohrte sich in den Rasen. Nach mehreren Bruchlandungen war es ein Wrack. Später baute ich noch ein Segelflugzeug mit armbreiter Spannweite. Das besaß eine patentierte Aufhängung für die Tragflächen. Sie sollte bewirken, dass sich die beiden Flügel bei der Landung lösten, damit sie nicht zerbrachen. Bei mit verlor der Segler seine Flügel jedoch schon in der Luft und kam in Einzelteilen herunter. Ich gab den Modellbau auf. All meine Papp-, Plastik- und Holzmodelle hängte ich mit Angelschnüren an die Kinderzimmerdecke und überließ sie den Fliegen als Toilette. Nach mehreren Jahren holte ich die Fluggeräte schließlich mit alten Handschuhen herunter, zerbrach sie und übergab sie Vater zum Verheizen im Badeofen. Dort war bereits die große TU-114 gelandet, die zuvor mehrere Male zu ihrem Nachteil vom Schlafzimmerschrank geflogen war.

Der Badeofen war auch die Endstation unserer vielen Duosan-Rapid-Tuben. Wenn das Feuer unter dem zylinderförmigen Kessel brodelte, lud uns Vater zu einer Vorführung der besonderen Art. Er nahm eine geleerte und fest zusammengerollte Tube und kniff ihre lange Nase mit der Kombizange zusammen. Dann warf er sie in die Flammen, schloss die Ofentür und zählte wie bei einer Handgranate: »Einundzwanzig, zweiundzwanzig, dreiundzwanzig …«

Rums! Die Tube war explodiert. Wir klatschten. Vater pries die effiziente Reinigung des langen Ofenrohres. Der Badeofen zog besser denn je. Dank Duosan Rapid.

Drachensteigen

Unser erster Drachen stammte aus Vaters Kindheit. Sein sechseckiger Holzrahmen war mit einem knisternden, dunkelroten Pergamentpapier bespannt. An der Vorderseite hing die Schnur und unten der Drachenschwanz, in den mehrere rote Pergamentfliegen geknotet waren. Vater zufolge besaß dieser Drachen die Idealform und mithin die besten Flugeigenschaften aller Drachen. In der Praxis jedoch benahm er sich wie toll. Er sauste nervös hin und her und knallte, mal rechts, mal links, auf das Kopfsteinpflaster der Rietschelstraße. Wir rannten mit kurzer Leine los und mit langer Leine. Wir verkürzten den Schwanz und verlängerten ihn. Allein, der beste aller Drachen wollte einfach nicht steigen. Ganz im Unterschied zu all den anderen, die nicht die Idealform besaßen.

Also baute ich meinen eigenen Drachen. So einen, wie ihn zahlreiche Kinderbücher abbildeten oder auch die »Frösi«. Aus alten Tapetenleisten nagelte ich ein Kreuz zusammen. Über die Ecken zog ich Bindfäden. Die Fläche bespannte ich mit Packpapier. Schließlich malte ich dem Drachen ein freundliches Gesicht an, zweckte zwei Papierohren an die Seiten, ergänzte einen langen Schwanz mit bunten Fliegen und brachte die Schnur an. Damit ging ich zur Drachenwiese, die hinter der »Stange« in der verlängerten Rietschelstraße lag. All die anderen Drachen flogen bereits hoch oben am Himmel. Meiner wollte sich partout nicht hinzugesellen. Er war viel zu schwer geworden.

Ich probierte es noch ein letztes Mal. Nun mit einem großen Kastendrachen. Es dauerte seine Zeit, bis ich ihn aus Holzleisten, Zwirn und Duosan Rapid zusammengeklebt und mit dünnem Papier bespannt hatte. Nach dem Trocknen knotete ich eine hundert Meter lange Angelschnur fest, und schon rauschte das Ungetüm in den Himmel. Es zog derart kräftig an der Angelschnur, dass ich sie mit einer zweiten verlängerte, um die Flughöhe zu verdoppeln. Mein Kastendrachen überstieg all die anderen. Jetzt folgte ich einer Bauanleitung, die ich in der »Frösi« gesehen hatte, und bastelte eine Laufkatze. Das war ein Papiersegel mit einer kleinen Holzrolle, die ich in die Drachenschnur einhängte. In Windeseile rollte das Gerät hinauf. Ich träumte davon, dermaleinst mit der Laufkatze einen Fotoapparat hochzuschicken. Doch für private Luftaufnahmen war die Zeit noch lange nicht reif.

Die Rumpelkammer

An dem alten Bartschlüssel baumelte ein runder Anhänger aus Messing. Darin war das Wort »Bodenkammer« eingeprägt. »Rumpelkammer« wäre treffender gewesen. Dort oben lagerten geheimnisvolle Dinge. Ich nahm den Schlüssel vorsichtig vom Brett, stahl mich aus der Wohnung und stieg hinauf. Dabei kam ich mir vor wie Willi Schwabe, innerlich begleitet von seiner Rumpelkammer-Melodie, dem Tanz der Zuckerfee aus Tschaikowskis »Nussknacker«. Allerdings trug ich keine Laterne in der Hand, sondern eine Taschenlampe. In der dritten Etage angekommen, schloss ich leise die Tür auf, schlüpfte in die Mansarde und klinkte die Tür hinter mir zu. Ich fand mich in einer geordneten Unordnung wieder, in einer langgestreckten Enge, in der ich kaum die Füße drehen konnte.

Gleich rechts neben der Tür stand eine graue Kiste, auf der sich Wäschekörbe aus Weidengeflecht stapelten. Daneben folgte ein großes Regal, dessen rosa geblümter Malimo-Vorhang vor allem Spielzeug verhüllte: Holzautos, Plüschtiere, Spiele, Baukästen, Bücher, selbst zwei Paar Schlittschuhe mit Kurbel. Unter der Dachgaube mit dem kleinen Fenster entdeckte ich den großen Schlitten und daneben die »Käsehitsche«. So nannten wir den eisernen Kinderschlitten.

Die gegenüberliegende Seite wurde von dem mächtigen »Jula-Schrank« beherrscht. Dieses schwarze Möbel bestand aus einem einzigen Stück, besaß drei verglaste Türen und darunter drei Schubkästen. Tante Jula hatte ihn zurückgelassen, als sie nach Südafrika auswanderte. Auf dem Schrank verstaubten Koffer, Hutschachteln und das Bakelit-Gehäuse eines Volksempfängers. Darüber hingen noch alte Skier und Stöcke an der Decke. Richtung Fenster stand neben dem »Jula-Schrank« ein geheimnisumwitterter Überseekoffer. Er war verschlossen. Mein großer Bruder meinte, dass er Zeitungen, Zeitschriften und Bücher aus der Nazizeit enthielt. Obenauf stapelte sich bis zur Decke jede Menge von Kisten und Kartons: die Weihnachtskiste, die Faschingskiste, die Osterkiste sowie ein Berg leerer Pappkartons. Als Gipfelkreuz diente der Herrnhuter Adventsstern, den irgendwann keiner mehr auseinandergebaut hatte.

Zum Stöbern war der »Jula-Schrank« am ergiebigsten. Dafür hatte ich die Taschenlampe mit. Was da drin nicht alles zu finden war! Natürlich der Elektrisierapparat aus der Scherbelkiste. Dann die Laterna Magica, die Vorläuferin des Diaprojektors. In diese Zauberlaterne konnten gläserne Bildstreifen geschoben werden, die in kleinen Holzkästen daneben standen. Sie zeigten berühmte Personen, exotische Tiere, fremde Länder, technische Großtaten oder ganze Wilhelm-Busch-Geschichten. An anderer Stelle fand ich mehrere Zigarrenkisten voller WHW-Abzeichen, die ab 1933 vom »Winterhilfswerk« verkauft worden waren. Wie gern hätte ich die einmal ausgebreitet! Leider fand ich hier oben weder Platz noch Zeit. Also blätterte ich stattdessen die Spielzeugseiten der Versandhauskataloge von Bader, Neckermann und Quelle durch.

Schließlich sah ich auf dem Regal mit dem Malimo-Vorhang diesen kurzen Birkenstamm. Er hatte einen Durchmesser von zehn Zentimetern, war vierzig Zentimeter lang und stammte aus der Zeit, in der man Blumenampeln mochte. Dieses Stück Birke hatte sich Mutter von einem Familienfreund aus Tharandt besorgt. Sie bat Vater, es doch bitte auszuhöhlen und eine Aufhängung anzubringen. Er versprach es. Er versprach es wieder und wieder. Irgendwann war die Mode vorbei.

Vater lebte nach dem Motto »Wer lange sammelt, lebt lange«. Das Gesammelte nannte er »Archiv«. Mutter benutzte zunehmend das Wort »Sammelsurium«, was jedes Mal die Stimmung versaute. Als meine Eltern in eine kleinere Wohnung zogen, verteilten sie die »Schätze« aus der Rumpelkammer an uns drei Kinder. Darunter waren die Zigarettenbilderalben, der Stabilbaukasten, Fröbels Holzbaukasten, Kellners Steckbaukasten, Mutters alte Puppenstube, Hüte, Mützen, Spazierstöcke und was nicht sonst noch alles. Heute besitzt ein jedes von uns drei Kindern sein eigenes »Archiv« beziehungsweise »Sammelsurium«, je nach Blickwinkel.

Modelleisenbahnen

Die rotbraune Eisenbahnkiste aus Holz war so schwer, dass wir sie zu zweit vom Kinderzimmer auf den Korridor tragen mussten. Wenn ich dann ihren großen Deckel aufklappte, blickte ich in zwei Fächer hinab. Im linken stapelten sich gebogene und gerade Schienen der Spur I sowie einige Weichen und ein hölzerner Prellbock. Im rechten lagen zwei geschundene Dampfloks zum Aufziehen, einige hinfällige Wagen, ein gelber Bahnhof aus Blech und ein paar Kleinteile. Das waren die vereinigten Reste der Märklin-Eisenbahn meines Vaters und der Bing-Eisenbahn meines gefallenen Onkels. Wenngleich die Schienen von zwei Herstellern stammten, ließen sie sich mit etwas Geschick verbinden.

Unser sieben Meter langer Korridor bildete das ideale Bahngelände. Mein Schienenoval reichte von der Küche auf der linken Seite bis zu den beiden Stuben auf der rechten Seite. Ich baute auch Kurven und Weichen ein. Der Bahnhof kam an die Längsseite, und die zugehörige Landschaft faltete ich mittendrin aus einer dunkelgrünen Wolldecke. Sie bot viel Raum für die kleinen Indianerzelte, das Häuptlingshaus, die Totemsäule, die Feuerstelle mit der Räucherkerze, vor allem aber für die vielen Lineol- und Gummiindianer. Abseits davon lag das Fort der Cowboys, auf das der Planwagen mit der Munition zufuhr, der von Indianern auf ihren Mustangs verfolgt wurde. Um diese Szenerie herum surrte das »Eiserne Pferd«. Die Schienenrunde war so groß, dass die Lokomotiven sie nach dem Aufziehen nur mit Ach und Krach schafften.

Wir hatten zwei Wohnstuben. Die linke blieb vor Weihnachten verschlossen und öffnete ihre Tür erst zur Bescherung. Begleitet von Weihnachtsliedern, die unser Vater auf dem leicht verstimmten Klavier spielte, liefen wir andächtig ins Kerzendämmerlicht und sangen neben dem Instrument einige Weihnachtslieder, soweit die Texte reichten. Dann durften wir uns endlich umdrehen. Vor dem dunklen Fenster erstrahlte der Weihnachtsbaum, an der Decke drehten sich die Schatten der Pyramidenflügel, links stand der große Kaufmannsladen, rechts jedoch überraschte uns die eigentliche Weihnachtssensation: die H0-Eisenbahnplatte, zwei mal einen Meter groß.

In ihrer Mitte lag ein kleiner Marktplatz, umgeben von Fachwerkhäusern. Vorn leuchteten die Fenster des Bahnhofs und des Stellwerks. Eine Dampflok setzte sich dampflos in Bewegung. Sie zog drei grüne Wagen auf dem äußeren Gleis nach rechts und nach hinten den Bahndamm hinauf, der nach links immer weiter anstieg. Ganz links fuhr der Zug über eine Brücke und dann steil bergab wieder nach vorn. Jetzt kam er auf dem Innengleis an. Er passierte den Bahnhof und drehte nun die innere Runde, fuhr hinten links unter der Brücke hindurch, um vorn erneut auf dem Außengleis anzukommen. Vor dem Bahnhof waren vier Weichen eingefügt, die wir elektrisch stellen konnten. Hinten bog zusätzlich noch ein Abstellgleis nach innen ab. Das klingt wenig. Unsere Kinderherzen füllte es aber vollkommen aus.

Wir taten so, als glaubten wir an den Weihnachtsmann. Dabei wussten wir natürlich, dass die Platte von unseren Eltern gebaut worden war. Das meiste stammte von Vater. Mutter hatte die vielen Bäume gebastelt. Dazu hatte sie Luffa-Schwämme zerrissen, grün gefärbt, Holzspieße hineingeklebt und diese Bäume in die vorgebohrten Löcher der Platte gesteckt. Fertig war der Märchenwald. Diese PIKO-Eisenbahn wirkte, besonders im Dunkeln, ausgesprochen anheimelnd. Zunächst lief sie mit zwei Flachbatterien. Nächstes Weihnachten sorgte schon ein Trafo für den nötigen Strom. Mein großer Bruder installierte zudem Lichtsignale und koppelte sie über Relais mit den Weichen und der Stromführung der Schienen. Später kamen noch eine grüne E-Lok und einige Güterwagen hinzu.

So entwickelte sich die PIKO-Eisenbahn Jahr um Jahr weiter. Bis wir eines Tages zu alt für sie waren. Wir Jungen willigten ein, als unsere Eltern sie verkaufen wollten. Die Aufzieheisenbahn jedoch verschwand klammheimlich. Unsere Mutter verschenkte die zerspielten Reste an Kinder auf der Rietschelstraße.

Silvester

Knallzeug gab es in der DDR lediglich nach langem Schlange stehen und dann auch nur in kleinen Mengen. Oder mit Beziehungen. Mein Vater hatte Beziehungen. Die Frau eines Kollegen besaß einen kleinen Schreibwarenladen, der auch Silvesterartikel führte. Also gab Vater seine Bestellung auf und holte später einen halbwegs gefüllten Pappkarton ab. Wir packten Wunderkerzen aus und runde Schachteln mit Knallerbsen in Sägemehl sowie Streichholzschachteln mit rotem, grünem und silbernem Bengalfeuer und dazu noch eine Schachtel mit zwei Schlangenhüten. Unverzichtbar war die Packung mit zwanzig Blitzknallern, die sich weltoffen »Fire-Cracker« nannten und mit zwei Mark achtzig teuer waren. Raketen kauften wir nie. Wir sahen lieber bei den anderen zu, wie sie ihr Geld in die Luft schossen.

Am Silvestertag schmückten wir unsere Stube und den langen Korridor mit Girlanden und Papierschlangen und warfen Konfetti auf die weiße Tischdecke. Am Abend aßen wir Pilzbrötchen. Sie stammten vom Bäcker Gravenstein, der Brötchenteig zu Pilzpaaren geformt hatte. Das waren jeweils zwei dünne, unten zusammenhängende Stiele, auf denen Minibrötchen steckten. Gravenstein buk sie körbeweise und verkaufte sie deutlich teurer als die üblichen Fünf-Pfennig-Semmeln. Das störte aber keinen, denn Pilzbrötchen mit Wiener Würstchen und Senf waren eine Lindenauer Spezialität.

Auf das Essen folgte das Bleigießen. Dieser Silvesterbrauch war unser Familien-Orakel. Blei hatten wir genug. In der Rietschelstraße waren ja Mitte der sechziger Jahre neue Leitungen für Wechselstrom verlegt worden. Die Kabel trugen Ummantelungen aus Blei, die die Arbeiter an den Kontakten abschälten. Davon stibitzte ich ein paar Stückchen. Vater lobte mich, weil ich wertvolles Altmetall gerettet hätte. Zum Bleigießen legten wir eine Handvoll in eine alte Schöpfkelle. Am Gasherd wurde ein Brenner abgenommen und die Kelle über die jetzt fauchende Flamme gehalten. Die Großen hielten die Kelle selbst. Mir wurde die Hand geführt. Meine kleine Schwester durfte erst später mitmachen. Die schwere Kelle begann zu glühen, das Blei schmolz und sackte langsam in sich zusammen. Als es vollkommen flüssig war, schob Vater das graue Bleioxid mit einem Messer beiseite. Zum Vorschein kam hellsilbernes Metall. Nun wurde das flüssige Blei in einem Zug in das kalte Wasser einer Blechschüssel gegossen. Klatsch! Das so entstandene, unförmig glänzende Bleistück holten wir sofort aus dem Wasser, damit wir mit dem Weissagen beginnen konnten. Es ging von Hand zu Hand, wurde gedreht und gewendet und dabei sehr unterschiedlich gedeutet. Natürlich immer positiv.

Der Abend schritt voran. Während im Hintergrund die Silvestersendung des Deutschen Fernsehfunks lief, holte Vater einen Schlangenhut. Das war ein kleiner Zylinder, dessen Oberteil sich kalt und glatt wie ein Magnet anfühlte. Er benötigte eine feuerfeste Unterlage. Wir nahmen die flache Kristallschale, auf der soeben noch Erdnüsse gelegen hatten. Mutter gestattete es widerstrebend. Kaum hatte Vater den Hut angezündet, entkroch den stinkenden Flammen eine schwarze Schlange, die sich einen Meter weit über den Tisch wand. Sie war federleicht, zerbrach beim Berühren und versaute das weiße Tischtuch.

Es wurde Zeit für das Tischfeuerwerk namens »Schneegestöber«, auf dessen Pappdose ein kleiner Schneemann mit Möhrennase und Zylinder stand. Das Tischfeuerwerk kam ebenfalls auf die Kristallschale. Vater wollte das Ereignis für die Nachwelt festhalten. Folglich baute er das Stativ auf, befestigte seine Pentaka 8, startete die Filmaufnahme und zündete das Tischfeuerwerk. Nichts geschah. Zweiter Versuch. Wieder nichts. Dritter, vierter, fünfter Versuch. Beim sechsten Versuch fing die runde Pappdose Feuer und musste mit vereintem Pusten gelöscht werden. Doch Aufgeben kam nicht infrage. Mutter löste den Pappdeckel mit dem aufgeklebten Schneemann, schüttete den Inhalt in ihre Hand, setzte den Deckel wieder auf und knotete einen Zwirnsfaden an den Zylinder, den sie oben über den Kronleuchter führte. Ein letztes Mal startete Vater seine Filmkamera, Mutter zog ruckartig am Faden und ließ das »Schneegestöber« vor dem Objektiv herabrieseln. Endlich war der stumme Schmalfilm im Kasten und das Ereignis in all seinen sieben Phasen für die Nachwelt dokumentiert.

Wir Männer wollten aber keineswegs auf einen richtigen Knall verzichten. Also setzten wir das Tischfeuerwerk erneut zusammen, schoben einen Blitzknaller rückwärts hinein und zündeten seine rote Kuppe an. Der Zeitzünder sprudelte. Wir hielten uns die Ohren zu. Peng! Mutters geliebte Kristallschale zerbarst in tausend Stücke. Ihr traten die Tränen in die Augen. Hätten wir das Blei-Orakel nur richtig gedeutet, dann hätten wir den Unfug sicher sein lassen.

Fehlte noch die eigentliche Knallerei. Als wir klein waren, liefen wir nach dem Sandmännchen gemeinsam mit unseren Eltern in den Hof. Dort trafen wir andere Eltern und Kinder, knallten mit Knallerbsen und zündeten Wunderkerzen und bengalische Feuer an. Andere brachten sogar Silberregen und feuerspeiende Räder mit. In späteren Jahren war es die Fernsehuhr, die den Ablauf bestimmte. Beim letzten Ticken des Sekundenzeigers im alten Jahr lockerte Vater den Plastikkorken des Rotkäppchen-Sekts. Punkt zwölf knallte er aus der Flasche und schoss eine weitere Delle in den Deckenputz. Alle stießen an und wünschten sich etwas und drückten oder küssten sich. Alsbald schlüpften wir in unsere Winterjacken und stürzten uns, bewaffnet mit Wunderkerzen, bengalischen Feuern und Blitzknallern, in das Schlachtgetümmel auf der Rietschelstraße.

Explosives

Am Neujahrsmorgen zog ich mit meinem großen Bruder los, um Blindgänger zu suchen. Nach den ersten Funden dieser nicht explodierten Blitzknaller und Harzer Knaller packte uns das Jagdfieber. Wir durchforsteten das ganze Viertel und hatten bald eine kleine Plastiktüte voll. Als wir wieder nach Hause kamen, schliefen die Eltern noch und das Schwesterchen auch. Das war gut so, denn Mutter neigte zur Ängstlichkeit. Vater nicht. Er hatte im Krieg selbst Zündschnüre und Handgranaten gesammelt. Sogar einen erbeuteten Karabiner samt Munition hatte er als Kriegsbeute mit nach Hause gebracht. Kurz bevor die Amerikaner Leipzig erreichten, bekamen meine Großeltern jedoch Todesangst und warfen das Kriegsgerät in die Luppe. Vater ärgerte sich darüber. Allerdings erst fünf Jahre später, nachdem er aus sowjetischer Kriegsgefangenschaft heimgekehrt war.

Mein großer Bruder und ich zogen uns ins Kinderzimmer zurück, öffneten einen Blindgänger nach dem anderen und ließen das Schwarzpulver in eine Blechschachtel rieseln. Dann benötigten wir leere Kugelschreiberminen. Die DDR-Minen waren aus Plastik und taugten nicht für unsere Zwecke. Also erbaten wir uns von Vater leere Messingminen aus dem Westen, zogen die Spitzen heraus und schnitten die Röhrchen in zwei Teile. Mit der Flachzange drückten wir das eine Ende zusammen und bogen es zweifach um. Wir schoben ein zusammengerolltes Zündplättchen hinein, krümelten eine Messerspitze Pulver hinterher und verschlossen das andere Ende. Jetzt auf zur nächsten Straßenbahnschiene. Andere Kinder legten gern einmal Pfennige oder Groschen aus Aluminium darauf und ließen sie breitwalzen. Wir hingegen ließen unsere Bömbchen krachen und brachten es damit zu großer Anerkennung. Zumindest unter den Spielkameraden.

Später spezialisierte ich mich auf Stinkbomben. Hierfür benötigte ich Zelluloid, zum Beispiel verschlissene Lineale, Zeichendreiecke oder Winkelmesser. Je mehr, desto besser. Dieses entzündliche Material zerkleinerte ich mit der Schneiderschere und umwickelte es mit gesammeltem Silberpapier von Schokoladentafeln. Ein Stück Zelluloid musste zum Anbrennen herausragen. Fraß sich das Feuer nach innen, musste ich es kräftig ausblasen. Gelang das nicht, schoss eine lange Stichflamme heraus. Bei handwerklich sauberer Arbeit jedoch fauchte eine unglaublich große Qualmwolke aus den Ritzen des Silberpapiers, die ätzend nach Zelluloid roch. Der ganze Hof sowie Kroschels Garten versanken im Nebel. Frau Kroschel tobte am Balkonfenster. Ich lernte daraus und benutzte fortan eine Wunderkerze als Zeitzünder. Nun konnte ich früh genug verschwinden.

Den Höhepunkt bildeten meine Ballonfahrten. Stadtgas war ja deutlich leichter als Luft. Was lag also näher, als einen Brenner vom Gasherd abzunehmen, einen Luftballon auf die Düse zu drücken und ihn aufzublasen? Das funktionierte aber nicht. Mein großer Bruder wusste natürlich, warum: weil der Gasdruck geringer sei als die Oberflächenspannung des Gummis. Also baute ich eine Fahrrad-Luftpumpe um. Sie bekam ein Einlass- und ein Auslassventil sowie eine doppelte Ledermanschette, die mit Zug und Druck pumpte. So konnte ich den Ballon tatsächlich langsam aufpumpen. Es stank fürchterlich nach Stadtgas. Mir wurde ganz übel. Als der Ballon voll war, drehte ich das Gas ab, verknotete den Nippel und lief in den Hof. Damit der rote Ballon nicht entflog, band ich ihn an einen langen Zwirnsfaden. Er stieg höher und höher, bis die Zwirnsrolle aufgebraucht war. Ich selbst stieg tagträumend mit hinauf und betrachtete Leipzig und den Auwald von oben. Publikum war garantiert. Schließlich gab ich dem Fesselballon die Freiheit. Alle im Hof blickten ihm nach, bis er entschwunden war.

Kurz darauf überlegte ich mir noch ein schärferes Experiment. Dazu band ich an den gasgefüllten Ballon einen Faden von einem halben Meter Länge und an sein Ende einen Blitzknaller. Diese Konstruktion trug ich ins Kinderzimmer, öffnete das Doppelfenster, brannte den Zeitzünder des Blitzknallers an und stieß den Ballon von mir. Etwa drei Sekunden lang schwebte er über Kroschels Garten. Dann folgte ein ohrenbetäubender Knall. Nur wenige Meter vor meinen Augen erstrahlte eine fußballgroße Sonne. Sie brannte sich in meine Netzhaut ein wie ein Menetekel. Ich experimentierte nie wieder mit Sprengstoff oder Feuer.

Falls es brennt

In den sechziger Jahren fuhren meine Eltern jeden Sommer für zwei Wochen in den Urlaub. Von uns drei Kindern nahmen sie jeweils nur eines mit. Als unsere Schwester klein war, blieb sie bei Oma Frieda in der Rietschelstraße. Mein großer Bruder und ich fuhren derweil abwechselnd per Eisenbahn mit den Eltern weg oder ins Ferienlager. Später, nachdem wir einen Wartburg besaßen, verreisten wir mehrere Male gemeinsam.

Bevor es losging, lief stets dasselbe Ritual ab. Eine Woche vor der Abfahrt, lange vor dem Kofferpacken, begann das »Großreinemachen«. Mutter putzte die vielen Doppelfenster mitsamt den Oberlichtern und wischte überall Staub. Danach trugen wir gemeinsam die zusammengerollten Teppiche hinunter und hängten sie nacheinander über die Klopfstange im Hof. Mutter reichte mir ihre gefährlichste Waffe: den Teppichklopfer aus Weide. Mit ihm sollte ich meine Wut an den armen Teppichen auslassen, die sich mit dicken Staubwolken zur Wehr setzten. In der Zwischenzeit wischte Mutter oben das Parkett und die Dielen. Wenn sie dann noch Zeit und Kraft hatte, räumte sie auch den Küchenschrank und die Speisekammer aus und reinigte die Fächer und das Inventar. Ich habe nie begriffen, wieso sie sich ausgerechnet vor jedem Urlaub derart abrackerte. Eines Tages fragte ich sie:

»Sag mal, Mutti, warum putzt du eigentlich vor jedem Urlaub die ganze Wohnung?«

»Falls es brennt. Ich will bei der Feuerwehr keinen schlechten Eindruck hinterlassen.«

Plastilina

Zum Kindergeburtstag bekam ich eine flache Pappschachtel, auf der »Varia« stand. In dem herausschiebbaren Kästchen lagen zwei Holzspatel, farbige Hölzchen, vor allem aber sechs Stangen Plastilina in verschiedenen Farben. Sie rochen nach Öl und waren in dünne Klarsichtfolie gerollt. Ich zog sie knisternd ab und wollte sofort wild drauflos kneten.

Mutter bremste. Sie schien sich mit Plastilina auszukennen. Jedenfalls holte sie eine Wachstuchdecke und dazu ein altes Brettchen. Nun durfte ich loslegen. Auf dem Brettchen ließ sich die Plastilina wunderbar weichkneten. Der beiliegende Faltzettel enthielt einige Anregungen. Ich modellierte einen Teddy und eine Tanne, in deren Stamm ich zur Stabilisierung so ein beiliegendes Holzstäbchen knetete. Diese Tanne drückte ich auf den grünen Waldboden, den ich mit einer Glasflasche ausgewalzt hatte. Ich fügte weitere Bäume hinzu und außerdem noch Steinpilze und Fliegenpilze. Jetzt besaß ich meinen eigenen Märchenwald. Fehlten nur noch Pitti, die Schnatterente und all die anderen Bewohner. Borstel und Frau Igel, die immer »nuff, nuff, nuff« machte, bastelte ich aus brauner Knete und steckte lauter abgebrochene Zahnstocher hinein. Das waren die Anfänge.

Im Laufe der Zeit kam weitere Plastilina hinzu. Meine Objekte wurden größer und vielgestaltiger. Ich knetete auch fremde Materialien mit hinein. Die Wikingerboote zum Beispiel bekamen an den Seiten kleine Schilde, die aus Mutters Knopfsammlung stammten. Um Neues zu bauen, musste ich die alten Schöpfungen zerstören und die Plastilina möglichst farbenrein sortieren und neu zusammenkneten. Schließlich wurden diese Klumpen zum Baumaterial für die Raumfahrzeuge, die ich von den Digedags her kannte. Dafür verbaute ich auch Stecknadeln, Nägel, Draht, Knöpfe und durchsichtige Plastikstücke, besonders für die Kanzeln und die Fenster. Höhepunkt sollte eigentlich eine ringförmige Raumstation werden. Für ein so großes Bauwerk reichte die Plastilina allerdings niemals aus.

War das Spiel beendet, legte ich die Modelle vorsichtig in einen Schuhkarton. Dort lagerten sie, fielen allmählich auseinander und wurden steinhart. Die Wärme meiner kleinen Hände reichte nicht mehr aus, um die feste Masse zu erweichen. Doch Hilfe lag nah. Der Ofen im Kinderzimmer war im Winter viel wärmer als meine Hände. Also drückte ich die harten Plastilinastücke fest an die heißen Ofenkacheln, damit sie daran erweichten. Sie wurden jedoch nicht weich, sondern lebendig. Wie Schnecken krochen sie die Kacheln hinunter, immer schneller, wobei sie eine farbige Ölspur hinterließen. Mutter entdeckte die Bescherung und wischte die hellen Ofenkacheln ab. Die eingebrannten Farbspuren bekam sie nicht wieder weg. Mutter schimpfte. Vater tadelte meine Gedankenlosigkeit ebenfalls, lobte aber zugleich die Qualität der Farbpigmente. Außerdem stehe dieser Ofen schon seit der Kaiserzeit, und im Innern seien längst einige der Schamottesteine zusammengebrochen. Deshalb müsse der Ofen ohnehin einmal erneuert werden.

Heiße Öfen

Anfang der siebziger Jahre las ich die skurrile »Ballade vom Ofensetzer« von Günter Kunert. Der Schriftsteller erzählte von einem Mann, der, versunken ins eigene Werk und blind vor Schöpfertum, sich selbst mit einmauerte. Das Letzte, was er in seinem Leben hörte, war das schwache Schnappen eines Feuerzeugs.

Wie so ein Kachelofen gebaut wird, allerdings ohne Menschenopfer, habe ich als Kind mehrfach miterlebt. Einmal kam der Ofensetzer, um den alten Ofen umzusetzen. Das hieß, ihn abzureißen und mit den alten Kacheln neu zu errichten, wobei er fürs Innere neue Schamottesteine verwendete. Ein andermal setzte er gleich einen völlig neuen Berliner Ofen. Zunächst weichte er in seinem runden Blechbottich mehrere Lehmziegel ein und rührte sie zu Brei. Damit mauerte er dann die glänzenden Kacheln und die Schamottesteine kunstvoll zusammen, sodass im Innern ein regelrechtes Labyrinth für die heißen Gase entstand. Unten setzte er die Feuer- und die Aschenluke ein und in der oberen Hälfte ein Wärmefach mit zwei Blechtüren. Geheizt wurde mit Braunkohlenbriketts, die auf Knüllpapier und kleingehacktes Holz geschichtet wurden, später auch auf Kohlenanzünder. War der Ofen durch, befand sich also nur noch Glut auf dem Rost, mussten die zwei Türen zugedreht werden. Nun spendete der Kachelofen einige Stunden lang wohlige Wärme. Anderntags rührte Vater die kalte Asche mit dem Feuerhaken durch den Rost, entleerte den Aschenkasten in einen Blecheimer und kippte den Inhalt schließlich in die Aschengrube im Hof. Mülltonnen aus Zinkblech bekamen wir erst Ende der sechziger Jahre.

Im Winter spannte Mutter stets einen Bindfaden um den Stubenofen, an dem sie unsere nassen Kindersachen trocknete. Unter dem Ofen war Platz für nasse und mit Zeitungspapier ausgestopfte Schuhe, und über die geöffneten Blechtüren des Wärmefachs hängte Mutter unsere Pudelmützen und Wollhandschuhe. An den Wochenenden stellte sie eine große Schüssel auf den

Ofen, die mit einem Geschirrtuch bedeckt war. Darin ging der Hefeteig für unsere heiß geliebten Blechkuchen.

Mutter erzählte uns einmal, dass ihr Vater, also unser seliger Opa Max, ihr als Kind Schuhe zum Geburtstag gekauft hatte. Danach hatte er sie so gut versteckt, dass er sie nicht wiederfinden konnte. Erst als es draußen kalt wurde und er den Stubenofen anheizte, wollte der nicht richtig ziehen. Er griff ins Feuerloch und dort nach oben und siehe: Er fand ihn wieder, den Karton mit den Schuhen. Zu gebrauchen war der Inhalt nicht mehr.

Neben den vier Kachelöfen stand in unserer Altbauwohnung auch noch ein uralter Küchenherd. Er war direkt an den Schornstein in der Küchenecke gemauert, mit weißen Fliesen verkleidet und mit einer gusseisernen Herdplatte versehen, die so groß war wie eine Schreibtischplatte. Am linken Rand steckte ein eckiges Gefäß aus Aluminiumguss tief im Herd. Im Winter lieferte es ständig warmes Wasser. An der Vorderseite des Herdes befand sich sogar die Klappe einer Backröhre. Zum Backen oder Kochen diente das Ungetüm schon lange nicht mehr. Neben ihm stand jetzt ein moderner Gasherd. Allerdings heizte Vater mit dem alten Herd weiterhin die Küche. Manchmal so heftig, dass die gusseiserne Platte glühte. In die Feuerluke flog ja alles, was irgendwie brannte. Außer Brikettstücken und Kohlengrus auch altes Holz, Plastikflaschen, Verpackungen, Bohnerlappen und abgewetzte Schuhe. Gesammelt wurde der brennbare Abfall in dem großen Kohlenkasten unter dem Herd. Im Sommer jedoch bekam der Herd eine schicke Abdeckung aus einer Sprelacart-Platte, von der ein blau-weiß karierter Vorhang herabhing. Auf dem Sprelacart stand für uns durstige Kinder jederzeit eine Kanne Muckefuck bereit. Am liebsten tranken wir diesen Malzkaffee, wenn er kalt war. Und wenn keiner hinsah, schluckten wir ihn gleich aus der Tülle.

In der warmen Jahreszeit landete unser brennbarer Abfall im Badeofen, diesem fast zwei Meter hohen Blechzylinder zur Warmwasserbereitung. In seinem Inneren stieg eine Röhre auf, durch die die Flammen schossen und in das aufgesteckte Ofenrohr aus Blech strömten. Das Rohr stieg noch weiter nach oben, knickte dann mit einem geriffelten Knie in die Waagerechte ab, um nach zwei Metern mit einem zweiten Knie nach hinten wegzuknicken und in der Wand zu verschwinden. Hin und wieder strich Vater dieses Ofenrohr mit Silberbronze. Es qualmte und stank, wenn die Farbe einbrannte. Vater liebte es nämlich, dem Badeofen derart einzuheizen, dass das Rohr glühte. Mir hingegen bereitete das große Angst. Ganz besonders, wenn ich in der Badewanne saß, denn das glühende Höllenrohr verlief unterhalb der Decke lediglich einen Meter neben der Wanne. Wie sollte ich mich nur retten, wenn das wacklige Ding auf mich herabstürzte? Zum Glück geschah das nie. Für die ausgestandenen Ängste entschädigten in gewisser Weise die Explosionen der Duosan-Rapid-Tuben im Badefeuer.

Später, nachdem wir Kinder längst ausgezogen waren, modernisierte Vater den Badeofen. Er demontierte das Rohr und verschloss das Loch in der Wand. Danach schob er einen dicken Stab in den Ofen, der speziell für die elektrische Beheizung entwickelt worden war. Das trug nicht unerheblich zur Verbesserung der Leipziger Luft bei.

Streichholz-Etiketten

Unser Bedarf an Streichhölzern war erheblich. Im Winter heizte Vater täglich vier Kachelöfen und den Küchenherd. Mindestens einmal pro Woche kam noch der Badeofen hinzu. Die meisten Streichhölzer erforderte jedoch der Gasherd in der Küche, weil sich die verschiedensten Arten von Gasanzündern niemals richtig durchsetzen konnten. Nicht zu vergessen die Weihnachtszeit mit den vielen Kerzen sowie die Zigaretten, die sich Vater und Mutter ansteckten. Auch hier setzten sich Feuerzeuge nur zaghaft durch. Die Streichhölzer erwiesen sich als unbesiegbar. Unser Durchschnittsverbrauch lag in den sechziger Jahren wohl bei knapp einer Schachtel pro Tag, also bei etwa dreihundert Schachteln im Jahr.

Eines Tages fing ich an, die leeren Schachteln aufzubewahren. Schnell füllten sie einen großen Rama-Karton aus der Vorkriegszeit. Wenn ich sein Oberteil hochzog, strömte mir die typische Geruchsmischung von Reibflächen und abgelagertem Holz entgegen. Ja, Holz. Denn bis in die sechziger Jahre hinein waren Streichholzschachteln aus Spanholz gefertigt. Die kleine Schublade bestand aus einem Holzrahmen und einem rechteckigen Holzboden, der mit blaulila Seidenpapier angeklebt war. Passend dazu war die Hülle aus einem Stück Spanholz gefaltet und zusammengeklebt, das ebenfalls mit blaulila Seidenpapier bezogen und an den Seiten mit den Reibflächen versehen war. Das ganz Besondere aber klebte oben drauf: das Etikett.

Außer bei den Standardschachteln mit dem aufgedruckten »C« aus Coswig und dem »R« aus Riesa wiesen die Etiketten eine bemerkenswerte Vielfalt auf. Der Käufer eines Würfels mit zehn Schachteln konnte schon am äußeren Etikett erkennen, was drinnen zu erwarten war. Folglich achteten meine Eltern darauf und trugen allmählich die verschiedensten Motive zusammen. Oft waren es thematische Serien wie Deutsches Turn- und Sportfest Leipzig, 800 Jahre Leipziger Messe, 10 Jahre Tierpark Berlin, Berlin einst und jetzt, Interflug, Feuerlöschgeräte, Speisepilze, Giftpilze, Verkehrszeichen, Verhalten im Straßenverkehr oder 20 Jahre DDR.

Zunächst sammelte ich nur die leeren Schachteln und baute damit Häuser und Brücken. Doch letztlich konnte ich dem Reiz der Etiketten nicht widerstehen. Ich entschied mich zum Abweichen. Dazu zerbrach ich die Schachteln aus Spanholz, dann legte ich die Oberteile in eine Schüssel mit Wasser. So kannte ich es vom Briefmarkenabweichen meines Vaters. Die Etiketten lösten sich, ich spülte die Leimreste ab und presste die Bildchen zwischen zwei Löschblättern. Schließlich steckte ich sie in ein altes Briefmarkenalbum. Vater sagte, ich sei nun ein »Phillumenist«. Das käme aus dem Griechischen und bedeute »Freund des Lichts«.

Mich ergriff das Sammelfieber. Ich stachelte alle Verwandten und Bekannten an, ihre leeren Streichholzschachteln aufzuheben und bei mir abzuliefern. Und ich selbst streifte durch die Läden und bat die Verkäuferinnen, einige Zehnerwürfel zu öffnen und mir die Verpackungen mit den Etiketten zu schenken. Da ich noch ein Kind war, wurden sie weich und taten es gern. Die kompletten Serien bekam ich jedoch nur selten zusammen. Dafür bot Briefmarken-Dietz am Lindenauer Markt plötzlich weiße Tütchen aus dem Konsum Zündwarenwerk Riesa an, in denen vollständige Serien steckten. Sie kosteten fünfzig Pfennig oder eine Mark. Fortan begleitete ich Vater gern zu seinem Briefmarkenhändler. Jedes Mal kaufte er mir ein Tütchen. Er besorgte mir sogar druckfrische Etiketten von seinem Briefmarken-Tauschpartner in der Tschechoslowakei. Darunter befand sich eine leuchtend grüne Serie mit Winnetou und Old Shatterhand, die den westdeutschen Karl-May-Filmen entlehnt war.

Mit der Ulbricht-Ära endete bei uns auch das goldene Zeitalter der Streichholz-Etiketten. Es brach die alles durchdringende Epoche der kalten Effizienz an. Ab sofort steckten die Streichhölzer in billigen Pappschachteln, die einheitlich bedruckt waren. Das Sammeln von Streichholz-Etiketten hatte sich erledigt.

Uhr mit Fehler

Auf vielen Uhren stand »UMF«. Im Volksmund hieß das nicht etwa »Uhren- und Maschinenfabrik Ruhla«, sondern »Uhr mit Fehler«. So eine UMF-Armbanduhr bekam ich von meinen Eltern zu Weihnachten geschenkt. Keine neue, sportlich-flache aus Glashütte, so eine mit achtzehn Steinen, wie mein Bruder sie zur Jugendweihe bekommen hatte. Nein, eine unsportlich-dicke ohne Steine. Besser gesagt, eine mit zwei Steinen. Einem zum Drunterlegen und einem zum Draufhauen.

Der Spruch »Ruhla-Uhren gehen nach wie vor« bewies seinen tieferen Sinn. Vater belehrte mich, ich müsse die Armbanduhr Tag und Nacht am Handgelenk tragen, weil sie eine gleichbleibende Temperatur benötige, um genau zu gehen. Mit solchen Weisheiten legte er den Grundstein für meinen Hass auf Armbanduhren.

Dabei hätte Vater meine Ruhla-Uhr durchaus einmal zum Uhrmacher bringen können. Der lange, hagere Mann in dem braunen Kittel, der, wenn Kundschaft erschien, zunächst sein Okular aus dem rechten Auge nehmen musste, liebte Uhren über alles. In seinen Kästen lagerten Hunderte von Messingzahnrädern. Wenn er kein passendes Ersatzteil fand, feilte er es eben selbst. Herr Smolka reparierte auch den schweren Schweizer Wecker meiner Eltern. Alle paar Jahre und für jeweils fünfzehn Mark. Dafür hätten sie sich jedes Mal einen neuen kaufen können. Doch stets erlagen sie den warmherzigen Worten des Uhrmachers: »Ein echtes Schweizer Uhrwerk! So ein gutes Stück kriegen Sie nie wieder. Das muss ich einfach reparieren.«

Derweil band ich meine Ruhla-Uhr weiterhin jeden Abend ab und legte sie auf das Regal über meinem Schreibtisch. Das bestand aus zwei übereinanderliegenden Brettern, die auf zwei gebogenen Eisengestellen ruhten. Eines Morgens war sie weg, die Uhr. Doch bald schon tauchte sie wieder auf. Zumindest, was von ihr übrig war. Ihre Reste lagen im Aschenkasten des Kinderzimmerofens. Mein Vater entdeckte sie beim Feuermachen und identifizierte sie sogleich. Auf dem ausgeglühten Uhrwerk las er drei eingravierte Buchstaben: UMF. Ich wurde zum Hauptverdächtigen erklärt.

»Hast du etwa die Uhr ins Feuer geworfen?«, eröffnete Vater das Verhör.

Ich beteuerte meine Unschuld und hatte insofern Glück, als bei uns ja die Wissenschaft zu Hause war. Also wurde der mögliche Tathergang rekonstruiert. Am wahrscheinlichsten erschien die folgende Variante:

Meine Uhr befand sich auf dem unteren Regalbrett. Neben ihr standen zahlreiche Bücher. Am Unglückstag lehnten sie merkwürdig schräg aneinander. Das erste Buch lag sogar flach auf dem Brett. Es musste in der Nacht weggerutscht sein. Mit seinem Schwung hätte es meine Uhr vom Regal schieben können. Diese wiederum hätte in dem kleinen Tischpapierkorb landen können, der genau darunter stand. Dessen Knüllpapier benutzte Vater gern zum Feueranzünden. Er schob es ins Feuerloch, ergänzte gehacktes Holz, fügte ein paar Eierkohlen hinzu und schichtete Briketts darauf. Am Tag ihres Verschwindens könnte er die Uhr durchaus zusammen mit dem Knüllpapier auf den Scheiterhaufen gebracht haben. Nach ihrem Feuertod wäre sie dann durch den Rost in den Aschenkasten gefallen. Dieser Tathergang war plausibel. Ich wurde freigesprochen. Mangels Beweisen. Die sterbliche Hülle der UMF-Uhr wurde in der Aschengrube beigesetzt und im nächsten Sommer mit dem Pferdewagen auf den neuen Scherbelberg überführt. Dort, zwischen Auwald und Rosental, fand sie ihre letzte Ruhe.

Den Nutzen einer Uhr wusste ich sehr wohl zu schätzen. Sie sollte aber keinesfalls das Handgelenk abschnüren. Also trug ich fortan eine Taschenuhr. Das passte meinem Vater auch nicht. »Ein deutscher Mann trägt eine Armbanduhr«, meinte er und versuchte es schließlich noch einmal. Jetzt allerdings auf dem Gipfel der Moderne. Extra für mich ließ er aus dem Westen eine Digitaluhr mitbringen. Sie rief allgemeine Bewunderung hervor. Besonders, weil darauf »Timex« zu lesen war, weithin bekannt von internationalen Sportwettkämpfen. Doch als die digitalen Ziffern nach Jahren blass wurden, verweigerte ich den nötigen Batteriewechsel.

Es begann ohnehin gerade ein neues Zeitalter, und das im wahrsten Sinne des Wortes. Die Uhrzeit wurde allgegenwärtig, verfolgte einen auf Computern und Telefonen und an Haltestellen und wo nicht sonst noch überall. Keiner konnte mehr der Zeit entrinnen. Seither rätsle ich, wer die Millionen von Uhren, die in den Läden herumliegen, alle kaufen soll. Ich jedenfalls trage schon lange keine Uhr mehr.

Deutscher Fernsehfunk

Das Erste, was ich im Fernsehen überhaupt sah, war der DEFA-Märchenfilm »Das singende, klingende Bäumchen«. Das war um 1960. Bei Bekannten. Damals natürlich in Schwarz-Weiß. Ach, wie gruselte ich mich vor dem bösen Zwerg, der den Prinzen in einen Bären verwandelte, der über dem Feuer schwebte und der den Wasserfall und den großen Fisch im See einfrieren ließ.

Ab 1961 besaßen auch wir einen Fernseher. Es war ein ungarisches Gerät namens Orion, das eine kleine Bildröhre hatte und mit Gleichstrom lief. Als wir Mitte der sechziger Jahre auf Wechselstrom umgestellt wurden, musste schon wieder ein neuer Fernseher gekauft werden. Jetzt war es ein hell furnierter Dürer 86 aus dem VEB Rafena Radeberg. Hinter seiner großen Glasscheibe flimmerte eine Schwarz-Weiß-Bildröhre mit einer Diagonalen von dreiundfünfzig Zentimetern, also etwa so groß wie ein DIN-A3-Blatt. Damit konnten wir den Deutschen Fernsehfunk von »hüben« empfangen und das Deutsche Fernsehen von »drüben«. Weitere Programme gab es noch nicht.

Das Westfernsehen von »drüben« spielte bei uns zunächst keine Rolle. Allein schon wegen des krisseligen Bildes und des verrauschten Tons. Fernsehen war für uns daher gleichbedeutend mit dem Deutschen Fernsehfunk aus Berlin-Adlershof, der ab 1972 Fernsehen der DDR hieß. Wir sahen das Programm in unserem modernen, im Stile der sechziger Jahre eingerichteten Wohnzimmer. Der Dürer 86 stand inmitten langbeiniger Hellerau-Möbel, und wir saßen gegenüber, auf der zierlichen Couch hinter dem leichten Ausziehtisch. Das war der beste Fernsehplatz.

Selbstverständlich sahen wir jeden Abend »Unser Sandmännchen« mit Taddeus Punkt oder Frau Puppendoktor Pille oder all den Märchenwaldbewohnern wie Fuchs und Elster, Mauz und Hoppel, Frau Igel und Borstel oder Onkel Uhu. Unsere Lieblingssendung aber lief wochentags nach zwei. Sie nannte sich ganz unauffällig »Testsendung«. Ihr Testbild und ihr Pfeifton brachen jedoch nach kurzer Zeit ab, und es folgten berauschende

Abenteuerfilme wie »Der Graf von Monte Christo«, »Die drei Musketiere«, »Die Erfindung des Verderbens«, »Der Kapitän vom Tenkesberg« oder »Rette sich, wer kann«.

Das eigentliche Kinderfernsehen wurde immer mit einem markanten Signet eingeleitet. Darauf blickten drei stilisierte Kindergesichter aus einem Fernsehoval: ein europäisches Mädchen, ein afrikanischer Junge und ein asiatisches Mädchen. Auf diese weltoffene Einstimmung folgte die Kindersendung. Zum Beispiel Professor Flimmrich, der uns jeden Samstagnachmittag im Wohnzimmer besuchte. Und zwar dann, wenn Mutter und Oma Frieda in der Küche mehrere Blechkuchen buken und der Duft von Hefe, gebackenem Obst und Zimt über den langen Flur bis in die Fernsehstube zog. In dieser behaglichen Atmosphäre sahen wir Kinderfilme wie »Fünf Patronenhülsen«, »Das Geheimnis der Puderdose«, »Der Amphibienmensch«, »Die Jagd nach dem Stiefel«, »Alarm im Zirkus«, »Der tapfere Schulschwänzer« oder »Die Suche nach dem wunderbunten Vögelchen«.

Der Höhepunkt der Fernsehwoche folgte am Samstagabend auf das Sandmännchen: die »Tausend Tele Tips«. Eigentlich sollte das eine Werbesendung sein. Wir Kinder sahen das anders. Wir amüsierten uns köstlich über die Kurzfilme mit ihren Sprüchen wie »Stets dienstbereit zu Ihrem Wohl, ist immer der Minol-Pirol« oder »Klar und fix mit Klarofix« oder den Gesang »Baden mit Badusan, Badusan, Badusan; Baden mit Badusan, Badusan«. Unvergessen bleibt der Trickfilm der Staatlichen Versicherung: »Bier und Schnaps, Schnaps und Bier / Kraftgefühl, wer kann mir? / Kein Pflichtgefühl, kein Augenmaß / stark enthemmt, feste Gas! / Kurve rechts, Kurve links / dann ein Baum – aus der Traum …« Hauptattraktion der »Tausend Tele Tips« war jedoch das »Mini-Kino«. Die hier gezeigten Trickfilmserien mit Arthur dem Engel, Gustav, Lolek und Bolek oder Hase und Wolf liebten wir abgöttisch.

Am Sonntagnachmittag, wenn von den Blechkuchen nur noch Reste übrig waren, versammelten wir uns im Wohnzimmer zu Meister Nadelöhr. Er begrüßte uns mit seinem Lied »Ich komme aus dem Märchenland, schnibbel-die-schnabbel-die Scher …« und plauderte danach mit Pittiplatsch, Schnatterinchen und Bummi. Die Spannung stieg. Wir konnten das »Eins, zwei, drei –

ein Märchen schnell herbei!« kaum erwarten, mit dem Meister Nadelöhr jedes Mal einen Trickfilm herbeizauberte.

Ab 1972 sah die ganze Familie jeden Sonntagabend »Tele-Lotto«. Vater und Mutter hatten ihren Tippschein auf dem Tisch liegen und drückten die Daumen, damit die Kugel, die die große Schnecke herabrollte, ja die richtigen der umlaufenden Kegel erwischte. Vor allem hofften wir auf die Gewinnzahl 19, den lustigen Kurzkrimi.

Später, während des Studiums, hatte ich eine eigene Bude. Ein Fernseher musste her. Aber so klein wie möglich. Da sah ich beim Gebrauchtwarenhändler Teske ein außergewöhnliches Gerät namens »Elektronika«. Es hatte die Größe eines schmalen Schuhkartons, eine Bildröhre im Format einer Postkarte, ein grau lackiertes Blechgehäuse und einen flachen Griff an der Oberseite, in dem eine ausziehbare Stabantenne steckte. Der Verkäufer sagte mir, dass sowjetische Offiziere diese »Bügeleisen« mitbrächten, um an DDR-Mark zu kommen. Und schon stellte er das Gerät an und siehe, es lief. Ich kaufte es für den verhältnismäßig geringen Preis von fünfhundert Mark. Nun konnte ich mir zu Hause zappelnde Schwarz-Weiß-Postkarten mit quäkendem Ton ansehen. Für Sendungen wie die »Aktuelle Kamera«, »Prisma« oder »Objektiv« reichte es allemal. Nach fünf Jahren hatte sich das Gerät amortisiert, denn ich hatte gar nicht daran gedacht, für diese Quäke auch noch Rundfunkgebühren zu bezahlen.

Das größte Erlebnis, das mir dieser Mini-Fernseher bescherte, war ausgerechnet ein Breitwandfilm. Er lief zwischen zwei dicken, schwarzen Balken und hatte etwa die Größe einer liegenden Zigarettenschachtel der Marke »EVE 120«. Freilich in Schwarz-Weiß. Das war Weihnachten 1982, als das DDR-Fernsehen begann, die westdeutschen Karl-May-Filme zu zeigen. Ich saß zwanzig Zentimeter vor der Röhre und sah »Winnetou«, bis mir die Augen tränten.

Westfernsehen

In der Bundesrepublik Deutschland guckte man in Grenznähe zuweilen auch »Osten«, in der DDR zunehmend »Westfernsehen«. Beide Fernsehsysteme sendeten in derselben Schwarz-Weiß-Norm gezielt über die Grenze hinweg. Das Ostfernsehen reichte jedoch nicht bis Stuttgart und das Westfernsehen nicht bis Dresden. Stuttgart war das vermutlich egal, der Raum Dresden indes galt hierzulande als das »Tal der Ahnungslosen«.

In der Zeit des Kalten Krieges hieß Schwarz-Weiß-Fernsehen zugleich Schwarz-Weiß-Sehen. Das Anschalten von Westsendern war in der DDR lange unerwünscht, für einige Berufsgruppen sogar verboten. Allein, wer in Grenznähe wohnte, brauchte nicht einmal eine Antenne und konnte das Westfernsehen folglich unerkannt empfangen. Rund um Westberlin scherzte man, es reiche, einen feuchten Finger in die Luft zu halten. In Leipzig benötigte man hingegen große Antennen. Je nach Empfang zeigten sie Richtung Westberlin oder nach Torfhaus hinter dem Brocken oder zum Ochsenkopf in Bayern. 1961 riss den Leipziger Stalinisten der Geduldsfaden. Sie schickten Kommandos auf die Dächer, die die Westantennen umdrehten oder gar absägten. Das führte zu großem Unmut. Die Aktion musste abgeblasen werden. Danach tarnten viele ihre Westantennen, indem sie sie einfach unter die Dächer hängten. Wir auch. Das war aber keine gute Lösung, denn nasse und verschneite Dächer führten zu Geisterbildern und starkem Rauschen. Außerdem war die Tarnung eigentlich sinnlos, weil die Antennenkabel ja weiterhin an den Hauswänden herabhingen und in den Wohnzimmerfenstern verschwanden.

1969 startete der Deutsche Fernsehfunk der DDR sein zweites Programm und sendete fortan auch in Farbe. Die Fernsehgeschäfte verkauften neue Geräte, und für die alten boten sie ergänzende Konverter an. Jetzt konnte obendrein das ZDF empfangen werden. Rasch verdichteten sich die Antennenwälder mit weiteren Metallrechen. Zudem schlossen sich immer mehr Mieter zusammen und errichteten auf ihren Dächern hohe Gemeinschaftsantennen. Wir in der Rietschelstraße auch.

Die ersten Farbfernseher waren horrend teuer. Ein Color 20 kostete mit dreitausendfünfhundert Mark etwa ein halbes Jahresgehalt. Allerdings hatte die DDR diesmal nicht die westdeutsche Fernsehnorm übernommen, sondern sich für SECAM statt PAL entschieden. Deshalb konnte das westdeutsche Programm selbst mit einem Farbfernseher zunächst nur in Schwarz-Weiß gesehen werden. Unter Honecker baute man dann plötzlich und unerwartet PAL-Decoder in DDR-Fernsehgeräte ein. Selbstredend mit einem saftigen Aufpreis. Das machten unsere Eltern nicht mit. Dennoch stand Mitte der siebziger Jahre ein PAL/SECAM-Fernseher im Wohnzimmer. Einer aus Japan. Oder besser, ein japanischer aus dem Intershop. Unsere Eltern hatten ja im Laufe der Jahre fast alle geschenkten D-Mark-Scheine angespart. Das zahlte sich nun aus. Fortan konnten sie zwei Ost- und zwei Westprogramme in bestmöglicher Qualität empfangen. Zumindest technisch gesehen.

In den siebziger Jahren wurde für die meisten DDR-Bürger das Westfernsehen so selbstverständlich wie ihr eigenes Programm. Am Montagmorgen diskutierten sie im Kollegenkreis über den »Kessel Buntes« genauso wie über den »Tatort«, am Dienstag über den alten UFA-Film und am Mittwoch über das heitere Beruferaten mit Robert Lembke. Einzig über das »ZDF-Magazin« mit Gerhard Löwenthal und den »Schwarzen Kanal« mit Karl-Eduard von Schnitzler sprach merkwürdigerweise so gut wie niemand. Für die Sendung mit Schnitzler hatte der Volksmund sogar eine eigene Maßeinheit erfunden: das »Schnitz«. Ein »Schnitz« war die Maßeinheit zum Umschalten des Kanalwählers von Ost auf West. Fernbedienungen gab es seinerzeit noch nicht.

Die Programmzeitschrift »FF dabei« druckte ausschließlich die DDR-Programme ab. Trotzdem wussten wir zu Hause immer, was im Westfernsehen lief. Mein Opa Paul setzte sich nämlich jeden Sonntagvormittag vor die Bildröhre und schrieb fein säuberlich und mit Durchschlag die Programmvorschau von ARD und ZDF mit, die im Schneckentempo durchs Bild lief, extra für uns im Osten. Opa notierte aber nur, was ihn selbst interessierte. Auf seinem Zettel standen Sendungen wie »Zum Blauen

Bock«, »Einer wird gewinnen«, »Die Rudi Carrell Show« oder »Die aktuelle Schaubude«. Vom »Beat-Club« erfuhr ich nur von Freunden. Das war nicht weiter schlimm, denn in meiner Jugend sah ich ohnehin kaum mehr fern. Weder Ost noch West. Gleichwohl wünschten wir jungen Leute uns damals, als das Wettrüsten längst die Grenze zum Wahnsinn überschritten hatte, »ein atomfreies Wochenende und guten Westempfang«.

Musikbox

Auf der Rückreise vom Ostseeurlaub machten meine Eltern mit mir Station in Warnemünde. Wir besuchten den Teepott, um etwas zu essen und zu trinken. Doch was sahen meine Augen? Eine Musikbox!

Ich erbat mir zwei Groschen, um ein Lied auszusuchen. Vater und Mutter erwarteten offensichtlich einen netten Schlager und reichten mir das Geld. Ich dagegen hatte eher einen mächtigen Aufreger im Sinn. Als ich jedoch die Titel auf den beleuchteten Tasten las, klappte mir der Unterkiefer herunter. All die Amiga-Singles schienen Heinz Quermanns Schlagerrevue zu entstammen: »Blonder Stern« mit Frank Schöbel, »Mich hat noch keiner beim Twist geküsst« mit Ruth Brandin oder »Ich hab' so ein kleines Bild von dir« mit Andreas Holm. Was sollte ich nur wählen?

Da! »Rolling Home.« Das war der richtige Titel. Das war Englisch und klang nach Rolling Stones. Ein Volltreffer. Mir kribbelte die gebräunte Haut. Damit konnte ich meinen Eltern einen echten Schreck einjagen. Schnell die zwei Alugroschen eingeworfen und die Taste gedrückt. Ich beobachtete noch, wie der automatische Arm die Single aus der langen Plattenreihe griff, sie drehte und auf den kleinen Abspielteller legte. Dann lachte ich mir ins Fäustchen und eilte zum Tisch zurück. Die Musikbox lief los. Hörte ich richtig? Da spielte ja ein Schifferklavier! Außerdem sang da ein Matrosenchor dieses »Rolling Home«.

Vater blickte mich dankbar an und sagte: »Ein Shanty. Ein zünftiger Ausklang für unseren Ostseeurlaub. Das hast du sehr gut gewählt.«

Radio und Tonband

Zunächst wuchs ich mit Röhrenradios auf. In dem kleinen Philips mit dem Bakelit-Gehäuse, der auf dem Küchenschrank stand und immer erst warm werden musste, lief auf Mittelwelle Radio DDR. Wir Kinder hörten das »Butzemannhaus«, Vater die Nachrichten, Mutter Musik. Im Mai ertönte die Fanfare der »Friedensfahrt«, an Sonnabenden lief die Fußball-Oberliga und an Sonntagen, während Mutter kochte, hörte Vater die »Sonntägliche Wirtschaftsbetrachtung« von Dr. Karl-Heinz Gerstner. Er nannte sie selbst »sachlich, kritisch und optimistisch«, in Wirklichkeit entfernte sie sich ständig weiter von der Realität. Mit dem Prager Frühling von 1968 drehte Vater den Skalenzeiger von Radio DDR auf den Deutschlandfunk aus Köln.

Unser zweites Röhrenradio, ein Graetzor aus Vorkriegszeiten, stand im Kinderzimmer. Auch das spielte erst, nachdem sich in dem massiven Holzgehäuse die Röhren derart aufgeheizt hatten, dass es nach Pertinax und verbranntem Staub roch. Mit der Kurzwelle bekamen wir sogar Radio Peking heran. Auf Deutsch. Doch wozu? Eigentlich waren wir auf Westmusik aus. Deshalb hörten wir nachmittags im Berliner Rundfunk DT64. Zu Ulbrichts Zeiten war das die einzige DDR-Sendung, die hin und wieder Beatles, Bee Gees und Ähnliches spielte. Plötzlich zerschnitt eine Gitarre die Luft und eine kernige Stimme sang »My sweet Lady Jane …«. Ich spürte in mir ein Kribbeln aufsteigen und sagte meinem Bruder, dass DT64 ja großartige Musik spiele. »Quatsch!« erwiderte er. »Das sind die Stones. Die sind hier verboten. Du hörst Deutschlandfunk.«

Die Mittelwelle hatte einen dumpfen Sound. Wer tiefe Bässe, brillante Höhen oder gar Stereo liebte, der benötigte die neuartige Ultrakurzwelle. Mein großer Bruder bekam zur Jugendweihe so ein neues UKW-Transistorradio. Die Ultrakurzwelle hatte aber einen entscheidenden Nachteil. Ihrer Reichweite war ebenfalls ultrakurz. Westdeutsche UKW-Sender schafften es nur stark verrauscht bis nach Leipzig. Da es Mitte der sechziger Jahre in der DDR lediglich eine einzige Beatles-LP gab und später noch eine von Bob Dylan, blieb keine andere Rettung als das Tonbandgerät.

In ebendieser Zeit, im Jahr 1966, baute unser Vater gemeinsam mit einem Tischler und einem Elektroingenieur aus dem VEB Gerätewerk Leipzig das allererste Fremdsprachenkabinett der DDR. Das war revolutionär. Die Presse berichtete, und zur Einweihung erschien der sowjetische Generalkonsul in der Uhlandschule. In dem Sprachkabinett war offensichtlich ein Spulen-Tonbadgerät entbehrlich, denn eines Tages brachte Vater ein B4 von der tschechischen Firma TESLA mit nach Hause. Er benutzte es zusammen mit einem Mikrofon, um die Stimmen der Familienmitglieder zu dokumentieren. Von uns Kindern hätte er gern gesehen, dass wir Hörspiele produzierten und schenkte uns deshalb »Das Tonbandbuch für alle« von Monse. Aus unserer Sicht war das B4 allerdings nur für eines nütze: für Westmusik. Und die musste so laut wie möglich dröhnen.

Also baute mein Bruder einen ordentlichen Verstärker. Die nötigen Transistoren, Widerstände, Kondensatoren und Drehregler sowie die Lautsprecher für zwei große Boxen waren jetzt nicht mehr in den Scherbelkisten zu finden. Solche modernen Bauteile musste mein Bruder bei Pinder oder im RFT-Amateurladen in der Grimmaischen Straße kaufen. Ich griff derweil zum Fuchsschwanz und sägte damit die vier Giebel unserer Jugendbetten ab. Aus den furnierten Spanplatten schraubte ich zwei Lautsprecherboxen zusammen, die ich am Ende auf massive Pappröhren mit Fußbrettern klebte und schwarz anstrich. Solche Standboxen hatte sonst keiner.

Fehlte noch die richtige Musik. Hätten wir in Berlin gelebt, wie herrlich hätten wir den RIAS, den SFB oder AFN mitschneiden können. Ja, hätten! In Leipzig waren wir auf das Kopieren angewiesen. Die ersten Tonbänder brachte mein Bruder vom Studium aus Ilmenau mit. Es waren überspielte Schallplatten wie »Sgt. Pepper's« und »Abbey Road« von den Beatles sowie »Beggars Banquet« und »Let It Bleed« von den Rolling Stones. Diese Musik lief in unserem Zimmer nun volles Rohr. Zumindest, wenn die Eltern nicht zu Hause waren. Üblicherweise beschwerten sich hinterher die Nachbarn über »den Krach«. Später kaufte ich mir für sauer ersparte sechshunderfünfunddreißig Mark ein eigenes Tonbandgerät, ein KT100, den ersten Kassettenrecorder der DDR. Kassetten von ORWO kosteten irrwitzige zwanzig Mark und waren von beklagenswerter Tonqualität. Es ging also nicht ohne die orangefarbenen C60 von der BASF. Die gab es im Intershop, wo sie »nur« fünf D-Mark kosteten.

Einen Plattenspieler kaufte Vater erst Anfang der siebziger Jahre. Er musste unbedingt auch mit 78 Umdrehungen pro Minute rasen können, damit Vater seine alten Schellackplatten abspielen konnte. Er hörte sich jedoch nur die knisternde Silvesteransprache des Reichspräsidenten Paul von Hindenburg aus dem Jahr 1931 an. Damit hatte sich's.

Meine erste grandiose Platte war 1974 »Renft« Nummer 2 mit Songs wie »Ich bau euch ein Lied«, »Als ich wie ein Vogel war« und »Ermutigung« mit den aufmüpfigen Texten von Kurt Demmler. Ich legte sie so lange auf, bis ich alle Titel auswendig konnte. Derart intensiv hörte ich sonst nur noch »The Dark Side of the Moon« von Pink Floyd, die ich mir im Intershop für horrende achtzehn D-Mark gekauft hatte.

Und plötzlich tauchte da auf Mittelwelle ein neuer Sender auf. Er klang sehr dumpf, spielte ausschließlich Westmusik und nannte sich »Beatwelle Lindenau«. Ein Piratensender! Kaum war er im Äther, fuhr draußen schon ein Peilwagen mit drehbarer Antenne durchs Viertel. Wenige Stunden später war die »Beatwelle Lindenau« verschwunden. Ihre waghalsigen Betreiber wahrscheinlich auch.

Abenteuer Moritzbastei

Am 3. Oktober 1965 stand ich mit Vater, Mutter und kleiner Schwester am Schillerpark gegenüber dem Ring-Café. Selbstverständlich trugen wir alle das blau-goldene Abzeichen »800 Jahre Leipziger Messe«, an dem ein rundes DDR-Emblem baumelte. Schräg links von uns stand das Versicherungshochhaus, daneben das neu errichtete Hotel Deutschland, und noch weiter links sah ich zwischen den Bäumen des Parks hindurch und hinter dem Mendebrunnen das helle Opernhaus am Karl-Marx-Platz. Dieser Blick war nach der Sprengung des Bildermuseums im Jahr 1962 freigeworden. Direkt vor meinen Augen bewegte sich gerade der sechs Kilometer lange Festumzug über den Roßplatz Richtung Hauptbahnhof. Die »Leipziger Volkszeitung« nannte ihn einen »Bildband zu Fuß«. Und dort! Da lief mein großer Bruder am Rande des Umzugs mit und verteilte Extrablätter. Wir riefen ihn und winkten, er sah es und reichte uns ein paar Extrablätter. Vor einigen Wochen waren sogar zwei Serien mit Streichholz-Etiketten sowie ein Satz Sonderbriefmarken zum achthundertsten Stadt- und Messejubiläum erschienen, den Vater für besonders gelungen hielt. Mutter hingegen liebte das neue Leipziger Maskottchen, das Messemännchen mit der großen Weltkugel als Kopf, dem blauen Hut und der Pfeife im Mund. In den folgenden Jahren schenkte sie jedem besseren Besuch ein solches Messemännchen.

Nach dem Festumzug setzten wir die Beschäftigung mit der Stadtgeschichte fort, indem wir durch den Schillerpark zum letzten erhaltenen Bauwerk der Leipziger Stadtbefestigung liefen: zur Moritzbastei. Sie hatte einen fünfeckigen Grundriss und trug an ihrer vorderen Spitze ein großes Wappen aus Stein, das wegen der Verwitterung kaum zu deuten war. Doch Vater wusste Bescheid. Es sei das kurfürstlich-sächsische Wappen, erklärte er. Die Bastion sei ja schließlich nach dem albertinischen Kurfürsten Moritz benannt worden. Heute könnten wir jedoch nur noch ihren oberen Teil sehen. Die eigentliche Bastion reichte mit ihren

Gewölben weitere zehn Meter tief hinab. Bis zur Verfüllung des Stadtgrabens um 1850 hätte die gesamte Vorderfront freigelegen. Und da oben, Vater zeigte bei diesen Worten auf das Strauchwerk und die Bäume auf der Moritzbastei, da oben habe man nach der Völkerschlacht die Leipziger Bürgerschule errichtet. An dieser nachmaligen Städtischen Schule für Frauenberufe, die 1943 von Bomben zerstört worden sei, habe einst Fräulein Berry gelernt.

Fräulein Berry! Ja, die kannte ich. Diese pensionierte Lehrerin trug stets ein dunkelblaues Kleid mit kleinen weißen Punkten und lehrte an unserer Schule ehrenamtlich Stenographie. »Deutsche Kurzschrift«, wie wir sagen sollten. Wir sollten auch Zo'o sagen und nicht etwa Zoo, denn es heiße ja Zo'ologischer Garten und nicht Zoologischer Garten. Das immerhin klang logisch. Mein Vater, der ein Kollege von Fräulein Berry war, belehrte mich, ich solle mich gut mit ihr stellen. Sie habe nämlich eine wertvolle Briefmarken- und Münzsammlung, aber keine Erben. Unabhängig davon scheiterte mein Versuch, bei ihr Steno zu lernen. Als Erbe wurde ich später nicht aufgerufen. Vater auch nicht. Trotzdem hatte Fräulein Berry bei mir zweierlei bewirkt. Zum einen lachte ich mich halb tot, als unsere Messegäste eine Flasche Black Berry mitbrachten. Zum anderen musste ich fortan bei der Moritzbastei immer an Fräulein Berry denken. Und umgekehrt.

Die Moritzbastei begann mich zu interessieren. Das war lange bevor die Idee aufkam, daraus einen Studentenklub zu machen. Was mochte dieses alte Gemäuer wohl für Geheimnisse in sich bergen? Vater half mir auf die Sprünge. Er gab mir ein dunkelgrünes Heft vom Landesverein Sächsischer Heimatschutz aus den zwanziger Jahren und zeigte mir einen Artikel, der sich mit der Moritzbastei befasste. Zwei Zeichnungen schlugen mich sofort in ihren Bann. Es waren die Grundrisse der vierhundert Jahre alten Kellergewölbe.

Ich packte meinen Campingbeutel. Hinein kam das dunkelgrüne Heft mit den Grundrissen, ein Block, ein Bleistift, eine Wäscheleine, ein Messer und die Taschenlampe. Perfekt ausgerüstet und voller Abenteuerlust fuhr ich mit der 13 zum Roßplatz und lief durch den Schillerpark zur Moritzbastei. Ich umrundete das massive Gemäuer und suchte nach Fenstern, Türen und sonstigen Öffnungen, durch die ich hätte eindringen können. Nichts dergleichen. Ich suchte obendrauf in den bewaldeten Resten von Fräulein Berrys Frauenberufsschule. Ebenfalls Fehlanzeige. Es gab einfach keine Möglichkeit, in die Gewölbe zu gelangen. Meine Expedition war gescheitert.

Später allerdings konnte ich doch noch mit Spitzhacke und Schippe losziehen und in die Tiefen hinabsteigen. Das war während meines Studiums, als ich mithalf, die Moritzbastei zum Studentenklub auszubauen.

Zweierlei Kundgebungen

Am 1. Mai schien fast immer die Sonne, und ich freute mich auf das übliche Eis am Stiel. Als Kind ging ich mit Vater und dem großen Bruder gemeinsam zur »Kampfdemonstration« in die Stadt, also ins Leipziger Zentrum. Wir demonstrierten an diesem »Kampftag der internationalen Arbeiterklasse« gegen den Kapitalismus sowie für Frieden und Sozialismus. Mutter kümmerte sich derweil zu Hause ums Mittagessen und um unsere kleine Schwester, die später natürlich gemeinsam mit uns kämpfte.

Auf dem Weg in die Stadt liefen wir die Rietschelstraße entlang. Die Häuser waren überwiegend mit roten und DDR-Fahnen geschmückt, wodurch der zunehmend herabrieselnde Putz nicht so ins Auge fiel. Auch das in einigen Dachrinnen gedeihende Maigrün mit seinen jungen Birken nahm sich an diesem Tag ganz zünftig aus. Vom Lindenauer Markt her tönten uns kraftvolle Kampflieder entgegen: »Wann wir schreiten Seit' an Seit' …«, »Brüder, zur Sonne, zur Freiheit …«, »Bau auf, bau auf, bau auf, bau auf …« und so weiter. Mit blechernem Klang durchwehten sie die Straßen, denn Leipzig besaß ja einen Stadtfunk mit über zweihundert Lautsprechern an den großen Plätzen und Haltestellen.

Vom Straßenbahnhof Leutzsch kam eine 13. Sie fuhr heute auf einer veränderten Linienführung, weil der Ring teilweise gesperrt war. Wir zwängten uns hinein, Vater drängelte sich bis zur Zahlbox, steckte einen roten und zwei grüne Sammelkartenabschnitte hinein, zog drei Mal am Hebel und riss das Papierband mit den Fahrscheinen ab. Wir fuhren bis zum Westplatz. Das letzte Stück liefen wir. Die Uhlandschule sammelte sich am Schauspielhaus. Hier ging es fröhlich zu. Vater traf sich mit Kollegen, und einige Schüler in Blauhemden grüßten ihn. Von einem Garant-Lastauto wurden große Fahnen und Transparente abgeladen. Wir bekamen sogar Papierfähnchen zum Winken. Eine Frau verkaufte rote Mai-Nelken aus knisternder Plastikfolie. Alle Erwachsenen trugen solche Mai-Nelken. Einzig Vater hatte seine von zu Hause mitgebracht, aus seiner Mai-Nelken-Sammlung, die bis tief in die zwanziger Jahre zurückreichte. Nun endlich liefen wir die paar Schritte bis zum Eisverkäufer mit seiner rollenden Eiskiste. Als er den Deckel öffnete, stieg eine Wolke auf, die vom kühlenden Trockeneis stammte. In dem Isolierfach lagen zwei Sorten Eis: das dreifarbige Pückler sowie Othello. Ich nahm immer Othello. Dieses Vanilleeis am Stiel hatte einen Schokoladenüberzug und kostete fünfunddreißig Pfennig. Die Eis-Maier KG, die das Pückler und das Othello damals herstellte, wurde 1972 verstaatlicht, hieß fortan VEB Lipsia-Eis und stellte die Eisproduktion nach 1990 ein.

Der Demonstrationszug formierte sich nahe der Thomaskirche. Er setzte sich in Bewegung, stockte, bewegte sich, stockte, bewegte sich und so fort. Am Neuen Rathaus ging es links um die Ecke und danach am Ring-Café und am neuen Hotel Deutschland entlang. Wir liefen zwischen der neuen Hauptpost und der neuen Oper hindurch, wo sich zwei Tribünen erhoben, und wir winkten mit unseren Papierfähnchen hinauf zu den ehrenwerten Persönlichkeiten. Unentwegt liefen Kampflieder, die ein Sprecher noch mit den »Losungen zum 1. Mai« übertönte. Wir schritten weiter, an den drei neuen Wohnblöcken am Georgiring vorüber, und ehe wir uns versahen, waren wir am Hauptbahnhof. Auf dem Platz der Republik warteten zahlreiche Straßenbahnen, um uns nach dem anstrengenden Kampftag schnell wieder nach Hause zu fahren.

Dann aber kam der September 1973. Nur wenige Wochen nach den Weltfestspielen in Berlin wurde die chilenische Regierung unter dem Sozialisten Salvador Allende gestürzt. Den Putsch hatte General Pinochet gemeinsam mit der amerikanischen CIA eingefädelt. Wir jungen Leute, die wir ja auf der Seite des chilenischen Volks standen, waren bis ins Mark erschüttert.

Leipzig reagierte. Der Stadtfunk rief im Stundentakt dazu auf, zu einer Protestkundgebung zu kommen. Sofort setzte ich mich mit den befreundeten Zwillingen im Haus zusammen. Gemeinsam bauten wir zwei große Transparente. Wir erbaten uns von den Eltern weiße Bettlaken, schrieben darauf mit viel blauer und roter Wasserfarbe »Venceremos!« und »Unidad Popular« und nagelten die Tücher jeweils zwischen zwei Besenstiele. Damit fuhren wir zum Georgi-Dimitroff-Platz vor dem gleichnamigen Museum. Abertausende fanden sich ein. Auch andere trugen selbst angefertigte Transparente, was für die DDR vollkommen untypisch war. Auf der Freitreppe hatte man schnell eine Tribüne errichtet.

Ich werde nie vergessen, wie dort oben ein chilenischer Student ans Mikrofon trat und vor Tränen nicht weitersprechen konnte. Der Platz war totenstill. Ich weinte leise mit.

Im Bildermuseum

Das Gebäude des ehemaligen Reichsgerichts in Leipzig ähnelt dem des Reichstags in Berlin. In Leipzig jedoch stand ab 1952 unter dem Dreiecksgiebel nicht »Dem deutschen Volke«, sondern »Georgi-Dimitroff-Museum«. Denn das Haus beherbergte eine Gedenkstätte für jenen bulgarischen Kommunisten, der hier 1933 im Reichstagsbrandprozess mutig dem Nationalsozialisten Hermann Göring entgegengetreten war. Wir hatten das in der Schule gelernt. Wenn wir aber sagten: »Wir gehen ins Dimitroff-Museum«, meinten wir gar nicht das Dimitroff-Museum. Vielmehr meinten wir das Museum der bildenden Künste, das im selben Komplex untergebracht war.

Das Museum der bildenden Künste, von den Leipzigern kurz Bildermuseum genannt, zählte zu den bedeutendsten Kunstsammlungen der DDR. Sein ursprüngliches Gebäude stand exakt an der Stelle des heutigen Gewandhauses. Es war 1858 eingeweiht und bald darauf erweitert worden. 1943 brannte es bei einem schweren Bombenangriff vollständig aus. Glücklicherweise war die gesamte Sammlung vorher ausgelagert worden. Einzig Max Klingers sitzender Beethoven aus Marmor hatte stehen bleiben müssen. Er überlebte wie durch ein Wunder. Nach dem Krieg sollte das Bildermuseum eigentlich wieder aufgebaut werden. Dann entschied man anders und sprengte es 1962, sechs Jahre vor der Paulinerkirche und dem Universitätsgebäude mit Ernst Rietschels Dreiecksgiebel.

Die wichtigsten Kunstwerke waren im Erdgeschoss des Dimitroff-Museums ausgestellt. Ab und zu besuchte ich diese wunderbare Sammlung. Zunächst mit den Eltern, später mit der Schulklasse. Im Fach Kunsterziehung betrachteten wir die Originale von Gemälden, die wir bereits aus Schulbüchern kannten. Die »Steinbrecher« von Robert Sterl zum Beispiel, die im Moment höchster Anstrengung gemalt waren. Oder das Gemälde »Opfer des Faschismus« von Hans Grundig, das zwei ermordete KZ-Häftlinge auf einem Grund aus Blattgold zeigte. Über ihnen kreisten Todesvögel. Ein andermal war ich mit einer Freundin im Museum, die selbst malte. Dabei schwadronierte ich über Motive und Farben und Pinselführung, was mir gerade so einfiel. Sie schwieg die ganze Zeit. Auch ich begann zu schweigen und lernte, die Kunstwerke einfach auf mich wirken zu lassen, sie in mich hineinzulassen, sie zu erfühlen. Und ich lernte, wie tief unsere Kultur im Judentum und im Christentum wurzelt, wenngleich ich von den gemalten Geschichten kaum eine verstand. Also nahm ich mir vor, mich mit dem Alten und dem Neuen Testament zu befassen. Von Mutter erbat ich mir ihre alte Schulbibel, die noch in Fraktur gedruckt war. Ich las sie wie einen Abenteuerroman, begeisterte mich für die uralten Überlieferungen und für Luthers Sprache und war überrascht, wie vieles aus der Heiligen Schrift unseren Alltag prägte.

Einige Bilder des Museums gefielen mir ganz besonders. Darunter »Die Lebensstufen« von Caspar David Friedrich, der fünf Menschen verschiedener Generationen vor fünf Segelbooten gemalt hatte. Eher lustig fand ich den »Falkensteiner Ritt« von Moritz von Schwind. Auf diesem hohen Gemälde ritt Kuno in silberner Rüstung einen Felsen zu seiner Liebsten hinauf, begleitet von zahlreichen Zwergen, die wie Trauben herabhingen. Ferner bewegte mich Arnold Böcklins »Toteninsel« sehr tief. Diese fünfte und endgültige Fassung des Motivs strahlte eine Einsamkeit aus, die ich zuvor nie empfunden hatte. In mir breitete sich eine große Traurigkeit aus, und ich spürte die furchtbare Endlichkeit all unseres Daseins. Bei der »Salome« hingegen, die Lovis Corinth gemalt hatte, erstarrte ich geradezu. Zum einen wegen des Hauptes von Johannes dem Täufer, das Salome in einer Schüssel gereicht wurde. Vor allem aber wegen dieses verächtlich blickenden Weibes, das mit zwei Fingern ein Auge des abgeschlagenen Kopfes öffnete und ihm gleichzeitig ihre nackten Brüste entgegenhielt.

All diese Gemälde waren schon betagt. Gleichwohl sammelte das Museum auch Gegenwartskunst. Darunter selbstverständlich Werke der Leipziger Schule, also von Malern wie Bernhard Heisig, Werner Tübke, Arno Rink und Volker Stelzmann. Am meisten beschäftigte mich jedoch Wolfgang Mattheuer. Namentlich sein großes Gemälde »Hinter den sieben Bergen« von 1973. Darauf durchschnitt eine endlos scheinende Landstraße voller Fahrzeuge die grüne Hügellandschaft und schlängelte sich auf eine barbusige Göttin zu, die am blauen Himmel über den sieben Bergen schwebte und fünf bunte Luftballons aufsteigen ließ. Was mochte dort hinten nur verborgen sein, wo sie alle hinwollten?

1980 kam Mattheuers Gemälde »Leipzig« ins Bildermuseum. Es zeigte den Blick vom Völkerschlachtdenkmal auf das Stadtzentrum mit dem Uni-Hochhaus. Darüber erhob sich ein strahlend blauer Himmel mit Kondensstreifen, der zwei Drittel des Bildes einnahm. Ein sehr optimistisch stimmendes Bild. Später änderte man den Titel in »Das blaue Leipzig«, weil Mattheuer aus der gleichen Perspektive inzwischen ein Gegenstück gemalt hatte. Das kam der DDR-Wirklichkeit viel näher und hieß »Das graue Leipzig«.

Bücher über Bücher

Die ersten Geschichten, die mir Oma Frieda vorlas, standen in drei Büchlein aus der Kaiserzeit. Es waren Grimms Märchen, gesetzt in Fraktur und illustriert mit grausamen Jugendstil-Zeichnungen. Wie fröhlich kamen dagegen Fix und Fax daher, die Mäuse mit ihren lustigen Abenteuern, gezeichnet und mit Zweizeilern versehen von Jürgen Kieser. Fix und Fax waren weithin bekannt aus dem »Atze«. Diese Kinderzeitschrift hatten wir zwar nicht abonniert, doch ich bekam nach und nach die drei Fix-und-Fax-Sammelbände geschenkt, den roten, den blauen und den gelben. Den gelben konnte ich nicht leiden, da alsbald sämtliche Seiten herausfielen. Meine Lieblingserzählungen waren aber die »Geschichten aus der Murkelei« von Hans Fallada. Schon die Zeichnungen auf dem gelben Umschlag machten mich neugierig. Am meisten liebte ich die »Geschichte vom goldenen Taler«, die von der DEFA später verfilmt wurde.

Eine Weile sammelte ich »Trompeterbücher«. Namensgeber war der »kleine Trompeter«, von dem auch ein Lied handelte, das wir alle kannten: »Von all unsern Kameraden …«. Die kleinformatige Buchreihe mit dem glänzenden Einband begann selbstredend mit der Geschichte »Der kleine Trompeter und sein Freund« von Inge und Gerhard Holtz-Baumert. Darüber hinaus bekam ich zum Beispiel »Tschuk und Gek« von Arkadi Gaidar sowie »Bootsmann auf der Scholle« von Benno Pludra, illustriert von Werner Klemke. Jedes Mal, wenn ich diesen einsamen Hund auf der Eisscholle sah, wurde mir ganz schwer ums Herz.

Mehrere Jahre schenkten mir meine Eltern zu Weihnachten den »Pionierkalender«. Der war klein und dick und voller Geschichten und Bilder. Mich begeisterten immer die farbigen Röntgenschnitte von Autos und Flugzeugen, die zahlreiche technische Details zeigten. Eine solche Wissensvermittlung liebte auch mein Vater. Deshalb kaufte er mir 1967, gleich nach seinem Erscheinen, »Von Anton bis Zylinder – Das Lexikon für Kinder«. Anfangs war das dicke Buch quadratisch und enthielt sogar einen

Artikel über Walter Ulbricht. Der wurde in den Nachauflagen gestrichen. Bei den heutigen Ausgaben ist vom einstigen Lexikon lediglich das Cover übriggeblieben.

Schöngeistige Bücher galten Vater als »Eintagsfliegen«. Also bekamen wir Kinder im Grunde nur »Bewährtes«. Zum Beispiel »Alfons Zitterbacke« von Gerhard Holtz-Baumert. Oder »Die Erfindung des Verderbens« von Jules Verne, deren tschechische Verfilmung mit den kupferstichartigen Kulissen ich noch mehr liebte als das Buch. Zu meiner Abenteuerliteratur gehörten außerdem »Robinson Crusoe«, »Die Schatzinsel« sowie »Der Neger Nobi« von Ludwig Renn. Ab 1962 hieß diese afrikanische Geschichte einfach »Nobi«. Damit war der Kinderbuchverlag seiner Zeit um Jahrzehnte voraus. Natürlich standen auch Indianerbücher im Regal. Allen voran »Die Söhne der Großen Bärin« von Liselotte Welskopf-Henrich und »Blauvogel« von Anna Jürgen sowie die amerikanischen Lederstrumpf-Erzählungen von J. F. Cooper mit »Der Wildtöter« und »Der letzte Mohikaner«. Letztere entstammten der Kinderbuchreihe »Robinsons billige Bücher«. Karl May hingegen konnte ich nicht lesen, weil ihn weit und breit keiner besaß. Nicht einmal die Bibliotheken. Seine Werke erschienen in der DDR erst nach 1982, genau siebzig Jahre nach seinem Tod, nachdem die Urheberrechte abgelaufen waren. Dann aber wurde hemmungslos gedruckt, gleich zweihundertfünfzigtausend Exemplare pro Band. Der Nachholbedarf war gewaltig.

Als bei uns in der Schule für den »Buchclub 65« geworben wurde, bei dem man regelmäßig Bücher kaufen musste, interessierte mich das nicht. Da fühlte ich mich zu sehr gegängelt. Allerdings ging ich gern mit meiner Klasse in die Stadtbezirksbibliothek Leipzig-West. Die Bibliothekarinnen machten uns mit der Buchrecherche vertraut, ließen uns herumstöbern und bemühten sich, uns als Leser zu gewinnen. Später reichte mir dieses Angebot nicht mehr aus, und ich meldete mich in der Stadtbibliothek in Barthels Hof an. An dem historischen Gebäude beunruhigten mich die zunehmend breiter werdenden Risse in der Fassade. Ich sah Barthels Hof schon zusammenstürzen und mich selbst unter lauter Bücherregalen und barocken Trümmern beerdigt. Das geschah zum Glück nicht. Die Stadtbibliothek wurde 1984 gerade noch rechtzeitig evakuiert.

Seit meiner Kindheit liebe ich die Insel-Bücherei, diese bunten Pappbändchen mit den weißen Etiketten auf den Buchdeckeln und den schmalen Buchrücken. Bei meinen Eltern standen einige davon im Bücherschrank. Besonders mochte ich die illustrierten Ausgaben. »Das kleine Buch der Edelsteine« zum Beispiel und »Das kleine Schmetterlingsbuch« und »Das kleine Baumbuch«. Diese Büchlein verführten mich dazu, später die ganze Reihe zu sammeln. Wer in der DDR aber keine Beziehungen hatte, der kam niemals an alle Neuerscheinungen heran. Während einige Insel-Bücher im Buchhandel lange herumstanden, musste ich bei Günter Kunert einiges Glück haben, wohingegen Heinrich Böll ausschließlich unterm Ladentisch gehandelt wurde. In den Antiquariaten sah es nicht besser aus. Auch dort fanden sich in den Regalen meist nur Ladenhüter, und die Vorkriegsexemplare, die bis 1912 zurückreichten, waren vergilbt oder schwer beschädigt. Bundesdeutsche Insel-Bücher der zweigeteilten Reihe wurden hierzulande überhaupt nicht verkauft. Meine Eltern schenkten mir später ihre Bändchen. Darunter befand sich »Der Opfergang« von Rudolf G. Binding in einer Feldpostausgabe. Im Vorsatz las ich die Widmung meines Vaters: »Zu unserem Verlobungsurlaub. Januar 1945. Gerhart.« Der Opfergang als Verlobungsgeschenk – was für ein großartiger Humor!

In jungen Jahren verstand ich mich als Sozialist. Im Sozialismus sah ich die einzige Alternative zu all dem Elend auf der Welt. Zugleich spürte ich, wie viele andere auch, dass sich dieser Sozialismus nicht zum Besten entwickelte. Es waren vor allem Schriftsteller, die seinen Problemen nachspürten und die, wenn ihnen die Veröffentlichung nicht versagt wurde, auf eine überwältigende Resonanz stießen. Ich las damals zum Beispiel »Nachdenken über Christa T.« von Christa Wolf, »Irreführung der Behörden« von Jurek Becker und später »Es geht seinen Gang« von Erich Loest. Ich besorgte mir Reiner Kunzes Gedichtsammlungen »Zimmerlautstärke« und »Brief mit blauem Siegel« sowie Günter Kunerts skurrile Geschichten in Büchern wie »Kramen in Fächern«, »Die geheime Bibliothek« und »Der Mittelpunkt der Erde«.

Am meisten aber liebte ich Stefan Heym. Seinen »Kreuzfahrern von heute« verdankte ich eine umfassendere Sicht auf den

Krieg. Ich schätzte Stefan Heym auch deshalb, weil er einfach handelte und die amerikanische Uniform anzog, um seine Heimat befreien zu helfen. Ich wollte möglichst viel von ihm lesen. Also besorgte ich mir den »König David Bericht« und die »Schmähschrift« sowie jene Werke, die in der DDR zunächst nicht gedruckt werden durften wie »Fünf Tage im Juni«, «Collin« und »Schwarzenberg«. Meine Eltern, die in den achtziger Jahren als Rentner reisen durften, schmuggelten mir die Paperbacks über die Grenze.

Ich habe nie verstanden, dass ein kritischer Sozialist wie Stefan Heym, einer der wenigen DDR-Schriftsteller von Weltgeltung, in seiner Heimat bis über die deutsche Einheit hinaus so feindselig behandelt werden konnte. Als er starb, bewegte mich das derart, dass ich an seiner Beisetzung auf dem Jüdischen Friedhof Berlin-Weißensee teilnahm. Ich stand in der überfüllten Trauerhalle und lief in der langen Reihe mit über die verschneiten Wege zum ausgehobenen Grab. An diesem 21. Dezember 2001 gab ich Stefan Heym eine weiße Edelrose mit auf seine letzte Reise.

Kinozeit

Jeder Leipziger Filmfreund kannte ihn. Woche für Woche stand sein Name mit in der Programmankündigung des Kinos Capitol: »An der Hammondorgel – Hasso Veit.«

Das Capitol war nicht einfach nur ein Kino, sondern eine Filmbühne. Am hinteren Ende des riesigen Parketts befanden sich sogar sechs verglaste Logen, in denen geraucht, getrunken und gekuschelt werden durfte. Bei besonderen Anlässen dienten sie als Dolmetscherkabinen. Über ihnen schob sich der Rang hinauf bis zu den Projektoren. Diese konnten selbst 70-Millimeter-Filme auf die superbreite Leinwand werfen. Dort vorn aber, vor dem zugezogenen Vorhang, saß Hasso Veit an seiner Hammondorgel. Jeden Abend vor acht spielte er beschwingte Melodien mit dem typischen Sound. Derweil wurden die Zuschauer von den Platzanweiserinnen zu ihren Sitzreihen geführt, wo sie sich ihre Klappsitze suchten und die Programmhefte aufschlugen. Kinowerbung kannten wir nicht.

Gong – Gong – Gong. Surrend öffnete sich die Leinwand zum Vorfilm, meistens einem DEFA-Dokumentarfilm. Danach wurde es noch einmal kurz hell, und es strömten all jene herein, die auf den Vorfilm verzichtet hatten. Wenige Sekunden später dröhnte eine aufreizende Musik durch den Saal. Unter Publikumsgestöhn startete »Der Augenzeuge«, also die DEFA-Wochenschau, die bis 1981 in allen Kinos gezeigt wurde.

Gong – Gong – Gong. Der Hauptfilm begann. Als Kind sah ich auf dieser riesigen Leinwand Filme wie »Serengeti darf nicht sterben« und »Die Söhne der großen Bärin«. Natürlich tagsüber. Ich sah auch einen 3D-Film, in dem Artisten mitten durch den Kinosaal flogen und Jongleure Ringe und Keulen ins Publikum warfen. Nachdem ich die Spezialbrille jedoch abgesetzt hatte, blieben nur flache und unscharfe Bilder zurück. Später, als Jugendlicher, erblickte ich auf dem Kinoplakat über dem Capitol eines Tages das Gesicht eines verwegenen Abenteurers. Er trug einen schmuddeligen Zylinder mit einer brennenden Kerze auf der Krempe und hielt ein langes Messer zwischen den Zähnen. Diesen Film musste ich gesehen haben. Ich lud eine Freundin ein und löhnte schwer für meine Taschengeldverhältnisse. Überlänge kostete extra. Ich bekam gerade noch zwei Karten. Erste Reihe. Direkt vor der Leinwand. Ausgerechnet bei einem 70-Millimeter-Film. Bevor sich der Vorhang öffnete, konnte ich mir zwar Hasso Veit genau ansehen, doch dann wusste ich überhaupt nicht mehr, wo ich hingucken sollte. Mein Kopf flog von links nach rechts und von unten nach oben und das den ganzen langen Film über. Unmittelbar vor meinen Augen erschien zuweilen ein Kopf, der so groß war wie ein Haus. Der Held trug allerdings gar kein Messer zwischen den Zähnen, sondern einen langen Pinsel. Der vermeintliche Abenteurer entpuppte sich als ein Maler namens Goya, den ich bis dahin nicht gekannt hatte.

Neben den DEFA-Filmen zeigten die DDR-Kinos vieles, was in der Welt Rang und Namen hatte. Selbstverständlich kannten wir Stars wie Robert Redford, Charles Bronson, Klaus Kinski, Alain Delon, Bud Spencer, Terence Hill, Louis de Funès, Jane Fonda, Brigitte Bardot und Romy Schneider. Im Frühjahr 1973, um nur ein Jahr herauszugreifen, waren die großartigsten Filme für mich »Blutige Erdbeeren« und »Erinnerungen an die Zukunft«. Der erste wegen seiner großartigen Musik und seiner Aufmüpfigkeit, der zweite wegen seiner dokumentarisch gefilmten Rätsel aus dem Altertum. Erich von Däniken zufolge sollten sie beweisen, dass Außerirdische beim Aufbau unserer Zivilisation geholfen hätten. Das war natürlich unvereinbar mit der offiziell propagierten historisch-materialistischen Weltanschauung. Die Filmeinkäufer hatten versagt. Die Jugendzeitung »Junge Welt« verriss den Film vernichtend, und über Nacht verschwand er wieder aus den Kinos. Wer sich jedoch beeilt hatte, der trug die großen Rätsel fortan mit sich herum und diskutierte sie fleißig mit anderen. Der Staat legte nach und kämpfte mit weiteren Druckwerken gegen den Film sowie das ihm zugrundeliegende Buch »Erinnerungen an die Zukunft« von Däniken, obwohl es in der DDR nirgendwo zu kaufen war.

Gut besucht war auch die Internationale Leipziger Dokumentar- und Kurzfilmwoche, die jeden Herbst stattfand unter dem Motto »Filme der Welt – für den Frieden der Welt«. Während der Dokwoche gab es im Capitol erlesene Mitternachtsvorführungen. Hier liefen Filme, die es sonst üblicherweise nie in die DDR-Kinos schafften. Folglich füllte sich das Capitol bis zum letztmöglichen Stehplatz. Die Luft war zum Schneiden. Doch das interessierte keinen. Bei einer solchen Vorführung sah ich »Koyaanisqatsi«. Dieser Experimentalfilm aus den USA zeigte den Wahnsinn unserer Zivilisation in phantastischen Bildern, durchgehend unterlegt mit der zunehmend fiebernden elektronischen Orgelmusik von Philip Glass. Heute zählt »Koyaanisqatsi« zu den wichtigsten Werken der Filmgeschichte.

Das zweite bedeutende Kino Leipzigs war das Filmkunsttheater Casino. Nur in diesem Programmkino liefen schwarz-weiße Filmklassiker wie »Frankenstein«, »King Kong« oder »Harakiri«. Zudem organisierte das Casino Themenwochen über Regisseure wie Ingmar Bergman, Rainer Werner Fassbinder und Werner Herzog. In der Fellini-Woche konnte ich Karten für »Amarcord« ergattern, der später auch in anderen Kinos lief.

Schließlich gab es noch das Kuriosum DEFA-Zeitkino. Davon existierten fünf Stück. Zwei in Berlin bis zum Mauerbau, zwei in Dresden und eines in Leipzig. Das Leipziger Zeitkino lag im Hauptbahnhof ganz rechts, tief im Keller. Dort unten hatte man bei der Errichtung des Bahnhofs schon die Zukunft mit eingebaut, nämlich einen unterirdischen Bahnsteig für eine Tunnelverbindung zum Bayerischen Bahnhof. Die Tunnelstation diente im Krieg als Luftschutzbunker und wurde 1950 zum DEFA-Zeitkino umgebaut. Zum Einheitspreis von fünfzig Pfennig konnte man kommen und gehen, wann man wollte, auf den Zug warten, einen Regenguss überbrücken oder, wenn mal frei war, sich als Pärchen in die letzte Ecke verdrücken und die Endlosschleife von Kurz- und Trickfilmen an sich vorbeirauschen lassen. Kurz vor Mitternacht lief sogar ein Spielfilm, der dann eine Mark und fünf kostete. Die zusätzlichen fünf Pfennige nannten sich »Kulturfonds« und wurden auf alle möglichen Eintrittskarten aufgeschlagen. Auf Schallplatten kamen zehn Pfennig drauf. Die eingesammelten Millionen dienten der Kulturförderung.

Auch in der DDR führte das Fernsehen zu einer großen Kinokrise. Gab es im Leipzig der fünfziger Jahre noch dreiunddreißig Kinos, wurde in den sechziger Jahren die Hälfte geschlossen. Lindenau verlor alle drei Kinos: die Edda-Lichtspiele, die Central-Lichtspiele und den Filmpalast. Wer im Leipziger Westen wohnte, musste künftig in das Lichtspieltheater Lindenfels gehen oder in die Stadt fahren.

1992 wurde das Zeitkino geschlossen, 1993 das Filmkunsttheater Casino. Das Capitol, das in den neunziger Jahren geschäftstüchtig zu einem Vier-Säle-Haus umgebaut worden war, schloss 2003. Das Messehaus Petershof, in dessen Untergeschoss das Capitol lag, wurde bis auf die Fassade, den grünen Lichthof und das runde Treppenhaus abgerissen und als Kaufhaus neu errichtet. 2005 zog eine Modekette ein, ging drei Jahre später in Konkurs und verschwand wieder. Die riesige Verkaufsfläche galt danach jahrelang als unvermietbar. Für so etwas hatte man nun das Capitol geopfert.

Theater, Theater

Meine Mutter war eine schöne Frau. Einmal im Monat putzte sie sich zusätzlich noch heraus. Zunächst ließ sie sich bei der PGH Marcel eine schicke Frisur bereiten. Am Abend schlüpfte sie in ihr Ausgehkleid, trug den dunkelroten Billy-Lippenstift auf und tupfte sich etwas 4711 hinter die Ohrläppchen. Oder Raffinesse von Florena, wenn das echte Eau de Cologne ausgegangen war. Mein Vater rasierte sich derweil mit seinem Bebo Sher und setzte sich die Brille mit dem durchsichtigen Plastikgestell auf. Es klingelte. Schmidts aus dem Erdgeschoss. Nun aber schnell. Mutti gab uns Kindern noch rasch ein Küsschen. Und dann nichts wie los, die Treppe hinunter, hinein in Schmidts Wartburg 311 und ab ins Theater. Mehrere Jahre lang besaßen die vier Erwachsenen ein Abonnement für die Leipziger Oper, das Schauspielhaus und die MuKo, die Musikalische Komödie.

Wir Kinder bekamen ein Schüler-Abonnement. Am Anfang für das Theater der Jungen Welt, das bis 1989 im Weißen Saal der Kongresshalle am Zoo spielte. Mir ist bis heute »Das Untier von Samarkand« in Erinnerung, weil ich mich dabei als Zehnjähriger in eine Schauspielerin verliebte. Ich weiß nicht mehr, wie sie hieß. Das Untier wird sie gewiss nicht gewesen sein. Aber ich erinnere mich sehr wohl an das Foyer des Theaters. Dort gab es einen Tresen, hinter dessen Glasscheibe Westzigaretten standen. Darunter eine gelbe Schachtel mit Pyramiden, Palmen und einem Kamel. Ein Mann mit durchgelaufener Schuhsohle hatte mal behauptet, für »Camel Filter« meilenweit zu gehen. Diese Romantik fesselte mich derart, dass sie mich lange Zeit begleitete.

Als wir älter wurden, führte uns das preiswerte Schüler-Abonnement in die drei großen Leipziger Häuser. Die Musikalische Komödie in Lindenau kannte ich bereits von der Jugendweihefeier meines Bruders. Er hatte dort das obligatorische Buch »Weltall, Erde, Mensch« überreicht bekommen. Ich erhielt 1970 das gleiche Buch, meine Schwester 1976 hingegen den Band

»Der Sozialismus – Deine Welt«. In der Musikalischen Komödie stand auch der Mann unserer Klassenlehrerin auf der Bühne. Wir suchten den Kammersänger während der Operette mit dem Theaterglas und lachten uns halb tot über sein affektiertes Gehabe. Noch lustiger war nur der teilweise Zusammenbruch der Kulissen, zumal die Sänger lachend weiterspielten.

In der Oper am Schwanenteich ging es viel ernster zu. »Fidelio« von Beethoven hörte sich vom Titel her ja ganz fidel an, entpuppte sich jedoch als die traurigste aller Traurigkeiten. Unsere Klasse saß im hinteren Rang. Wir Jungen hielten den düsteren Gesang nicht länger aus und erzählten uns Witze. Das empörte einige Freunde der ernsten Muse um uns herum, und um ein Haar hätte uns die Platzanweiserin hinausgeworfen. Da wir Ärger mit der Schule befürchteten, ließen wir doch lieber die Bühne mit dem Kerker über uns ergehen. In der Pause brauchten wir erst einmal frische Luft. Auf dem Karl-Marx-Platz standen Ikarus-Busse aus Borna, Delitzsch und Wurzen. Die Theaterbesucher aus diesen Kreisen des Bezirks Leipzig holten gerade ihre Brotbüchsen und Thermoskannen heraus und begannen zu vespern. In unserer großstädtischen Überheblichkeit konnten wir uns vor Lachen kaum halten. Wir begriffen noch nicht, dass hier möglichst vielen Menschen eine Teilhabe an der Hochkultur ermöglicht werden sollte.

Ein andermal sahen wir Verdis Oper »Nabucco«. In der Pause hörte ich, es sei ein Wunder, dass der Gefangenenchor in der DDR überhaupt auftreten dürfe. Im Schauspielhaus in der Gottschedstraße hingegen sollen bei Schillers »Don Carlos« viele Zuschauer nur auf einen einzigen Satz gewartet haben, den der Schauspieler dann genüsslich zelebrierte: »Geben Sie Gedankenfreiheit!« Wir interessierten uns jedoch mehr für Stücke wie »Das Leben des Galilei« von Bertold Brecht und »Die Physiker« von Friedrich Dürrenmatt, vor allem aber für Ulrich Plenzdorfs »Die neuen Leiden des jungen W.« Das erste Mal waren unsere eigenen Probleme auf der Bühne zu sehen, und der »Bluejeans-Song« traf besonders den Nerv jener, die keine Jeans besaßen.

Der Höhepunkt all meiner jugendlichen Theaterbesuche war allerdings etwas ganz anderes. Es ereignete sich nicht in der Vorstellung, sondern vor Beginn. Und zwar gegenüber dem Schauspielhaus, auf der wild bewachsenen Baulücke in der Bosestraße. Einige Jungen, mit etwa fünfzehn Jahren so alt wie ich, huschten aufgeregt hinüber und versteckten sich hinter einem Gebüsch. Ich wollte mit meinem Freund nichts verpassen. Also schnell hinterher. Da geschah es. Einer griff in sein Jackett, holte einen Stoß abgegriffener Schwarz-Weiß-Fotos heraus und reichte sie herum. Sie hatten das damals übliche Format von sieben mal zehn Zentimetern, und ihre Qualität war schlecht. Irgendjemand musste sie abfotografiert und selbst in der Dunkelkammer kopiert haben. Das Entscheidende indes konnten wir sehen. Es waren Pornofotos. Die ersten in meinem Leben. Sie gingen von Hand zu Hand. Alle wollten sämtliche Bilder gesehen haben und das so lange wie möglich. Mein Herz raste. Meine Sinne schwanden. Viel zu schnell mahnte die Lehrerin von der anderen Straßenseite zur Eile. Der Besitzer sammelte seine Pornofotos hastig ein, zählte nach und versteckte sie wieder. Alle Beteiligten versuchten, so gut es irgend ging ihre ausgebeulten Hosenställe zu verbergen und möglichst unbeobachtet die rettenden Klappsitze zu erreichen. Das nun folgende Theaterstück zog an mir, und sicher auch an den anderen Missetätern, unbemerkt vorüber.

In jener Zeit wollte ich Kriminalpolizist werden. Zur Vorbereitung kaufte ich mir das neue Strafgesetzbuch von 1968. In § 125 war zu lesen:

»Wer pornografische Schriften oder andere pornografische Aufzeichnungen, Abbildungen, Filme oder Darstellungen verbreitet oder sonst der Öffentlichkeit zugänglich macht, sie zu diesem Zwecke herstellt, einführt oder sich verschafft, wird mit öffentlichem Tadel, Geldstrafe, Verurteilung auf Bewährung oder mit Freiheitsstrafe bis zu zwei Jahren bestraft.«

Ein ähnliches Pornographieverbot galt übrigens bis 1975 auch in der Bundesrepublik Deutschland.

Ski Heil!

Wenn wir in den sechziger Jahren im Schnee tollten, sahen wir noch so aus wie auf einschlägigen Zeichnungen in alten Kinderbüchern. Wir trugen schwere Skischuhe, deren Schnürsenkel mit Eis verklumpt waren, wir hatten Trainingsanzüge aus Baumwolle an, die schnell durchnässten, und die gestrickten Fausthandschuhe waren ebenfalls schnell durch. Am längsten hielten die Bommelmützen durch. In dieser Winterbekleidung bewarfen wir uns mit Schneebällen, wir rodelten, fuhren Ski und Schlittschuh. Selbst in Leipzig gab es damals noch richtige Winter und damit auch richtigen Wintersport.

Mit etwa zehn Jahren nahm ich an einem Stadtbezirksausscheid im Skilanglauf teil, der durch den Auwald führte. Ich belegte Platz zwei. Die ersten zwei Plätze durften mit zur Spartakiade nach Johanngeorgenstadt fahren. Als es soweit war, stand ich nicht mit auf der Liste. Meinen Platz hatte der sportliche Sohn eines Lehrers bekommen. Ich protestierte. Mein Sportlehrer antwortete mir, dass der andere viel besser sei. Er sei nur leider krank gewesen und habe deshalb nicht an dem Langlauf teilnehmen können. Ich beharrte aber auf meinem Recht. Am Ende ließ man mich gnädig mitfahren. Hätte ich bloß den Mund gehalten!

Schon im Sonderzug beschlich mich eine dunkle Vorahnung, als ich die anderen mit ihren schlanken Langlaufskiern und leichten Schuhen und Stöcken sah. Ich hingegen reiste mit schweren Brettern aus der Vorkriegszeit an, die vorn eine Nase mit einem Loch hatten. Meine Skischuhe waren elend schwer. Und an meinen Holzstöcken, die rotbraune Baumrinde trugen, klapperten große Bambusringe, die kunstvoll mit Lederriemchen verschnürt waren. Mit dieser Ausrüstung fuhr ich meinem Schicksal entgegen.

In Johanngeorgenstadt musste ich erst einmal um ein Bett und einen Essplatz kämpfen. Man hatte mich zwar mitfahren lassen, allerdings nicht nachgemeldet. Überall musste ich mich hineindrängeln. Als die anderen ihre Skier wachsten, wachste ich einfach mit. Genau wie sie drückte ich das stinkende Wachs aus der Aluhülse, kleckste es unter die Bretter und versuchte, es mit einem Wachskorken zu verreiben. Das gelang mir nur sehr bedingt. Es fiel das Wort »Lötlampe«. Ich hatte den Verdacht, dass mich die anderen foppen wollten.

Das Winterwetter war traumhaft. Der meterhohe Schnee funkelte in der Sonne, und das Stoffbanner mit der Aufschrift »Start« flatterte fröhlich im Wind. Als ich an der Reihe war, schwang ich mich wohlgemut in die Loipe. Bereits nach wenigen Sekunden rief es von hinten: »Spur frei!« Also raus aus der Spur und wieder rein. »Spur frei!« Nochmal raus und rein. »Spur frei!« Erneut raus, aber nicht wieder rein. Fortan trottete ich im hohen Schnee neben der Loipe einher und musste dabei kräftig mit den Stöcken arbeiten. Ratsch! Mit meinem rechten Arm ging es tief hinab. Der Stock versank in den Schneemassen. Der Bambusteller war abgerissen. Ich warf das geflochtene Kunstwerk in den Nadelwald und stieß mich nur noch mit dem linken Stock ab, dafür umso kräftiger. Ratsch! Nun war auch der linke Bambusteller weg. »Spur frei!« rief schon lange keiner mehr. Ich hatte die Loipe ganz für mich allein und watschelte, den Tränen nahe, einsam durch die Dämmerung. Als ich in der Jugendherberge ankam, saßen die anderen längst beim Abendessen.

Nach diesem Fiasko entschied ich mich für einen Skilehrgang. Gemeinsam mit einer anderen Schulklasse, die einen Platz frei hatte, reiste ich für drei Tage ins verschneite Zinnwald. Diesmal hatte ich die Jugendskier mit, die uns Bekannte geschenkt hatten. Damit stand ich nun in einer Linie mit den anderen Schülern am Hang. Vorn erklärte uns der Sportlehrer auf seinen Brettern, wie man sich richtig darauf bewegte. Knack! Hinter mir war einer über das Ende des rechten Skis gefahren. Dabei brachen die letzten zehn Zentimeter schnurgerade ab. Wie ein Stück Knäckebrot. Das sorgte zwar für Gelächter, war jedoch nicht weiter schlimm, denn ich konnte ja weiter mitmachen. Am letzten Tag fuhr mir auch noch einer über die rechte Skispitze. Knack! Es klang beinahe schon vertraut, als die Spitze wie Knäckebrot abbrach und dem Tölpel hinterherflog. Von meinem rechten Ski blieb nur das Mittelstück übrig. Alle lachten. Mir war zum Heulen. Ich besah mir die Reste genauer und stellte fest, dass sie nicht einmal aus Sperrholz bestanden, sondern aus einem einfachen Brett, das in der Bodenkammer völlig ausgetrocknet war. Kleine Löcher deuteten sogar auf Holzwürmer hin. Die Bretter taugten aber noch als Spende. So würdevoll wie möglich übergab ich sie dem Wirt der Jugendherberge, der bereits eine ganze Wand mit gekreuzten Skispitzen dekoriert hatte.

Schwimmen

Ich konnte kaum laufen, da brachte mich meine Mutter zum orthopädischen Schwimmen ins Westbad am Lindenauer Markt. Das fand unten statt, im kleinen Becken. Badekappen waren Pflicht. Zudem drückte Mutter jedes Mal zwei Schwimmkissen aus feiner Baumwolle unter Wasser, blies sie durch das dünne Gewebe auf und band sie mir auf den Rücken. Nun begann unsere kleine Gruppe mit der Wassergymnastik. Ein Jahr später konnte ich schwimmen. Es heißt ja, dass man den Namen seines Schwimmlehrers nie vergisst. Meiner hieß Böttcher. Außer seinem Namen habe ich noch seine Holzpantinen in Erinnerung, mit denen er in Höhe meiner Augen über die Fliesen schlappte.

Da ich frühzeitig schwimmen konnte, meldeten mich meine Eltern prompt zum Leistungssport an. Zunächst trainierte ich im 25-Meter-Becken des Westbades. Unsere Wettkämpfe konnten vom Rang gegenüber der großen Fensterfront verfolgt werden. Nachdem 1962 das Schwimmstadion im Sportforum fertiggestellt worden war, zogen wir dorthin um. Das 50-Meter-Becken lag direkt neben dem Sprungbecken mit dem hohen Turm und zwischen den steil aufragenden Tribünen. Im Winter wurde sogar ein Dach, das wie ein Gewächshaus aussah, über das Schwimmbecken geschoben. Dort sollte ich nun immer öfter trainieren und immer schneller schwimmen, was mich zunehmend quälte. Die einzige Freude blieb das lange und heiße Duschen nach dem Kaltwassertraining. Es war die Kinderärztin, die mich erlöste. Sie riet dringend vom Wassersport ab, weil ich mich ständig erkältete. Ich war nur noch ein paar Mal im Schwimmstadion, und zwar in dem neuen Yard-Becken, das in den Sommerferien zum öffentlichen Baden freigegeben wurde.

Der schulische Schwimmunterricht fand für die Lindenauer ebenfalls im Westbad statt, diesem Klinkerbau im Stile der Neuen Sachlichkeit mit dem eckigen Uhrenturm. Bereits in der Eingangshalle schlugen uns Feuchtigkeit und Chlorgeruch entgegen. Wir gingen in den Umkleideraum für Männer, zogen unsere Dreiecksbadehosen an, setzten die Badekappen auf, verstauten die Campingbeutel in den langsam verrottenden Spinden und wuschen uns im Duschraum, an dessen Wänden schon einige Fliesen fehlten. Auf dem Boden lagen feuchte Holzroste. Das Wort »Fußpilz« machte die Runde, weshalb wir diese Roste mieden. Der Schwimmunterricht fand im großen Becken statt, das mir längst vertraut war. Der Schwimmlehrer, der nach wie vor Böttcher hieß, nahm sich mit Korkbrettern und einer langen Stange der Nichtschwimmer an. Wir Schwimmer hingegen mussten beweisen, dass wir wirklich schwimmen konnten und abschließend vom Einmeterbrett springen. Selbst auf den Dreimeterturm stiegen wir hoch. Doch vorn und in die Tiefe blickend, kapitulierte mancher Prahlhans. Am Ende des Schuljahres bekamen die Anfänger die Grundstufe im Schwimmen, die Besseren legten das Schwimmabzeichen der Stufe eins oder zwei ab.

Das Westbad diente auch dem normalen Badebetrieb. Wir jungen Leute gingen oft hin und trauten uns so manches. Zum Beispiel mit Bombe, Kerze oder Köpper vom Dreimeterturm zu springen. Oder lange und tief zu tauchen. Die größeren Jungen tauchten gern von unten an Mädchen heran. Wenn das der Bademeister sah, ahndete er es mit seiner Trillerpfeife, deren Schall die ganze Halle aufschreckte. Er verbot zudem das Springen vom seitlichen Beckenrand und das ohnehin idiotische Ditschen. Da die Eingänge zu den Duschräumen nur einen Sichtschutz in Form einer vorgesetzten Fliesenwand hatten, erwogen wir Jungen einen raschen Blick in die Frauendusche. Eine solche Sittenwidrigkeit hätte gewiss den sofortigen Rauswurf aus dem Westbad zur Folge gehabt und wahrscheinlich eine Meldung an die Schule. Es traute sich deshalb keiner von uns, mal schnell um die Ecke zu schielen.

Ab 1968 wurden in Leipzig neun Volksschwimmhallen errichtet. Sie entstanden jeweils in der Nähe volkseigener Industriebetriebe, deren Heizhäuser die Fernwärme lieferten. Man hielt die Bevölkerung dazu an, Aufbaustunden zu leisten, also unentgeltlich am Bau ihrer Volksschwimmhalle mitzuwirken. Auch ich griff zusammen mit anderen Schülern zur Schippe und beteiligte mich an den Ausschachtarbeiten für die Volksschwimmhalle

West mit ihrer riesigen Glasfront und dem warmen 25-Meter-Becken.

Diese Schwimmhalle hat die Zeiten überlebt und ist weiterhin sehr beliebt. Das Westbad hingegen wurde geschlossen und später zu einem Ärztehaus umgebaut. An der Stelle des großen Beckens entstand eine »Eventlocation«. Das kleine Becken blieb jedoch erhalten und wurde modernisiert. Vom Schwimmstadion im Sportforum steht nur noch die schmale Nordtribüne, neben der einst der Zehnmeterturm aufragte.

Im Zentralstadion

Zuweilen spielte ich Fußball. Einfach nur zuzusehen, wie fremde Fußballer in irgendwelchen Stadien kickten, hat mich dagegen nie interessiert. Andere schon. Zum Beispiel Herrn Schmidt aus unserem Haus. Der fuhr mit seinem Sohn zu jedem Heimspiel von Chemie Leipzig nach Leutzsch. Ein anderer Klassenkamerad wohnte im Osten der Stadt und war Fan von Lokomotive Leipzig, die in Probstheida spielten. Leipzig zerfiel beim Fußball in zwei Hälften. Im Westen hielt man auf Chemie, im Osten auf Lok. Es war ein klassisches Bekenntnis, etwa wie »Beatles oder Stones«. Da beide Mannschaften für gewöhnlich in der Oberliga spielten, trafen sie sich zwei Mal im Jahr zum Ortsderby. Und das fand in der Mitte statt, im Zentralstadion.

Mein Vater verfolgte die Fußball-Oberliga stets im Radio. Jeden Samstagnachmittag schrien uns die Sportreporter aus dem kleinen Philips-Röhrengerät an, das auf dem Küchenschrank stand. Ihre Namen dröhnen mir noch heute in den Ohren: Werner Eberhardt, Wolfgang Hempel, Marian Homrighausen, Hubert Knobloch, Gerhard Kohse, Harri Schulz und natürlich Heinz Florian Oertel. Ihre Kommentare schienen mir immer viel sportlicher zu sein als die Fußballspieler auf dem Rasen. Einmal jedoch löste sich Vater vom Radio und ging mit meinem Bruder und mir zum Ortsderby ins Zentralstadion. Schmidts waren längst weg. Vater meinte, es reiche durchaus, nur die zweite Halbzeit zu sehen. Eher beiläufig erwähnte er, dass die zweite Halbzeit keinen Eintritt mehr kostete. Die Eingänge waren tatsächlich unbewacht, und die ersten Fans kamen uns auf dem äußeren Stadionwall schon mit hängenden Gesichtern entgegen. Sie trugen grün-weiße Fahnen. Diesmal stand es also schlecht um Chemie. Der Stadionkessel aber toste noch. Am Ende gewann der 1. FC Lokomotive drei zu null. Seine Fans grölten beim Verlassen des Stadions: »Wenn der Frühling wieder blüht, spielt Chemie in Liga Süd.«

Ein andermal erlebte ich den riesigen Stadionkessel zum Leipziger Turn- und Sportfest. Als Höhepunkt galt die große Sportschau. Die Fußballtore waren vom Feld geräumt, und der Rasen war mit einem gewaltigen Teppich aus hell- und dunkelgrünen Karos ausgelegt, an denen sich die Sportler orientieren konnten. Auf dem Glockenturm des Stadions züngelte ein Feuer, und pünktlich um fünfzehn Uhr läutete er die Sportschau ein. Was nun folgte, war ein wochenlang einstudierter Massensport, eine Art Sportballett mit Tausenden von Akteuren. Frauen schwangen Tücher und Keulen, Kinder warfen sich Bälle zu und rannten fröhlich umher, Männer sprangen synchrone Saltos und bildeten hohe Pyramiden. Die Sportler strömten durch die drei Tunnel des Stadionwalls herein und nach ihren Darbietungen wieder hinaus. Zu alldem hallte sportliche Musik durch das Stadion, ein Sprecher kommentierte einiges, und die Zuschauer fotografierten und filmten nach Herzenslust. Vater neben uns auch.

Besonders faszinierte uns die Perfektion auf der Osttribüne. Dort saßen zehntausend speziell trainierte junge Leute. Ein jeder hatte einen Satz Tücher in verschiedenen Farben bei sich, die außen jeweils an zwei Stöckchen befestigt waren und sich wie kleine Transparente aufspannen ließen. Auf Kommando hielt nun jeder ein ganz bestimmtes Tuch vor die Brust. Dadurch entstand aus den zehntausend einzelnen Elementen ein riesiges Mosaikbild, das vom gesamten Stadion-Oval aus zu sehen war. Es zeigte die Olympischen Ringe oder den Gruß »Sport frei« oder Losungen wie »Macht mit – treibt Sport«, »Alles für das Volk« oder »Es lebe unsere DDR«.

Immerfort brauste Beifall auf. Am Ende fühlte ich mich genauso erschöpft, wie es die Sportler gewesen sein mochten. Während wir jedoch nach Hause gehen konnten, hatten sie bei der abendlichen Abschlussveranstaltung noch einmal genau das Gleiche vor sich. Wir hingegen öffneten an diesem warmen Sommerabend die Stubenfenster bis zum Anschlag und sahen uns über dem Auwald das abschließende Höhenfeuerwerk an.

Das »Stadion der Hunderttausend«, wie es zunächst hieß, hatte meine Eltern lange Zeit tief bewegt. Zum einen, weil unter seinem mächtigen Wall ganze Viertel der Leipziger Altstadt lagen, die im Bombenkrieg zerstört worden waren. Meine Eltern liefen also im Zentralstadion auf historischen Häusern herum, die sie in ihrer Jugend gut gekannt hatten. Zum anderen war aus den Leipziger Trümmern Neues geschaffen worden. Hier war im wahrsten Sinne des Wortes etwas »auferstanden aus Ruinen und der Zukunft zugewandt«, wie es Johannes R. Becher in der Nationalhymne gedichtet hatte. Daraus schöpften viele Menschen neuen Mut. Auch meine Eltern. Zumindest in den Anfangsjahren der DDR.

Beinbruch

Im Frühjahr 1968, kurz vor meinem dreizehnten Geburtstag, spielte ich in der Turnhalle Basketball. Ich sprang in die Höhe und fiel ins Bodenlose. Mein rechter Unterschenkel schob sich teleskopartig zusammen. So fühlte es sich zumindest an. Dunkle Nacht überwölbte mich, güldene Sternlein funkelten, ein Komet zog seine Bahn, und ein paar liebliche Engelein bliesen Fanfare. Durch das Dunkel blickten einige Klassenkameraden auf mich mit besorgten Mienen herab. Mir wurde speiübel. Ich hörte, wie der Sportlehrer rief: »Krankenhaus!« Das lag nur eine Straßenbahnstation entfernt. Also trugen sie mich erst einmal die hundert Meter bis zur Haltestelle. Zufällig begegneten wir meinem Vater. Unmittelbar darauf bremste ein Barkas-Krankenwagen. Ein Weißkittel stieg aus und schimpfte, wieso wir hier entlanghumpelten, anstatt einen Arzt zu rufen. Er half mir auf die Trage und fuhr mich mit meinem Vater ins nahe gelegene Diakonissenhaus.

Ich landete in einem dreirädrigen Rollstuhl, der mit langen Armhebeln fortbewegt werden musste. In dieser Versehrtenkarre wartete ich gefühlte drei Stunden auf das Röntgen. Schließlich hob man mich auf einen Metalltisch, legte mir eine schwere Bleischürze aufs Geschlecht und schob mir eine Röntgenplatte unter den rechten Unterschenkel. Lautes Rattern. Danach sollte ich meinen Körper nach rechts drehen. Das dauerte der Ärztin offenbar zu lange. Jedenfalls packte sie meinen Fuß und drehte kräftig mit. Wieder verdunkelte sich das Firmament, wieder funkelten tausend Sternlein. Ich schrie. Die Reaktion der Ärztin war nüchtern: »Hab dich nicht so!«. Nachdem die Röntgenbilder entwickelt waren, stellte sie ihre Diagnose: doppelter Schienbeinbruch. Das Wadenbein war heil geblieben.

Vater übergab mich der Obhut eines Pflegers, der mich vor einen Operationssaal rollte, dort abstellte und ging. Was für ein Horror! Hier stöhnte einer auf seiner Pritsche vor sich hin, ein zweiter hing am Tropf, ein dritter wurde bewusstlos aus dem OP gerollt. Keiner sprach mit mir. Keiner sagte mir, weshalb ich vor dem OP stand. Furchtbare Gedanken stiegen in mir hoch. Wollten die mir etwa den rechten Unterschenkel absägen? Oder gar das ganze Bein? Ich schloss die Augen und stellte mir vor, wie ich aus diesem Schlachthaus fortrannte. Am Ende gipsten sie mein rechtes Bein in voller Länge behutsam ein. Anschließend rollte mich der Pfleger in eine Baracke, die einen langgestreckten Saal mit rund fünfzig Betten enthielt. Er hob mich in mein Krankenbett und stellte mir eine Art Eisenbahntunnel über das rechte Bein. Darin leuchteten Glühbirnen, die den Gips langsam trocknen sollten. Für ein paar Wochen hatte ich nun eine neue Heimat gefunden. Mein achtzehnjähriger Bettnachbar hing nach einem Motorradunfall im Streckverband. So gesehen, hatte ich noch Glück gehabt. Sein Gipsbein schwebte in der kühlen Luft und wurde von einem schweren Gewicht in die Länge gezogen. Unter seiner Decke muss es ziemlich heiß gewesen sein, denn voller Lust übernahm er das, was es bei uns zu Hause schlichtweg nicht gab: meine sexuelle Aufklärung. Mit dem Wissen des Erfahrenen weihte er mich in schier unglaubliche Geheimnisse ein. Das regte meine Durchblutung derart kräftig an, dass es meiner Genesung bestimmt sehr zugute kam.

So ein Krankensaal war eine eigene Welt. Mir fehlte ja eigentlich nichts weiter. Aber den meisten anderen ging es wirklich schlecht. Die einen wurden auf Operationen vorbereitet, bekamen Rizinusöl und Einläufe und Magenspülungen. Die anderen kamen aus dem OP zurück und wurden ins Wachzimmer gefahren, manch einer ins »Sterbezimmer«. Die meisten hatten mit sich selbst zu tun. Nur am Sonntagmorgen herrschte eine einträchtige Atmosphäre. Da verteilten die Diakonissen Gesangsbücher, die Oberin setzte sich ans Harmonium, und wer konnte und wollte sang die Kirchenlieder mit.

Zu den Besuchszeiten kamen meine Eltern. Mutter brachte mir Obst und Vitaminsäfte und erkundigte sich nach meinem Befinden. Draußen war Frühling. Vater erzählte etwas von einem »Prager Frühling«. Die dortige Kommunistische Partei sei dabei, den Stalinismus zu beseitigen und wolle einen »Sozialismus mit menschlichem Antlitz« aufbauen. Leider berichteten die DDR-Zeitungen nichts darüber. Jetzt habe man hier sogar die »Rudé

Právo« verboten, die Tageszeitung der tschechoslowakischen KP, die Vater als Russischlehrer gut verstehen konnte. Die einzigen Informationen, die er noch bekomme, stammten vom Deutschlandfunk und aus der Tagesschau. Bei einem anderen Krankenbesuch standen meinen Eltern die Tränen in den Augen. Allen Protesten zum Trotz hatten die Leipziger Stalinisten am 30. Mai 1968 die siebenhundert Jahre alte Paulinerkirche gesprengt.

Nach einigen Wochen erhielt ich einen Gehgips, durfte die Krankenbaracke verlassen und mit zwei Unterarmstützen im Park um den Teich humpeln. Dabei träumte ich von einer Mitschülerin, der ich meine Schwärmerei jedoch nie gestand. Schließlich durfte ich das Diakonissenhaus verlassen. Mit Gehgips und Krücken lief ich dann noch ein paar Tage lang in die Uhlandschule und bekam Anfang Juli eines meiner besten Zeugnisse. Obwohl ich vierundvierzig Tage gefehlt hatte. Vielleicht auch gerade deshalb.

Am 21. August 1968 erschütterte eine Nachricht die Welt. Hunderttausende Soldaten der Warschauer Vertragsstaaten marschierten auf Befehl der Sowjetunion in die Tschechoslowakei ein. Sie beendeten den Prager Frühling und mit ihm den mutigen Versuch, den Sozialismus zu reformieren. Vielen rechtschaffenen Menschen in Ost und West brach es das Herz. Enttäuscht wandten sie sich von dem ab, was bald darauf »real existierender Sozialismus« genannt werden sollte.

Westzucker

Einmal im Jahr besuchte Tante Martha ihren Sohn samt Familie in Belgien. Als Rentnerin durfte sie ja reisen. Selbstverständlich musste sie Geschenke mitnehmen. Für ihren Sohn besorgte sie etwas aus seiner Leipziger Heimat, das er besonders liebte, das es in Belgien jedoch nirgendwo gab. Sie kaufte reichlich davon, packte es in den Koffer und fuhr mit dem Interzonenzug von Leipzig nach Aachen, wo sie ihr Sohn abholen wollte. Dazwischen aber lag die Grenze. Der DDR-Zöllner befahl, das Gepäck zu öffnen. Koffer auf. Koffer schnell wieder zu. Alle hielten die Luft an. Der Zöllner, der auch nur ein Mensch war, floh aus dem Abteil. Tante Marthas Geschenk bestand nämlich aus mehreren Packungen Harzer Roller. Je unerbittlicher dieser Käse stank, desto höher galt seine Qualität. Tante Martha hatte die höchste Qualität gekauft.

Auf der Rückreise nach Leipzig brachte sie natürlich Geschenke aus dem Westen mit. Stolz packte sie die drei Tüten EWG-Zucker aus, die sie von der Europäischen Wirtschaftsgemeinschaft durch den »Eisernen Vorhang« bugsiert hatte. Das sei doch etwas ganz anderes als dieser Ost-Zucker. Allein die Farbe schon. Dieses strahlende Weiß. Eine solche Qualität aber auch! Nein, so etwas Feines gebe es im Osten nun wirklich nicht zu kaufen. Taktvoll fragte mein Vater:

»Wäre es nicht sinnvoller gewesen, du hättest statt der drei Tüten Zucker drei Tüten Kaffee mitgebracht?«

»Das wollte ich ja. Der hat leider nicht mehr in den Koffer gepasst.«

Später dann, als Tante Martha über achtzig war, ist sie nicht mehr von ihrem Sohn aus Belgien zurückgekehrt. Plötzlich hatten wir einen »Republikflüchtling« in der Familie. Da die DDR fortan Tante Marthas Rente sparte, bekam jedoch keiner von uns Ärger.

Westpakete

»Geschenksendung – Keine Handelsware«. Als Kind wusste ich zwar nicht, was das bedeutete, doch wenn ein Paket mit dieser Aufschrift kam, war es ein Westpaket. Das gelbe Postauto mit dem schwarzen Horn fuhr täglich die Rietschelstraße entlang und stellte Pakete zu. Man hörte es kommen. Anfangs rasselte ein batteriebetriebenes Fahrzeug aus der Vorkriegszeit heran. Später kam ein knatternder Barkas, der ölige Wolken auspuffte.

Wenn der Paketmann bei uns klingelte, gerieten wir in helle Aufregung. Die Zustellung kostete dreißig Pfennig, Mutter gab stets fünfzig. Dann wurde das Paket wie ein Heiligtum vorsichtig auf den Küchentisch gelegt. Wer jetzt dachte, es würde geöffnet werden, der irrte sich gewaltig. Erst mussten alle Familienmitglieder anwesend sein. Als Vater am Nachmittag aus der Schule kam, griff er zum Taschenmesser. Allerdings schnitt er nicht etwa ruck, zuck den Bindfaden durch. Nein, ganz bedächtig löste er einen festen Knoten nach dem anderen, schnürte den Faden ab und rollte ihn gewissenhaft auf. Er sollte ja erneut verwendet werden. Die Spannung stieg. Da Pakete damals nicht mit braunem Plastikband verklebt waren, konnte Vater das Packpapier leicht abwickeln und sorgfältig zusammenlegen. Die Spannung stieg weiter. Endlich war der Pappkarton freigelegt.

»Wer möchte öffnen?«

»Ich!« »Ich!« »Ich!«

»Gut. Also Mutti.«

Sie faltete die beiden Klappen des Kartons zu den Seiten. Was für ein einzigartiger Duft, der uns entgegenströmte. Eine Mischung aus frischem Röstkaffee, Apfelsinen und guter Seife. Ungeduldig ging es ans Auspacken. Außer den wohlriechenden Dingen kam noch mehr zum Vorschein, das es bei uns nicht zu kaufen gab oder das zumindest sehr teuer war. Dazu gehörten Schokoladentafeln, Nesquik, Nutella, Katjes, Mandeln, Kokosraspeln, Rosinen, anfangs sogar Käseecken, Tomatenmark und gekörnte Brühe. Der große Aufreger waren die Strumpfhosen für

Mutti. Sie stammten von ESDA aus Sachsen, kosteten hierzulande fünfzehn DDR-Mark, trugen aber ein westdeutsches Preisetikett in Höhe von fünfzig Pfennig. Dort waren sie die billigsten, hier wurden sie von unseren Käufern gewissermaßen mitbezahlt. So etwas war der Stimmung nicht zuträglich. Manchmal kam auch ein Paket mit mehreren Flaschen Mosel- oder Rheinwein extra für Mutti. Die Oster- und Weihnachtspakete hingegen hielten unsere Eltern vor unseren Augen verborgen, weil sie voller Überraschungen waren. Bücher, Zeitschriften, Schallplatten und Tonbandkassetten wurden gar nicht erst verschickt. Das war strikt verboten. Üblicherweise entdeckte der Zoll beim Durchleuchten der Pakete solche Schmuggelversuche und beschlagnahmte die Konterbande. In solchen Fällen lag ein amtlicher Zettel im Paket und der Paketaufkleber trug einen dreieckigen Zollstempel.

Die westdeutschen Absender konnten ihre Geschenksendungen von der Steuer absetzen, wodurch sie im günstigsten Fall nur knapp die Hälfte kosteten. Andererseits waren die Westpakete selbst der DDR-Regierung höchst willkommen. Allein der privat importierte Kaffee ersparte dem Staat mehrere hundert Millionen D-Mark an Devisen pro Jahr.

In den siebziger Jahren begann die Deutsche Post der DDR zu rationalisieren. Sie stattete die Wohngebiete mit Paketzustellanlagen aus und war damit der Zeit um Jahrzehnte voraus. Jetzt gab der Zusteller das Paket nicht mehr an der Wohnungstür ab, sondern warf lediglich einen Briefumschlag mit einem Schließfachschlüssel und einer Zustellkarte in den Hausbriefkasten. Da in den Paketzustellanlagen jedoch fast ausnahmslos Westpakete mit attraktiven Inhalten lagen, wurden einige Schließfächer aufgebrochen und ausgeraubt. Deshalb stoppte die Post das Experiment, zumindest in unserem Viertel. Die Paketzustellanlage indes blieb stehen und verrottete gemeinsam mit den Altbauten rundum.

Es gab aber nicht nur Westpakete, sondern auch Ostpakete. Damit meine ich jene liebevoll gepackten Sendungen, mit denen sich DDR-Bürger für die Geschenke aus dem Westen bedankten. Wir verschickten Weihnachtspyramiden, Nussknacker, Herrnhuter Adventssterne oder Räuchermännchen mit Räucherkerzen. All das musste Mutter im Kunstgewerbeladen rechtzeitig bestellen. Und wenn wir in der Weihnachtszeit Stollen buken, waren stets Zweipfünder zum Verschicken mit dabei. Mit ihnen gelangte ein Teil der Rosinen, süßen und bitteren Mandeln sowie einiges Zitronat, was wir sämtlich in Westpaketen bekommen hatten, wieder zurück zu den vormaligen Absendern.

Stollenbacken

In den sechziger Jahren ließen wir vor Weihnachten über zehn Stollen backen. Dreipfünder, wie man sagte. Und Zweipfünder zum Verschicken in den Westen. Als Dankeschön für die Pakete, die uns das ganze Jahr über erreicht hatten.

Die Vorbereitungen begannen in unserer Küche. Es wurden etwa zehn Tüten Mehl bereitgestellt, Milch abgemessen, Butter ausgelassen, Zucker und Zitronat abgewogen. Wir Kinder durften den Rosinenberg waschen und die Stiele entfernen. Danach wurden die süßen Mandeln in einem großen und die bitteren Mandeln in einem kleinen Topf mit kochendem Wasser überbrüht. Nach dem Abkühlen durften wir sie aus der braunen Haut schnipsen und mit der Mandelmühle raspeln. Mutter achtete streng darauf, dass keiner naschte, denn die süßen Mandeln reichten gerade so. Am Ende standen lauter Schalen mit den Zutaten auf dem Küchentisch, zu denen sich noch ein Würfel Hefe gesellte, so groß wie eine Zehnerpackung Streichhölzer.

Zunächst holte einer von uns den hölzernen Backtrog vom Boden. Mutter schüttete das Mehl hinein, bildete eine Mulde, krümelte die Hefe dazu, übergoss sie mit warmer Milch und bedeckte den Trog mit einem großen Tuch. Nun musste die Hefe am warmen Stubenofen erst einmal gehen.

Es klingelte. Opa Paul kam von seiner Wohnung an der Angerbrücke. Mit seinen durchtrainierten Händen aus früheren Zeiten als Friseur war er der Einzige in der Familie, der die nötige Kraft zum Teigkneten aufbrachte. Nach ein, zwei Schnäpsen machte er sich ans Werk. Er schüttete die weiteren Zutaten in den Trog, knetete alles kräftig durch und ließ den fertigen Teig noch einmal gehen. Dann nahte der Termin zum Backen. Der schwere Trog wurde in Wolldecken gehüllt und mit dem Handwagen zum Bäcker Gravenstein gefahren. Bäcker Gravenstein war ein Kuchenbäcker und galt als wohlhabend. Bäcker Gensch dagegen, der seinen Eckladen drei Querstraßen weiter betrieb, war ein Brotbäcker und galt als arm. Bei Gensch gab es zwar die besseren Brote und Brötchen. Doch Gravenstein war der bessere Geschäftsmann und buk auch Stollen für Privatleute.

Zur Backstube ging es nicht durch den Laden, sondern durch den Hausflur rechts daneben. Dort lag die Feuerluke für den großen Backofen, der mit Kohlen beheizt wurde. Wir trugen unseren Teig in die warme, duftende Backstube und übergaben zugleich die Stollenzeichen aus Aluminium, in die unser Name geprägt war. Als es dunkel wurde, fuhren Mutter und ich erneut zum Bäcker. Diesmal lagen im Handwagen zwei große, rechteckige Kuchenbretter mit Griff sowie zwei frische Bettlaken. Herr Gravenstein erhielt seinen Lohn und schob die heißen Stollen mit seiner Bäckerschaufel auf unsere Kuchenbretter. Wir schlugen je ein Laken herum und legten die Bretter auf das hohe Geländer des Handwagens. Meine Mutter zog, ich schob. Dabei hielt ich die Bretter fest und knaupelte heimlich angebrannte Rosinen aus den heißen Stollen.

Nach dem Abkühlen pinselte Mutter ausgelassene Butter auf die hellbraunen Laibe und rieb Puderzucker durch ein Sieb, dass es schneite. Abschließend kamen die Stollen, eingetütet in Butterbrotpapier, zum Lagern auf den kalten Küchenbalkon. Die Zweipfünder wurden verschickt. Auch Oma Hilde und Opa Paul sowie Tante Martha bekamen einen. Den ersten Dreipfünder schnitten wir zur Adventszeit an. Danach gab es nur an den Sonntagen und zu den Feiertagen Stollen. Auf diese Weise reichten sie in einem Jahr sogar bis Ostern.

Unser Weihnachtsbaum

Ein paar Mal kaufte ich unseren Weihnachtsbaum gemeinsam mit Mutter auf dem Lindenauer Markt, der damals offiziell Wilhelm-Liebknecht-Platz hieß. Der Baumverkäufer bot Fichten und Douglastannen an. Zunehmend auch schüttere Kiefern, die ich jedoch hässlich fand, weil sie keinerlei Ähnlichkeit mit einem klassischen Weihnachtsbaum besaßen. Mutter und ich fanden eine schön gewachsene Fichte für zwei Mark. Den Faden zum Zusammenbinden musste ein jeder selbst mitbringen. Unserer setzte sich aus zusammengeknoteten Schnüren von Westpaketen zusammen. Während ich die Zweige fest zusammendrückte, wand Mutter den langen Faden spiralförmig vom Stumpf bis zur Spitze. Wenn Schnee lag, zogen wir den Baum auf unserem Schlitten die Rietschelstraße entlang und zählten die Adventssterne in den Fenstern. Lag kein Schnee, griffen wir mit alten Lederhandschuhen in den Bindfaden und schleppten die Kiefer einen Kilometer weit zu Fuß. Sie wurde dabei immer schwerer, und wir hatten diesmal keine Muße für Adventssterne. In der Wohnung musste meine kleine Schwester abgelenkt werden, die noch an den Weihnachtsmann glauben sollte, unterdessen wir den Baum auf dem Stubenbalkon versteckten.

Am Morgen des Heiligen Abends holte Vater das Beil aus dem Keller, hackte den Stumpf der Fichte zurecht und schraubte ihn in den gusseisernen Weihnachtsbaumständer aus der Kaiserzeit. Dann holte er den Baum vom Balkon in die verschlossene Stube, wickelte den Bindfaden ab und rollte ihn zur weiteren Verwendung wieder ordentlich zusammen. Er ordnete die Zweige, brachte die elektrische Beleuchtung an und ließ sie unter unserem leisen »Oho!« kurz erstrahlen. Echte Kerzen kamen bei uns nicht an den Baum, obwohl wir eine ganze Tüte mit alten Kerzenhaltern besaßen. Das hatte mit der Brandgefahr zu tun, vor allem aber damit, dass Vater den Geruch von ausgeblasenen Kerzen nicht ertragen konnte.

Ich durfte mit dem Schmücken beginnen und nahm silberne und rote Glaskugeln aus den Fächern zweier Pappschachteln. Einfach dranhängen, so ging das natürlich nicht. Zunächst musste ich sie mit einem weichen Tuch polieren und durfte sie erst danach am Baum verteilen. Nun war Mutter dran. Sie hängte ihre selbstgebastelten Strohsterne an die Zweige. Nach ihr kam Vater mit dem Lametta. Echtem Lametta aus Zinn. Es stammte aus Vorkriegszeiten und wurde zuweilen mit frischem Lametta aus dem Westen aufgefrischt. In der DDR gab es ja nur Aluminiumstreifen, die aussahen wie an den Baum gehängtes Sauerkraut. Vater nahm hingegen glatte Zinnstreifen aus den Verpackungen. Sie wirkten wie frisch gebügelt. Er hängte sie aber nicht Streifen für Streifen auf. Für Vater symbolisierten sie keinen Schnee, sondern Eiszapfen. Folglich legte er das Lametta in dicken Bündeln über die zarten Zweige. Unter dieser Last neigten sie sich herab und erinnerten bald schon an einen Trauerbaum.

Tags zuvor hatte Mutter in der Küche bereits Puderzucker mit Wasser zu einem zähen Brei verrührt. Im Westpaket waren wieder einmal die meisten der unersetzlichen Schokoladenkringel zerbrochen, die mit den weißen und rosa Perlen. Mutter hatte die Archäologin gespielt und die passenden Bruchstücke mit dem Zuckerbrei zusammengeklebt. Jetzt waren sie ausgehärtet. Ich zog kurze Zwirnsfäden hindurch und knotete sie oben zusammen. Mein großer Bruder hängte sie möglichst hoch ins Geäst. Schließlich waren die etwa dreißig Kringel neben einigen Tannenzapfen in Alufolie der höchste Schokoladengenuss, den Weihnachten zu bieten hatte.

Am Abend lagen alle Weihnachtsgeschenke unter dem geschmückten und leuchtenden Baum. Vater spielte Weihnachtslieder auf dem Klavier. Die Erwachsenen und wir großen Brüder taten gegenüber unserer kleinen Schwester jahrelang so, als gäbe es den Weihnachtsmann wirklich. Die Eisenbahnplatte jedoch, die wir Mitte der sechziger Jahre bekamen, war dem Weihnachtsmann beim besten Willen nicht mehr glaubwürdig in den Sack zu schieben.

Ostereier

Als kleiner Junge entdeckte ich in einem Schaufenster ein Osterschälchen mit einer dichten Wiese aus kurzen, zarten Grashalmen. Darauf standen kuschelige Küken aus gelbem Biegeplüsch. Um sie herum lagen kleine, bunte Eier aus Holz. Da wir in unserer Osterkiste ebenfalls kleine Küken und Eier hatten, träumte ich davon, meiner Mutter ein solches Schälchen liebevoll zu gestalten. Also suchte ich mir einen Keramik-Untersetzer mit hohem Rand, füllte ihn mit Gartenerde, besorgte eine Handvoll Grassamen und bestellte meine kleine Osterwiese. Ich versteckte die Schale unter meinem Bett und goss sie reichlich. Bis zum Ostersonntag wuchsen leider nur ein paar grünliche Spitzen. Dabei hatte ich mir das Ostergeschenk so wunderbar vorgestellt. Mir wurde ganz traurig zumute. Mutter bekam die Schale nicht. Vielmehr kippte ich die dürftige Sumpflandschaft in den Garten, wo das Gras zu wuchern begann wie das Haar vom Struwwelpeter. Schließlich knickte es um und vertrocknete.

Bei uns war Ostern kein religiöses Fest. Wir gingen nicht in die Kirche, selbst Oma Frieda nicht. Natürlich wusste ich, dass am Karfreitag ein Mann namens Jesus gekreuzigt worden war und am Ostersonntag wieder auferstand. Diese Geschichte fand ich ziemlich spannend. Zu Hause sprach allerdings keiner über Jesus. Wir pflegten heidnische Bräuche.

Das begann bereits bei den Vorbereitungen. Auf dem Gasherd kochten wir weiße Hühnereier zusammen mit dunklen Pappstückchen, die ihre kräftige Farbe auf die Eierschalen übertrugen und zugleich den emaillierten Topf versauten. Wir bliesen auch frische Eier aus, steckten sie auf Pinselstiele und bemalten sie mit Wasserfarbe, um sie dann mit Zwirnsfäden an den Osterstrauch zu hängen. Der bestand üblicherweise aus einigen Zweigen Forsythie, die Oma Frieda immer »Frosythia« nannte. Kirschzweige aus dem eigenen Garten kamen nicht infrage, weil sie ja im Sommer Schattenmorellen tragen sollten. Anders sah es mit den Resten der erfrorenen Stachelbeersträucher aus. Sie strebten nun dem Höhepunkt ihres irdischen Daseins zu, indem sie in die große Vase im Flur kamen, die gesprungen war und deshalb kein Wasser mehr halten konnte. Die verstaubten Rohrkolben vom Vorjahr hatte Vater tags zuvor im Badeofen verheizt. Jetzt holte Mutter eine Tüte mit Puffreis und betraute uns Kinder damit, auf jeden einzelnen Stachel so ein buntes, zuckerglasiertes Körnchen zu stecken. Es waren Hunderte. Den restlichen Puffreis durften wir vernaschen.

Einmal füllte Mutter ein ausgeblasenes Ei mit der flüssigen Kakaomasse, die beim Dekorieren von Osterplätzchen übrig geblieben war. Eigentlich sollte das etwas ganz Besonderes werden. Wurde es aber nicht. Denn nach dem Abpellen der Eierschale hing noch Haut an dem übrig gebliebenen braunen Klumpen, der zudem eher nach Kokosfett schmeckte als nach Schokolade. Dabei war Schokolade zu Ostern das Allerwichtigste. Weit vor dem Hasenbraten mit den Klößen. Bereits am frühen Morgen suchten wir, je nach Wetter, im Garten oder in der Stube nach Ostereiern. Das waren vor allem große Eier aus bunter Pappe, die mit grüner Holzwolle gefüllt waren und kleine Schokoladeneier enthielten. Wir fanden auch kleine Osternester voller Süßigkeiten, in deren Mitte Hasen standen. Unter ihrer glitzernden Haut verbarg sich ebenfalls Schokolade. All das hatte der Osterhase versteckt. Behaupteten zumindest die Eltern. Wir glaubten es gern. Insofern hatte unser Ostern doch etwas mit Glauben zu tun. In Wirklichkeit stammte alles, was aus Schokolade war, aus Westpaketen. Schokoladeneier und Schokoladenhasen gab es in der frühen DDR überhaupt nicht zu kaufen. Später, als es sie dann gab, waren sie sehr teuer und schmeckten obendrein nach Orangenschale.

Dennoch lagen in unseren Osterkörbchen auch Süßigkeiten aus DDR-Produktion. Und zwar Gelee-Eier und Dragee-Eier. Während erstere schmeckten, waren letztere ungenießbar. Sie bestanden lediglich aus aromatisiertem Zucker. Als ich ein solches Dragee-Ei zerbiss, lief pures Zuckerwasser heraus. Ich musste es ausspucken. Den Rest der Dragee-Eier schüttete ich in eine Blechschachtel, wo er im Laufe der Zeit die Feuchtigkeit anzog und zu einem höckerigen Brei verklebte. Schließlich wanderte die gesamte Schachtel in den Müll. Unsere Eltern kauften nie wieder Dragee-Eier.

Die Blaue Mauritius

Nach Oma Friedas Tod Ende 1966 haben wir lange getrauert. Es half aber nichts, irgendwann mussten wir ihr Zimmer auflösen. Sie hatte in einer der beiden Stuben gewohnt. Die beinahe schwarzen Möbel verkauften wir. Das Sofa jedoch wollte keiner haben. Kein Wunder, denn der einstmals samtene Plüsch war nur noch zu erahnen. Die Armlehnen waren bis aufs Gewebe abgewetzt, das Sitzpolster ebenso. Und die Stahlfedern erst. Wenn ich mich auf das Polster fallen ließ, krachte ich so tief hinab, dass ich mit Not über die Tischkante gucken konnte.

Nach kurzer Verhandlung wurde das Urteil gesprochen. Vater holte das Beil aus dem Keller und breitete eine alte Decke auf dem Parkett aus. Wir hoben das Sofa darauf und legten los. Zuerst trennten wir den Plüschbezug ab. Darunter kamen dicke Rosshaarmatten zum Vorschein. Wir lösten sie vorsichtig und verstauten sie in mehreren Kopfkissenbezügen. Als Nächstes entfernten wir das Unterpolster, das aus Sackleinen bestand. Was dabei nicht alles zu Boden fiel! Lauter Dinge, die über Jahrzehnte hinweg in die Sofaritzen gerutscht waren: Haarnadeln, Sicherheitsnadeln, Stecknadeln, Nähnadeln, Knöpfe, Nickelmünzen, Alumünzen und – eine Blaue Mauritius. Ja, eine Blaue Mauritius. Die teuerste Briefmarke der Welt. Wir jubelten. Vater, der Briefmarkensammler, sprang vor Freude an die Decke. Endlich war sie wieder da!

Nur Mutter blickte argwöhnisch. Sie kannte die Marke. Es war jene Kopie, die ein Messegast mal zum Spaß aus Westdeutschland mitgebracht hatte. Während Vater nun die Geschichte von der echten Blauen Mauritius erzählte, lösten wir mit Kneifzangen die Spiralfedern vom Holz und zerschlugen das Gestell mit dem Beil. Am Ende kamen die Federn in die Scherbelkiste. Die Stoffreste und das ungewöhnlich harte Holz ergaben noch mehrere Badefeuer. Mit der Blauen Mauritius indes narrte Vater fortan seine Sammlerfreunde, zumindest die unbedarften.

Den eigentlichen Gewinn strich unsere Mutter ein. Sie brachte das begehrte Rosshaar mit dem Handwagen zum Polsterer und kam mit einigen Geldscheinen zurück.

Tod im Westen

Opa Paul hatte seinen Meisterbrief als Friseur in Berlin gemacht. Es ist überliefert, dass er um 1920 in der Wilhelmstraße gearbeitet und auch Reichspräsident Friedrich Ebert rasiert haben soll. Damals trat er der SPD bei. Dann zog er nach Leipzig, weil er hier ein Friseurgeschäft übernehmen konnte. Später musste er den Beruf aufgeben und führte anschließend den Tabakladen an der Angerbrücke, bis zum Rentenbeginn in den sechziger Jahren.

Rentner durften problemlos in den Westen reisen. Also besuchte Opa Paul zusammen mit Oma Hilde immer wieder mal die Verwandtschaft in Hamburg, Braunschweig, Hildesheim und Sinsheim. Dort setzte er sich gern in einen Sessel und rauchte eine edle Zigarre, die es in Leipzig nicht gab, trank einen Cognac, den es ebenfalls nicht gab und las eine Zeitung, die es erst recht nicht gab. 1970 fiel ihm in Sinsheim die Zeitung plötzlich aus der Hand. Er war tot.

Nun muss man wissen, dass es zur Geburt meines Großvaters einen heftigen Streit gegeben hatte. Sein Vater wollte ihn Paul nennen. Seine Mutter hingegen Robert. In die Geburtsurkunde und alle folgenden Dokumente kam daher der Name Paul. Die Mutter freilich rief ihn demonstrativ Robert. Fortan hieß er bei allen Verwandten väterlicherseits Paul, bei allen Verwandten mütterlicherseits Robert. Er selbst fand einen Kompromiss und nannte sich in seinen Geschäftsunterlagen stets Rob. Paul Schröter. Das alles sollte Konsequenzen haben.

Als er im Westen starb, hielt er sich bei Verwandten mütterlicherseits auf. Folglich schrieb der Arzt, nachdem er den Namen erfragt hatte, Robert Schröter in den Totenschein. Die Gemeinde ließ sich nicht lumpen und übernahm die Kosten für den Sarg und die Überführung. An der Grenze angekommen, überprüften die DDR-Behörden die Dokumente und stellten dabei folgendes fest: Der Verstorbene war laut Totenschein ein Mann namens Robert Schröter. Im Reisepass stand jedoch Paul Schröter. Mithin handele es sich um zwei verschiedene Personen. Dieser Sarg dürfe deshalb nicht die Grenze zur Deutschen Demokratischen Republik passieren.

Welche Lösung schließlich gefunden wurde, ist nicht überliefert. Wahrscheinlich öffnete man einfach den Sarg, verglich den Verewigten mit dem Passfoto und nickte. Man hätte ja ohnehin hineinblicken müssen, allein schon wegen eines etwaigen Schmuggels. Jedenfalls konnte der Sarg mit Rob. Paul Schröter nun vom schwarzen Mercedes in einen schwarzen Barkas umgeladen und weiter nach Leipzig gefahren werden.

Auf dem Lindenauer Friedhof verursachte der Sarg noch einmal große Aufregung. Das gesamte Personal, vom Gärtner bis zum Totengräber, wurde alarmiert und in die Kapelle gerufen. Andächtig standen sie um den Sarg herum. Sie bestaunten diese massive Eiche, diese feinen Holzverzierungen, diese kunstvollen Messingbeschläge. Jedes Detail sogen sie tief in sich ein. Nein, so eine gediegene Qualität hatten sie ihren Lebtag lang nicht gesehen. So etwas gab es nur im Westen. Die Beisetzung wurde sehr feierlich.

So traurig der Tod meines Großvaters auch war, für mich begann eine neue Zeit. Da wir ab sofort keinen Friseur mehr in der Familie hatten, konnte ich endlich meine Haare schön lang wachsen lassen. Zum Abitur hingen sie mir bis über die Schultern.

Plastiktüten

Bunte Plastiktüten, mit denen die westdeutschen »Verbraucher« überschüttet wurden, gab es in der DDR im Grunde nicht. Zum Einkaufen benutzten wir einfache Netze oder bunte Dederon-Beutel. Damit zählten wir DDR-Bürger zu den umweltfreundlichsten Konsumenten der Welt. Wenn auch gezwungenermaßen. Viele wären sicher ganz gern mit Werbetüten herumgelaufen, hatten aber keine. Wer hierzulande jedoch eine Westtüte trug, den umwehte der Duft der großen weiten Welt. Peter Stuyvesant, Marlboro, Camel, HB, Jacobs, Toblerone, Wrigleys, Hennessy, Johnnie Walker, was da nicht alles draufstand. Wer so eine kostbare Tüte besaß, der hegte und pflegte sie, bis die Werbung abgerubbelt und die Nähte aufgeplatzt waren. Doch Vorsicht! Offiziell gebilligt waren diese Werbeträger damit noch lange nicht.

Ich selbst besaß eine sehr hochwertige Plastiktüte. Auf ihrem leuchtenden Rot drehte sich eine dünne weiße Spirale vom Zentrum nach außen, und auf dem schwarzen Rechteck links oben standen die weißen Großbuchstaben BASF. Diese Tüte genoss unter den Jungen ein hohes Ansehen. Immerhin stand das Logo auf Compactcassetten, die eine erheblich bessere Tonqualität boten als jene von ORWO aus Wolfen. Meine Tüte warb folglich für höchste Qualität, die ja eigentlich auch die DDR anstrebte. Also erhob ich meine BASF-Tüte zur Schultasche.

»Stehen Sie auf! Was erlauben Sie sich? Es ist ein Skandal, dass Sie in der sozialistischen Schule Reklame für einen imperialistischen Konzern machen!«

Ich erhob mich und entgegnete dem Chemielehrer im weißen Kittel: »Das verstehe ich nicht.«

»Was verstehen Sie nicht? Die BASF gehörte zum I.G.-Farben-Konzern! Und Sie entblöden sich nicht, Werbung für diese Kriegsverbrecher zu machen?«

»Ich verstehe es trotzdem nicht. Die Tüte stammt von der Leipziger Messe. Von unserer sozialistischen Messe. Die BASF gehört zu den Ausstellern. Und die DDR treibt friedlichen Handel mit dem Konzern. Mit der BASF-Tüte bekenne ich mich demzufolge zur friedlichen Koexistenz. Was soll daran falsch sein?«

Dem Chemielehrer gefroren die Gesichtszüge. Nur mühsam gelang ihm der Übergang zum Unterricht. Eine Klassenstufe höher waren die Schulkameraden pfiffiger. Sie wendeten ihre Plastiktüten einfach, sodass man die Werbung lediglich erahnen konnte. Auf der Erweiterten Oberschule, kurz vor dem Abitur, packte ich mein Schulzeug dann in eine alte Hebammentasche. Am Griff befestigte ich einen Schlüsselanhänger des französischen Mineralölkonzerns ELF. Aber da interessierte sich schon längst kein Lehrer mehr für solch eine kleine Provokation.

Nachdem ich die Schule verlassen hatte, erfuhr ich hinter vorgehaltener Hand, dass unser Chemielehrer selbst moralisch fehlgegangen war. Er hatte es mit einer Pionierleiterin getrieben. Ausgerechnet im Frauenruheraum der Schule. Solche Räume waren in der DDR für alle größeren Betriebe vorgeschrieben. Selbstredend für andere Zwecke. Die Angelegenheit wurde geahndet. Streng geheim natürlich. Die Pionierleiterin musste die Schule wechseln, und der brünstige Genosse Chemielehrer bekam ein Parteiverfahren an den Hals.

Auf der Messe

Leipzig veranstaltete zu DDR-Zeiten die größte Ost-West-Handelsmesse der Welt. Sie fand jedes Jahr im Frühling und im Herbst statt und umfasste nahezu alle zivilen Branchen. Wer mindestens vierzehn Jahre alt war, konnte für zehn Mark einen Messeausweis kaufen und bekam noch ein Messeabzeichen dazu. Zehn Mark war eine Menge Geld. Dafür galt der Ausweis die ganze Woche lang in den siebzehn Messehäusern der Innenstadt und auf der Technischen Messe am Völkerschlachtdenkmal. In das Kärtchen mussten allerdings Name und die Personalausweisnummer eingetragen werden. Ich habe jedoch nie erlebt, dass die Kontrolleure an den Eingängen jemals die Personalien überprüft hätten. Das wäre bei dem Andrang auch kaum möglich gewesen.

Mein Vater besorgte sich zu jeder Messe einen Messeausweis. Vor allem, weil er selbst nichts verpassen wollte. Aber auch, weil er Messeabzeichen sammelte. Hatte er genug gesehen, reichte er das Dokument in der Familie einfach weiter. Wir nutzten dann einen Trick, um mit nur zwei Messeausweisen eine größere Truppe hineinzuschleusen. Zwei gingen hinein, einer kam mit beiden Ausweisen wieder heraus. Damit gingen wieder zwei hinein, und einer kam erneut mit beiden Ausweisen heraus. So ging es hin und her, bis alle drin waren. Besonders gut funktionierte der Trick auf der Technischen Messe an dem großen Doppel-M, das für Mustermesse stand. Dort konnten wir uns leicht über die vielen Kontrollhäuschen verteilen.

Wer in Leipzig mitreden wollte, musste auf der Messe gewesen sein. Es gab hier so unvorstellbar vieles zu sehen. Jedes Mal ergriff mich ein Gefühl von Weltoffenheit, Freiheit und Unabhängigkeit. Das ging offenbar vielen Leuten so, denn sie strömten in hellen Scharen vorzugsweise in die Messehäuser, die nach Branchen aufgeteilt waren. Unsere westdeutschen Messegäste erzählten, dass auf keiner Messe der Welt ein solches Gedränge herrsche wie in Leipzig. Nirgendwo sonst gebe es so viele Schaulustige und eine derartige Hamsterei von Plastiktüten, Prospekten, Abzeichen, Kugelschreibern, ja von jedwedem Werbematerial, egal was es sei.

In den sechziger Jahren begann die große Zeit der Matchbox-Autos. Bei vielen dieser kleinen Metallmodelle waren die Türen oder die Motorklappen zu öffnen oder andere Teile zu bewegen. Limousinen und Sportwagen federten sogar tief durch. Die aktuellen Modelle wurden in den bunten Matchbox-Katalogen abgedruckt, die die Größe eines querformatigen Vokalbelheftes hatten. Die Matchbox Ltd. aus London stellte im Messehaus Petershof aus. Ihr Messestand besaß ein Schaufenster und eine Tür, war ansonsten aber mit einer großen Wand von dem schmalen Gang abgeschirmt. Wie von einer unsichtbaren Kraft gesteuert, versammelten sich hier Dutzende Messebesucher und verstopfen den Gang. Der Sauerstoff wurde knapp. Die Nervosität stieg. Da öffnete sich die Tür. Ein Mann blickte heraus und rief: »Hello!« Dutzende Hände fingerten ihm entgegen. Er verteilte einige Matchbox-Kataloge und warf den Rest weit nach hinten, sodass die Leute wild danach sprangen. Die Szene wirkte auf mich wie eine Tierfütterung im Leipziger Zoo. Als die Gesättigten weitergezogen waren, entdeckte ich an der Tür einen Zettel: »Katalogausgabe immer zur vollen Stunde.«

Großer Andrang herrschte zudem auf der Buchmesse im Messehaus am Markt. Neben den DDR-Verlagen zeigten dort vornehmlich die großen Verlage der Bundesrepublik ihre Neuerscheinungen. Fischer, Piper, Suhrkamp und all die anderen luden an ihren großen Ständen betont herzlich zum Lesen ein. Sie verhandelten zwar mit der DDR über Lizenzen, direkte Lieferungen jedoch gab es keine. Einmal abgesehen von den jeweils zwei kostenlosen Exemplaren, die nach altem Recht ein jeder deutschsprachige Verlag an die Deutsche Bücherei in Leipzig schicken sollte. Gerüchten zufolge reisten die westdeutschen Verlage stets mit zahlreichen Ersatzexemplaren an, um eventuelle Lücken schnell wieder schließen zu können. Es wurde auch erzählt, dass Messebesucher genötigt würden, »unauffällig zu folgen« und in versteckten Räumen ihre Taschen und Beutel zu leeren. Wehe dem, der mit Diebesgut erwischt wurde. Besonderen Andrang gab es am letzten Messetag. Viele hofften, dass die westlichen Verlage vor der Abreise ihre Ausstellungsexemplare verschenken würden. Zuweilen soll das tatsächlich vorgekommen sein.

Das Messehaus am Markt lud jedes Jahr vor Weihnachten außerdem zur großen Modellbahn-Ausstellung. Selbstverständlich reihten wir uns mit den Eltern in die übliche Schlange ein. Nach dem Treppensteigen erwartete uns das Surren Hunderter kleiner Züge auf Dutzenden von Anlagen. Sie verteilten sich über die riesige Fläche der gesamten dritten Etage, die eine durchgehende Decke mit Leuchtstofflampen besaß, getragen nur von wenigen weißen Stützpfeilern. Durch die große Fensterfront blickten wir auf die Thomaskirche und den Weihnachtsmarkt am Alten Rathaus.

Hinter dem Alten Rathaus aber, im Handelshof, wurde zur Messe die Heimelektrik ausgestellt. Darunter Fernseher, Radios und Tonbandgeräte und später auch Kassetten- und Videorecorder. Das zog uns junge Leute magisch an. Außer dem Herstellerverbund RFT aus der DDR kamen zunehmend japanische Unternehmen. Von Messe zu Messe konnten wir beobachten, wie der zunächst gering erscheinende Abstand zwischen uns und der Welt größer und größer wurde. Das galt auch für andere Branchen wie den Fahrzeugbau, die Haushaltgeräteproduktion und die Fotoindustrie, ja im Grunde für ganze Teile der DDR-Wirtschaft. Hinzu kam noch, dass gute DDR-Erzeugnisse immer stärker als Billigprodukte von westdeutschen Versandhäusern verkauft wurden. Ich konnte das in den Katalogen, die unsere Messegäste mitbrachten, regelmäßig beobachten. Obendrein sprach sich herum, dass in unseren volkseigenen Betrieben mit billiger Lohnarbeit verstärkt für den Westen produziert wurde. Und das bei einer sich verschärfenden inländischen Mangelwirtschaft.

Die Leipziger Messe diente also nicht nur dem Ost-West-Handel. Sie lieferte der eigenen Bevölkerung zugleich einmalige internationale Vergleichsmöglichkeiten und half, die Augen offenzuhalten.

Messegäste

Zu jeder Messe öffnete sich Leipzig und putzte sich heraus. Zwei Mal im Jahr wurden die Straßen gekehrt und die weißen Linien erneuert. Zwei Mal wurden die Straßenbahnen und die Busse gewaschen. Zwei Mal gab es Apfelsinen und Bananen. Zu jeder Messe wurden die Einheimischen aus den Restaurants der Innenstadt vertrieben, indem man die üblicherweise stabilen Preise verdoppelte und kurzerhand »Messepreise« nannte. Vor allem aber füllte sich die Stadt jedes Mal mit Autos der Gattung Westwagen. Da konnte keine Automobilausstellung der Welt mithalten. Wir Jungen blickten auf die Tachometer und riefen »Hundertfünfzig!« oder »Zweihundert!«, wogegen der Tacho vom Trabi nur bis Hundertzwanzig reichte, was bei weitem übertrieben war. Bei amerikanischen Straßenkreuzern prüften wir die Federung, indem wir die Kotflügel hinabdrückten und die Wagen anerkennend durchschwingen ließen.

Auch unsere westdeutschen Messegäste reisten stets mit dem Auto an. Herr Braun fuhr im Mercedes vor. Alles andere war unter seiner Würde. Er hatte sogar die Hubraumangabe auf der Kofferraumklappe erhöht, um den Wagen größer erscheinen zu lassen. Herr Cechan besaß einen Ford Taunus Coupé, dessen Stoßstangen sich komisch nach oben wölbten. Beide parkten im Hof, denn draußen lauerte Gefahr. Zumindest für den Mercedes. In der Stadt wurden serienmäßig die Sterne abgeknickt. Doch nicht etwa vom sozialistischen Staat, sondern von privaten Sammlern. Alle Mercedesfahrer hatten davor eine Heidenangst. Fuhren sie nämlich in Westdeutschland ohne Stern herum, hieß es sofort: »Der war im Osten!« Wie peinlich.

Herr Braun und Herr Cechan besuchten uns in den sechziger und siebziger Jahren beinahe zu jeder Messe. Sie waren Freunde meines Vaters aus der Zeit der sowjetischen Kriegsgefangenschaft. Mehrere Jahre Kupferbergbau im Ural hatte sie fürs Leben zusammengeschweißt. Dem konnte selbst die deutsche Teilung nichts anhaben. Die Westdeutschen arbeiteten in der Textilbranche. Sie brachten zuweilen auch Kollegen mit, die dann ebenfalls wie Freunde aufgenommen wurden. Herrn Gregolin behandelte Vater überaus zuvorkommend, denn er zählte zu den wenigen Überlebenden von Stalingrad. Der smarte Herr Voß war der Liebling meiner Mutter. Herr Gläser allerdings kam nach einem nächtlichen Abenteuer schwankend zurück und brach unseren Wohnungsschlüssel ab. Er wurde von Herrn Gregolin mit dem Satz geächtet: »Den Arschloch bringen wir nicht wieder mit.« Fortan hieß er bei uns »Der Arschloch«. Doch unabhängig von Herrn Gläser traten fast alle Messegäste für meinen Geschmack deutlich zu laut auf und nahmen sich viel zu wichtig.

Keine deutsch-deutsche Begegnung kam damals ohne Systemvergleich aus. Bis in die siebziger Jahre wurde gern anhand von Zigaretten verglichen. Westzigaretten mit ihrem Virginiatabak galten als schmackhafter und milder, zuweilen auch als »parfümiert«. Ausschlaggebend war jedoch der Preis. Während in der DDR eine Schachtel gängiger Filterzigaretten wie f6 drei Mark zwanzig kostete, bezahlte man im Intershop um 1968 für eine Schachtel HB oder Ernte 23 mit einer D-Mark sechzig nur die Hälfte. In Westdeutschland waren Zigaretten zunächst auch nicht viel teurer. Dieser Systemvergleich fiel unstrittig zugunsten des Westens aus, zumal dort auch mehr verdient wurde. Herr Gregolin stellte darüber hinaus noch die These auf, dass selbst das Stanniol der West-Zigarettenschachteln viel besser sei. Zur Beweisführung zerlegte er eine Schachtel f6 meiner Eltern, wickelte eine f6 in das Silberpapier und zerknüllte sie kräftig. Beim Auseinanderwickeln waren nur noch Tabakkrümel, Papierfetzen und der abgebrochene Filter übrig. Herr Gregolin lächelte mitleidig und ging zum Gegenbeweis über. Er holte das Silberpapier aus einer HB-Schachtel, wickelte eine HB hinein und zerknüllte sie mit überlegenem Lächeln. Nachdem er das Knäuel auseinandergefaltet hatte, besah er seine zerbröselte HB, verzog den Mundwinkel und wechselte das Thema. So einfach schien das mit dem Systemvergleich dann doch nicht zu funktionieren.

Die Einreise in die DDR war zur Messe vollkommen unproblematisch. Die Besucher kauften sich in einem westdeutschen Reisebüro einfach einen Messeausweis, mit dem sie samt Reisepass über die Grenze kamen. In Leipzig mussten sie lediglich ihre offizielle Anmeldung vornehmen, ein Quartier nachweisen und nach der Messe rechtzeitig verschwinden.

Uns Kinder interessierte am meisten, was die Messeonkels mitgebracht hatten. Natürlich waren immer Textilien dabei. Am begehrtesten aber waren die aktuellen Versandhauskataloge von Bader, Quelle und Neckermann. Mutter interessierte sich hauptsächlich für die aktuelle Mode, Vater für Briefmarkenalben, Film- und Fotoapparate, wir Kinder für Spielzeug und später für Radios, Tonbandgeräte, Schallplatten, Mopeds, Faltboote und Campingausrüstungen. Jedes Mal stellten die Messeonkels zudem einige prall gefüllte Plastiktüten aus dem Intershop in die Küche. Einer brachte sogar sein eigenes Klopapier mit, weil er von dem hiesigen »Sandpapier« angeblich einen wunden Hintern bekam. Einmal war die Rolle mit lauter einfarbigen 100-DM-Scheinen bedruckt. Den unbenutzten Rest durften wir behalten. Vater legte ihn gleich zur Seite. Mutter befürchtete, dass ihr Mann jetzt auch noch Klopapier sammeln würde, und das nicht zu Unrecht.

Herr Cechan schenkte uns irgendwann ein großformatiges, schmal gerahmtes Bild von seiner Gartenlaube, das er selbst mit Ölkreide gezeichnet hatte. Es kam über die Wohnzimmercouch. Nach seiner Abreise verschwand es alsbald auf dem Boden. Meine Eltern durften nur nicht vergessen, das Bild wieder herunterzuholen, wenn Herr Cechan kam. Er freute sich dann wie ein Kind, dass es noch hing. Wir Kinder lachten uns ins Fäustchen.

Herr Braun hingegen hat sich zu einer Messe sehr geärgert. Das war, als der Motor von seinem Mercedes auf der Herfahrt schlecht zog. Am Grenzübergang musste er den Kofferraum öffnen. Der Zöllner monierte: »Mit dem Ding lass isch Se nisch in de Deutsche Demogradsche Rebublig!«

Herr Braun war selbst überrascht. Da lag er, der kleine Beistell-Ofen, den sein Sohn am Vortag gekauft hatte. War der Lausejunge also zu faul gewesen, ihn sofort auszuladen. Ausgerechnet einen OHRA-Ofen aus DDR-Produktion.

»Ich fahre zur Leipziger Messe«, erklärte Herr Braun. »Ich bringe den Ofen wieder mit zurück.«

»Nischt is«, entgegnete der Zöllner. »Das Ding muss glei zurüg.«

Herr Braun fragte, ob der DDR-Zoll nicht so freundlich sein könne, den Ofen die paar Tage für ihn aufzubewahren. Auch das ging nicht. Also wendete er, hielt auf westdeutscher Seite beim Bundesgrenzschutz und bat ihn, den Ofen für einige Tage abstellen zu dürfen. Der lehnte ebenfalls ab. Verzweifelt fuhr Herr Braun in den nächstbesten Wald, zog den Eisenofen über die Ladekante und versteckte ihn unter ein paar Tannenzweigen.

In Leipzig lachten wir uns halb tot über die Geschichte. Allein dafür hatte sich der Besuch schon gelohnt. Auf der Rückreise suchte und fand Herr Braun den Ofen im Wald, wuchtete ihn mit letzter Kraft in den Mercedes und brachte ihn wohlbehalten zurück ins Münsterland.

Im Intershop

Wenn unsere Messegäste in Leipzig ankamen, kauften sie erst einmal richtig ein. Und zwar im Intershop. Solche Devisenläden gab es in den Interhotels, im Hauptbahnhof, auf dem Messegelände und auf dem Flughafen.

Es lohnte sich nicht, Genussmittel aus Westdeutschland mitzubringen. Im Intershop waren sie zumeist viel billiger. Hier fielen Abgaben wie Branntwein-, Tabak- und Mehrwertsteuer vollkommen weg. Kaum hatten sich also unsere Messegäste offiziell angemeldet, ging es in den Intershop. Vater begleitete sie dabei nur allzu gern. Sie kauften Markenprodukte ein, die in Plastiktüten verschwanden und in der Rietschelstraße wieder zum Vorschein kamen. Nach und nach füllte sich der Küchentisch. Für uns Kinder gab es riesige Halfponder-Schokoladentafeln von Van Houten, Maple-Leaf-Kaugummi, Campino-Bonbons und Katjes-Lakritzen. Für alle gedacht waren After Eight, Toblerone und Nutella. Die Eltern bekamen Mon Cheri, Nescafé, Jacobs Krönung oder den viel besseren Kaffee von Douwe Egberts aus Holland. Mutter erhielt manchmal auch ein Fläschchen 4711. Für die abendlichen Feiern der nächsten Tage zogen die Messegäste eine Stange HB oder Lord Extra aus der Tüte, eine Kiste Zigarren, Weinbrandflaschen wie Asbach Uralt, Dujardin Imperial oder Jacobi 1880 und zuweilen eine runde Blechdose mit Salzstangen.

Durch die Messegäste und die westdeutschen Verwandten besaßen unsere Eltern immer einige D-Mark. Damit holten sie sich im Intershop vor allem Kaffee. War der Kaffee der Messegäste und jener aus den Westpaketen einmal aufgebraucht, kauften sie sich Blechdosen mit der Intershop-Mischung First Class aus der Kaffeerösterei Halle. Rondo aus DDR-Läden tranken sie höchst selten, weil er sehr teuer war und obendrein nicht besonders schmeckte. Ab und zu brachten sie aus dem Intershop noch andere DDR-Produkte mit, die dort zehnfach billiger waren als in den staatlichen HO-Läden oder im Konsum. Dazu zählten

Delitzscher Schokolade und Wurzener Extras, diese feinen, mit Bitterschokolade überzogenen Waffelblätter.

Eigentlich war das Einkaufen im Intershop für DDR-Bürger illegal. Eigentlich war der Intershop nur für devisenbringende Ausländer gedacht. Eigentlich durften DDR-Bürger gar keine unangemeldeten Devisen besitzen. Eigentlich. Der Staat aber benötigte zunehmend Devisen und stellte fest, dass mit den Interhops grandiose Geschäfte zu machen waren. Folglich drückte er zunächst ein Auge zu, dann alle beide, und 1979 führte er schließlich eine Parallelwährung ein, die er »Forum« nannte. Damit durften auch DDR-Bürger offiziell im Intershop einkaufen. Wer das wollte, musste sich zuvor D-Mark besorgen und bei der Staatsbank eins zu eins in »Forum«-Schecks umtauschen. Dollar, Pfund und Schweizer Franken wurden selbstverständlich genauso getauscht. In der Folge strömten immer mehr Devisen ins Land. Die Intershops wurden ausgebaut und mit ihnen das Angebot. Bald schon umfasste es sogar C64-Computer von Commodore, Nikon-Kameras, CDs, CD-Player sowie Autos von Renault, Fiat, Volvo und VW. Handwerkern wurde nun nachgesagt, sie meldeten sich am Telefon mit: »Forum geht's denn?« Auch die GENEX-Kataloge, mit denen Bürger der Bundesrepublik für D-Mark Konsumgüter in die DDR verschenken konnten, boten mehr und mehr Mangelware aus eigener Produktion an, darunter Fotoausrüstungen, Möbel, Autos, Campinganhänger, Boote und ganze Fertighäuser.

Die Intershops und die GENEX-Kataloge entwickelten sich zu einer Parallelwelt. Sie weckten Bedürfnisse, die die allermeisten DDR-Bürger niemals befriedigen konnten. Das Land, das gern von Gleichheit sprach, zerfiel in Besitzer und Nichtbesitzer von Devisen. Ein geflügeltes Wort machte die Runde: »Alle sind gleich, aber manche sind gleicher.« Kaum einer wusste, woher das stammte. Es konnte auch kaum einer wissen, denn es ging auf George Orwells Buch »Farm der Tiere« zurück, das in der DDR verboten war. Derartige Bücher im Intershop zu verkaufen, so weit gingen selbst die Devisenbeschaffer nicht.

Jeans

Als wir in den sechziger Jahren unsere ersten Jeans bekamen, hießen sie in West und Ost noch »Niethosen«. Ein Großcousin brachte uns eine solche Niethose aus Braunschweig mit. Ihr ungewöhnlich schwerer Stoff war verwaschen und an den Taschen mit kupfernen Nieten versehen. Auf dem rückwärtigen Lederschild wurden zwei Pferde auseinandergetrieben, die so eine Hose zerreißen sollten. Unser Großcousin warnte davor, sie beim Rudern oder Paddeln zu tragen. Denn bei einem Sturz ins Wasser sauge sich der Stoff derart voll, dass er einen in die Tiefe ziehe. Eine sehr gefährliche Hose also. Doppelt gefährlich sogar, weil sie darüber hinaus vom »Klassenfeind« stammte und damit offiziell geächtet war. Das Tragen hatte sich jedoch von selbst erledigt, wegen eines riesigen braunen Flecks aus Ölfarbe auf dem rechten Oberschenkel. Die Niethose war rettungslos verdorben, sollte allerdings noch gut genug für uns sein. Herzlichen Dank auch! Wir steckten sie zu den Lumpen und bekamen beim Rumpelmännchen immerhin fünfzig Pfennige dafür. Die Marke Levi's aber war fürs Leben gesetzt.

Die nächsten jeansartigen Hosen schenkte uns Herr Cechan, der in Münster einen Herrenausstatter betrieb. Die wabbeligen blauen Dinger für meinen Bruder und mich hatte er seinem neuartigen Discount-Sortiment entnommen, von dessen Umsätzen er uns vorschwärmte. Wir freuten uns gequält. Selbst die rückwärtigen Schilder waren aus billigem Kunstleder gefertigt. Wenigstens stand in Westernschrift »Texas« darauf. Das wiederum ärgerte Vater. Herr Cechan war noch nicht richtig abgereist, da wies Vater schon an: »Die Schilder kommen ab!«

»Warum?«, fragten wir entsetzt.

»In Texas wurde Kennedy erschossen.«

Wir waren gegen die Bestrafung der Schilder, die ja nichts dafür konnten. Mutter auch. Doch wir unterlagen. Mutter griff widerwillig zur Nähschere und trennte sie ab. Fortan schämten wir uns in diesen Wabbelhosen noch mehr und trugen sie lediglich zum Basteln.

Was Herr Cechan dann aber Anfang der siebziger Jahre überraschend mitbrachte, das war der letzte Schrei: zwei gewaltige Schlaghosen. Der Schlag war so groß, dass er sogar die Spitzen der Schuhe verdeckte. Um das zu erreichen, hatte man ihn unterhalb der Röhre mit einer Knienaht neu angesetzt. Mein großer Bruder nahm die Hose aus Jeansstoff, ich die aus leuchtend blauem Veloursstoff. Sie saß bis zu den Knien wie eine Strumpfhose, denn sie war zwei Nummern zu eng. Schicker ging es nicht. Genau das wurde ihr jedoch zum Verhängnis. In der Schule sprang ich während der Hofpause auf eine Sitzbank und – ratsch! Unter der Backe grinste mein rechter Oberschenkel hervor. Zum Glück lieh mir eine Klassenkameradin ihre bis zu den Knien reichende, modische Strickjacke und ersparte mir damit peinliche Stunden. Der Heimweg wurde für die allseits bewunderte Schlaghose zu ihrem letzten Gang.

Etwas besser erging es meinen grauen Cordjeans der Marke Wallys. Sie waren wieder der letzte Schrei und diesmal nur eine Nummer zu klein. Wie stolz ich auf das kostbare Stück war! Bis ein Dackel einen Dreiangel in den Cord riss. Wegen des riesigen Schlags verfehlte er zum Glück mein Schienbein. Mutter brachte die Cordhose zum Kunststopfen an den Lindenauer Markt, doch im Grunde war sie hinüber. Seitdem hasse ich Hunde.

Später sah ich im Schauspielhaus »Die neuen Leiden des jungen W.« mit dem »Bluejeans-Song«. Spätestens jetzt brauchte ich richtige Jeans. Die gab zu jener Zeit jedoch in der DDR nicht zu kaufen. Außer im Intershop. Deshalb bat ich meine Eltern, mir fünfunddreißig D-Mark zu schenken. Sie taten es. Ich fuhr ins Interhotel Stadt Leipzig und probierte dort die ersten fabrikneuen Levi's-Jeans meines Lebens an. Die Größe 32/32 war die richtige und passte fortan immer. Jedoch waren neue Jeans damals generell dunkelblau und damit im wahrsten Sinne des Wortes untragbar. Echte Jeans mussten verwaschen sein.

Also trug ich meine Neuerwerbung zunächst in der Badewanne. Das heiße Wasser färbte sich dunkelblau, meine Haut hellblau. Anschließend musste ich mich gründlich waschen. Die kiloschweren Jeans hängte ich auf die Leine über der Badewanne, wo sie mehrere Tage lang trockneten. Schleudern war tabu. Merklich heller war die Hose aber nicht geworden. Es folgte ein zweiter Versuch. Bei strahlendem Sonnenschein ging ich mit den Jeans hinunter in den Hof, nahm ein Brett mit sowie eine Schüssel mit Seifenlauge und eine kräftige Bürste. Beim Scheuern strömte nun ein Blue River über das gelbe Pflaster zum Gully, den ich am Ende mit klarem Wasser und unter den kritischen Augen von Frau Kroschel gründlich wegspülte.

Das Ergebnis war beachtlich. Besonders gut kamen die abgewetzten Oberschenkel. Mit diesen Levi's-Jeans konnte ich durchaus als Clint Eastwood oder Bruce Springsteen durchgehen. Zumindest zwischen Gürtellinie und Knöcheln. Künftig trug ich nur noch im Notfall andere Hosen als Levi's-Jeans.

Das frisierte Fahrrad

»Wer Mifa fährt, ist Dresche wert.« So sagte der Volksmund. Oder »Wer Mifa lenkt, wird aufgehängt« oder »Ein Stückchen Blech, ein Stückchen Draht, fertig ist das Mifa-Rad«. Ein solches Fahrrad schied für mich von vornherein aus. Die sportliche Alternative hieß »Diamant«. Ich folgte meinem großen Bruder und kaufte mir vom mühsam Ersparten ein Diamant-Tourensportrad für zweihundertachtzig Mark. Es hatte weiße Reifen, Alufelgen, eine Felgenbremse, einen geraden Sportlenker und einen echten Ledersattel. Ein reines Sportrad hätte ich nicht bezahlen können. Außerdem wäre es an den geplanten Geländefahrten durch den Auwald gescheitert.

Selbstverständlich musste das Rad noch frisiert werden. Einen wehenden Fuchsschwanz und bunte Putzringe verkniff ich mir jedoch. So etwas fand ich kitschig. Allerdings kaufte ich mir einen Klappständer und eine tschechische Dreigangschaltung. Als Krönung montierte ich am Lenker einen Tachometer und verband ihn per biegsamer Welle mit dem Vorderrad. Mein Tacho war eine kleine Blechdose mit Kilometerzähler, Zifferblatt und roter Tachonadel, wie sie auch in allen Simson-Mopeds steckte. Jetzt war ich bereit für Testfahrten. Sie sollten mehrere Opfer fordern.

Mein erstes Opfer war das Fahrrad selbst. Ich musste ja zunächst einmal die Wirkung der bissigen Felgenbremse ausprobieren. Dazu trat ich im Hof kräftig in die Pedale und raste auf das hölzerne Lattentor zu. Es war geschlossen. Also kurz vor dem Tor: Vollbremsung!

Peng! Knall!

Peng war das Reißen des Bowdenzugs der Felgenbremse. Knall war das ungebremste Krachen ins Holz. Das Tor hatte überstanden, das Fahrrad und ich lagen am Boden. Alles schmerzte. Gebrochen war nichts. Den eigentlichen Schaden trug mein neues Rad davon. Sein Rahmen war vor dem Lenker deutlich nach unten abgeknickt. Dadurch stand die Gabel beinahe senkrecht.

Und das Vorderrad eierte ein wenig. Ansonsten hatte das Diamant-Rad seine Robustheit bewiesen.

Mein zweites Opfer fand ich in der verlängerten Rietschelstraße. Nachdem ich an der Handbremse einen neuen Bowdenzug montiert hatte, musste ich nun endlich die Gangschaltung und den Tachometer ausprobieren. Am besten eignete sich dafür der breite Sandweg hinter der »Stange«, den sich Fußgänger und Radfahrer teilten. Ich begann mit dem ersten Gang. Dabei konzentrierte ich meinen Blick auf den Tachometer, weil mich interessierte, ab wann die Nadel überhaupt ausschlug.

Peng!

Ich hatte einen alten Mann erwischt. Glücklicherweise fuhr ich Schrittgeschwindigkeit. Er kam mit dem Schrecken davon, schimpfte unangemessen laut und drohte dazu mit seinem Stock. Ich sah zu, dass ich wegkam.

Mein drittes Opfer erwartete mich schon in der Erich-Köhn-Straße. Das war die ideale Teststrecke für Geschwindigkeitsrekorde. Unlängst frisch asphaltiert, standen dort auf der Seite des Gartenvereins keine Autos am Straßenrand. Und los ging die wilde Fahrt vom Gelände der Kleinmesse in Richtung Rietschelstraße. Ich schaltete in den dritten Gang, und meine Blicke folgten konzentriert der Tachonadel: 20 – 25 – 30 – 31 – 32 – 33 …

Peng!

Höhe Charlottenhof flog ich durch die Luft und landete auf dem Dach eines Autos. Das hatte da gar nicht zu stehen! Es war ein IFA F9, dessen Heck ähnlich rund war wie das eines VW Käfers. Glücklicherweise. Ich war gewissermaßen aerodynamisch gelandet und rutschte danach ganz von allein das Heck hinab. Das Fahrrad löste ich möglichst unauffällig von der verchromten Stoßstange und zog es auf den Bürgersteig. Ein Blick in die Runde: offenbar keine Zeugen. Ein Blick aufs Auto: offenbar gut überstanden. Ein Blick aufs Fahrrad: ein Desaster. Das Vorderrad hatte eine Acht wie im Bilderbuch. Ich bekam Angst, mir etwas gebrochen zu haben. Doch meine Blessuren erwiesen sich als oberflächlich. So humpelte ich denn mit meinem Diamant-Rad über der rechten Schulter nach Hause und konnte dabei die Tränen gerade noch unterdrücken.

Von Testfahrten hatte ich genug. Fortan sah ich ausschließlich nach vorn und riskierte lediglich hin und wieder einen kurzen Blick auf den Tachometer.

Der Wilde Mann

Um in den Leipziger Auwald zu gelangen, musste ich nur hundert Meter die Rietschelstraße entlanggehen und dann schräg rechts die »Morgenröte« hinab. Dieser Kiesweg führte zwischen den hohen Lattenzäunen der zwei Gartenvereine Morgenröte und Friesengärten direkt auf die alte Eiche zu, wo der Auwald begann. Einmal reichte das Sommerhochwasser bis hierher. Da nahmen wir unsere Spielzeugschiffe, eilten zum Waldrand, wateten durch das warme Wasser und spielten Amazonas.

Rechts von der Eiche verlief der Weg an den Friesengärten vorbei Richtung Schwindelbrücke, Elsterbecken und Kleinmesse. Links ging es tief in den Wald hinein. Hier wucherten zwischen Eichen, Eschen und Ahorn, je nach Jahreszeit, Märzenbecher, Buschwindröschen oder Bärlauch. In warmen Sommernächten schwebten sogar Glühwürmchen durchs Unterholz. Der lange Waldweg endete nach zwei Kilometern am »Wilden Mann«. Was sich hinter dieser furchtbaren Bezeichnung wohl verbarg? Keiner sprach darüber.

Zum »Wilden Mann« fuhren wir üblicherweise mit dem Fahrrad. Anfangs noch auf dem gefederten Kindersitz von Vaters NSU-Fahrrad. Zunächst saß mein Bruder darauf, dann ich, dann meine kleine Schwester. Als wir größer waren, besaßen wir eigene Räder. Mutter kam selten mit. Am »Wilden Mann« wurde uns der Weg von einer Bahnschranke abgeschnitten. Zumindest, wenn sie geschlossen war. Sie stand mitten im Wald. Neben ihr erhob sich das Häuschen des Schrankenwärters. Wild gebärdete sich der Mann in der Reichsbahn-Uniform nicht gerade. Wenn das Läutewerk erklang, trat er langsam ins Freie und kurbelte die langen, rot-weißen Schranken beiderseits der Schienen friedlich herunter, wobei sich ihre Hängegitter entfalteten und eine Glocke dazu den Takt schlug. Kaum war die Schranke unten, schnaufte eine Dampflok mit grünen Personenwagen vorüber. In der Gegenrichtung folgte ein Güterzug. Später fuhren hier immer mehr Züge. Die Schranke öffnete sich seltener, bis sie eines

Tages ganz geschlossen blieb. Der Übergang wurde mit Zäunen verrammelt, das Schrankenwärterhäuschen fiel in sich zusammen und wurde schließlich weggeräumt.

Man konnte aber auch anders auf die gegenüberliegende Seite kommen. Hundert Meter links neben der Schranke führte nämlich eine Unterführung durch den Bahndamm. Sie war so flach, dass wir absteigen und die Räder schieben mussten. Wenn wir nach oben blickten, konnten wir über den Schienen den Himmel sehen. Vater hatte uns gewarnt. Wenn eine Dampflok dort oben Asche ablasse, falle uns Glut ins Gesicht. Außerdem noch das, was die Leute gerade in den Abort machten. Also nichts wie raus aus dieser Unterführung. Auf der anderen Seite stand das hölzerne Wirtshaus »Zum Wilden Mann«. Warum es so heiße, fragte ich den Wirt. Weil dieses Waldstück so heiße. Und warum heiße dieses Waldstück so? Da war er mit seinem Latein schon am Ende. Doch er schenkte Vater ein Bier ein und uns Kindern grüne und rote Fassbrause. Nachdem wir an den Klapptischen unter den alten Bäumen ausgetrunken hatten, ging die Reise weiter zum Auensee.

Den Auensee besuchten wir überaus gern. Vor allem wegen der kleinen Eisenbahn, die ihn umrundete. Als vor 1933 dort der Leipziger Lunapark zum Vergnügen einlud, hieß diese Liliputbahn »Luna-Express«. Heute nennt sie sich »Parkeisenbahn«. Wir hingegen fuhren in den offenen Wagen der »Pioniereisenbahn«. Das war ihr Name in der DDR, weil sie vor allem von »Pionieren« in deren Freizeit betrieben wurde. Diese Kinder betätigten sich als Fahrkartenverkäufer, Schaffner oder Schrankenwärter in Eisenbahneruniformen. Vor dem Lokschuppen und am Bahnhof bestaunten wir die kleinen, heißen Dampfloks und ließen uns dann von ihnen um den See ziehen. Sie zischten und dampften und rochen nach Öl, und ihr Steinkohlenrauch zwickte in der Nase. Auf dem See konnten wir dabei beobachten, wie ein kleiner Dampfer seine eigenen Runden zog. Er nannte sich »MS Weltfrieden«. Bei diesem schwergewichtigen Namen musste ich immer lachen, weil er mir für den kleinen Auensee viel zu groß bemessen schien. Oma Frieda hatte uns damals erzählt, dass der See ursprünglich eine Kiesgrube gewesen sei. Dann aber sei ein Bagger auf eine Wasserader gestoßen, und innerhalb weniger Minuten sei die Grube abgesoffen. Die Arbeiter hätten sich mit knapper Not retten können. Die Schienen, Loren und Bagger lägen jedoch weiterhin tief unten im Wasser. Seither gruselte mich vor Wasseradern, zumal ich ihre Zerstörungskräfte ja aus den Abenteuern der Digedags kannte.

Am Auensee fließt die Neue Luppe vorbei, die hinter Schkeuditz in die Weiße Elster mündet. Hatten wir eine große Tour geplant, fuhren wir weiter auf ihrem Damm entlang, mitten durch die offene Auenlandschaft. Unser neues Ziel hieß Hänichen, ein Dorf zwischen Leipzig und Schkeuditz. Trotzig erhob sich dort der Bismarckturm. Die DDR hat ihn nicht angetastet. Freilich verrottete er zusehends, seine Eisentür war aufgebrochen, und drinnen lagen die verkohlten Reste eines Lagerfeuers. Dennoch stiegen wir die schmale Betontreppe hinauf, die sich an den Innenwänden des gewaltigen Hohlkörpers im Viereck nach oben wand. Der Beton bröckelte, und von dem Eisengeländer baumelte die Hälfte schon gefährlich herab. Je höher ich stieg, desto mehr drückte ich mich an die Wand, desto mehr kribbelte es, desto schwindliger wurde mir. Der Mut aber zahlte sich aus.

Bei schönem Wetter öffnete sich ein herrliches Panorama. Ich konnte über die grünen Kupferdächer der allseits geschätzten Sternburg-Brauerei hinweg bis zum Leipziger Zentrum blicken und dann nach rechts im weiten Bogen zum großflächigen Auwald sehen. Was sich zwischen den Bäumen dahinzog und was ich von hier oben nur ahnen konnte, das war mein liebstes Fahrradziel. Alle Leipziger kannten diesen Ort und liebten ihn: den »Kanal«.

Am Kanal

Der Elster-Saale-Kanal hatte Leipzig einst mit der Saale verbinden sollen und über die Elbe dann mit dem Hamburger Hafen. Er wurde nie fertiggestellt. Was für ein Glück! Dadurch mündete der Kanal weder in die vergiftete Elster noch in die verseuchte Saale und bekam nie einen Schiffsverkehr. Mit seinen zwanzig Metern Breite und zwölf Kilometern Länge wurde er zum größten Freibad der DDR nach dem Ostseestrand. Seine Ufer grünten, frühmorgens hatte er kristallklares Wasser, und alle zehn Meter folgte eine sandige Badestelle auf die andere.

Im Hochsommer fuhren viele Tausend Leipziger mit dem Fahrrad, Moped oder Motorrad zum Baden an den Kanal, breiteten ihre Decken aus und stürzten sich ins warme Wasser. Viele hatten Taucherbrillen mit und Schnorchel, einige sogar teure Schwimmflossen. Inmitten der Schlingpflanzen schwammen vor allem Rotfedern. Beim Tauchen begegnete mir einmal ein riesiger Hecht, ein andermal schlich ein steinalter Wels über den Grund. Als Basisstation diente eine rot-blaue Luftmatratze. War sie hart aufgeblasen, konnte ich von ihr ins Wasser springen. Andere brachten außer Luftmatratzen aufgepumpte Schläuche von Traktorreifen mit und vergnügten sich damit. Die ganz Verwegenen sprangen von den genieteten Stahlbrücken, die sich hier und da über den Kanal spannten. Darauf herrschte kaum Straßenverkehr, und aus der Vorkriegszeit stand an den Pfeilern noch »Baden polizeilich verboten!« Das interessierte freilich keinen mehr.

Durch das vertrocknete Gras der Uferböschung huschten bei brütender Hitze zuweilen Eidechsen. In der Sonne konnten wir sie nicht fangen, da waren sie viel zu flink. Am Morgen aber bekamen wir schnell so ein kühles Wesen in die Hand. Nun musste die Eidechse beweisen, was von ihr behauptet wurde: Schwamm sie wirklich immer zum nächstgelegenen Ufer? Wir warfen sie weit ins Wasser und siehe, es stimmte.

Im Hochsommer breitete sich über dem Kanal eine riesige Musikwolke aus. Auf nahezu jeder Badedecke spielte ein großes

Kofferradio. Zumeist war es ein einfacher Stern Party oder ein besserer Stern III, seltener ein nobler Stern Elite. Diese Geräte beschallten das Wasser auf vielen Kilometern Länge von beiden Ufern her. Am Elster-Saale-Kanal fand gewiss der größte Massen-Rundfunkempfang aller Zeiten statt. Es war ein beinahe einheitlicher Empfang. Kassettenrecorder gab es noch nicht, und das tschechische Koffer-Tonbandgerät Uran, von dem viele träumten, war eine Seltenheit. DDR-Sender hatten am Kanal keine Chance, selbst DT64 nicht. Denn hier wollten alle pausenlos englischen Beat hören und nicht vollgequatscht werden. Da sämtliche DDR-Kofferradios auch Kurzwelle empfangen konnten, war Radio Luxemburg die erste Wahl. Tagsüber jedoch schwankte und pfiff der Sender ganz schön. Wenn das überhandnahm, wichen viele auf den Deutschlandfunk aus. Sender wie der RIAS oder AFN konnten in Leipzig nicht empfangen werden.

Zwei Mal täglich liefen sämtliche Radios am Kanal im vollkommenen Gleichklang. Um 12:30 Uhr und um 18:00 Uhr. Zu diesen Zeiten wanderten sämtliche Skalenzeiger zur Mittelwelle 935 Kilohertz, und aus Tausenden von Lautsprechern ertönte der Paukenschlag »Bum-bom, bum-bum-bom«. Das war die Kennung des Deutschen Soldatensenders. Jetzt ging die Post ab. Eine Stunde lang wurden alle Radios bis zur Verzerrung aufgedreht. Ein Hit folgte auf den anderen. Etwas dumpf zwar, aber zündend. Es liefen Songs wie »Surfin' USA«, »Lady Madonna«, »Sugar, Sugar«, »Mighty Quinn« oder »Bad Moon Rising«. Zwischen den Ufern breitete sich ein einzigartiger Sound aus, der durch die unterschiedliche Entfernung der Kofferradios einen leichten Hall bekam. Kaum einer badete mehr, fast alle klebten mit ihren Ohren an den Lautsprechern. Die Kofferradios dienten obendrein der zuverlässigen Wettervorhersage. Wenn es im Lautsprecher zu knistern begann, war Eile geboten. Aus der Ferne zog dann ein Sommergewitter heran.

Über den Kanal wurde auch gemunkelt, dass weit draußen, bei Dölzig, kurz vor der Autobahn, nackt gebadet werde. Also nichts wie hin! Mit einem Freund fuhr ich mehrere Male mit dem Rad nach Dölzig. Dort verlief das Kanalbett hoch über der Landschaft. So hoch, dass sogar zwei Straßen in Tunneln darunter durchführten. Und oben bestand das Kanalbett nicht etwa aus Sand und Schlingpflanzen wie in Burghausen oder in dem kleinen Waldstück Bienitz, sondern aus groben Bruchsteinen. Sie waren derart glitschig, dass man sich vorsichtig ins Wasser tasten musste, manchmal auf allen vieren. Die reiferen der nackten Mädchen boten uns nie geahnte Anblicke. Wir nackten Jünglinge mussten uns bäuchlings auf die Decke legen, um unsere Erregungen zu verbergen. Erst als es sittlich halbwegs zu verantworten war, erhoben wir uns und balancierten vom Damm ins ernüchternde Wasser.

Affeninsel und U-Boot

Diese Bezeichnungen kannten nur Eingeweihte. Die Affeninsel war für uns die Landspitze nordwestlich vom Elsterbecken, an der die Kleine Luppe in die Nahle fließt. Mit ihrem hohen und dichten Wald wirkte sie wie ein Dschungel. Ob die Affen vielleicht bei der Bombardierung Leipzigs aus dem Zoo ausgebüxt waren und sich hier verkrochen hatten? Eher nicht. Soweit wir wussten, war hier nie ein Affe gesichtet worden. Wir fuhren über eine schmale Brücke und den Waldweg weiter nach vorn, bis sich der Dschungel lichtete. An der Spitze fiel das Ufer steil ab. Linker Hand endete unten, auf Höhe der Kleinen Luppe, eine mannshohe Betonröhre. Daraus rann ein dünnes Bächlein. Wir kletterten die steile Böschung hinab und blickten in das finstere Loch. Allerdings wagten wir uns nicht hinein, denn diese Röhre führte direkt zur Kläranlage im Rosental. Wir hatten selbst schon gesehen, wie das Abwasser mit Naturgewalt herausschießen konnte. Also sahen wir zu, dass wir schnell wieder fortkamen.

Unsere Abenteuerfahrt führte über schmale Waldwege weiter und über die Gustav-Esche-Straße hinweg in jenen Teil des Auwaldes, der hinter dem Fußballstadion von Chemie Leipzig lag. Dort, auf einer Lichtung, stand das U-Boot. Das war eine waagerechte, aus gelben Klinkern gemauerte Röhre von etwa einem Meter fünfzig Innendurchmesser und zwanzig Metern Länge. Da floss der Bauerngraben hindurch, zumindest wenn er Wasser führte. Meistens lag er trocken. Wenn wir in diese Röhre hineinkrochen, gelangten wir in ihrer Mitte zum Turm des U-Bootes. Über dieser senkrecht gemauerten Röhre sahen wir hoch oben den Himmel. Der Aufstieg war nicht schwer, weil aus den gelben Klinkern eiserne Stufen herausragten, auf denen wir mühelos die fünf Meter erklimmen konnten. Oben wehte uns dann eine frische Ozeanbrise um die Nase. Als Kapitäne und Offiziere genossen wir den Blick über das wogende Meer. Das bestand zwar nicht aus Salzwasser, sondern aus wilden Grasflächen, Schafgarbe, Disteln und Kletten, und der Horizont wurde von Baumwipfeln gebildet. Doch all das nahmen wir gar nicht richtig wahr. Wir sahen rundum nichts als das weite Meer und erteilten unsere nautischen Kommandos.

Das U-Boot war weder deutsch noch sowjetisch noch amerikanisch. Es war einfach nur ein U-Boot. So eines wie die Trieste, in der Jacques Piccard fast elftausend Meter tief getaucht war. Oder so eines, das der Trieste sehr ähnelte und in dem die Digedags mit Professor Schlick in ein Seebeben gerieten und mit einer neuen Insel wieder auftauchten, deren Schlamm sich nach einem Blitzeinschlag in dieses neuartige Metall verwandelte, das härter war als Stahl und leichter als Aluminium und am Ende den Namen »Digedanium« erhielt. So etwas wollten wir auch entdecken.

Das Tandem

Um zur Erweiterten Oberschule zu gelangen, wo ich später das Abitur ablegte, musste ich zwischen 1972 und 1974 von Lindenau nach Gohlis fahren. Also beschloss ich mit einem Freund, ein gemeinsames Verkehrsmittel zu bauen. Eines, das Leipzig so noch nicht gesehen hatte: ein fetziges Tandem. Gedacht, getan. Mein Vater, der inzwischen auf Klapprad umgestiegen war, steuerte sein NSU-Rad mit den Ballonreifen bei. Bei einem anderen Freund stand ein altes Wanderer-Rad herum. Er schenkte es uns kurzerhand und bekam danach großen Ärger mit seinen Eltern. Da war es aber schon zu spät. Die noch fehlenden Teile fanden wir auf einem Schrottplatz.

Wir brachten das Material in die große Garage in der Rietschelstraße, wo einstmals die »Walzerfahrt zum Mond« eingelagert war. Hier fertigten wir eine Konstruktionsskizze an. Sie hätte zwar niemals den Anforderungen im Unterrichtsfach Technisches Zeichnen genügt, reichte jedoch zum exakten Messen, Sägen und Feilen. Als alles zu passen schien, wandten wir uns an Herrn Nossing, einen Schlossermeister aus der Nachbarschaft. Der betrieb eine eigene Werkstatt und erklärte sich bereit, die Teile hart zusammenzulöten. Die Lötlampe fauchte, die alte Farbe brannte ab, das Eisen glühte, und schmelzendes Messing verband alles zu unserer eigenen Konstruktion. Das Ergebnis machte einen soliden Eindruck. Wir bedankten uns mit einem Fuffi und trugen den schweren Rahmen auf den Schultern in die Garage. In einem Regal fanden wir passende Farbe, die von der »Walzerfahrt« übrig geblieben war. Damit strichen wir das Gestell rot-silbern gestreift, einschließlich der Luftpumpe. Die anderen Verkehrsteilnehmer sollten gewarnt sein: »Achtung, jetzt kommen wir!«

Bevor es so weit war, mussten wir noch die Mechanik montieren. Vorn bauten wir die Pedale seitenverkehrt ein, um den großen Zahnkranz auf die linke Seite zu bekommen. Die hinteren Pedale indes erhielten zwei große Zahnkränze. Einen linken, weil hier die erste Kette von vorn kam, und einen rechten, weil von dort aus die zweite Kette zum Hinterrad verlief. All das haben wir vorzüglich hinbekommen. Die gut geölte Mechanik lief einwandfrei. Abschließend bekam das Tandem noch eine Felgenbremse, einen Dynamo, eine extragroße Lampe, ein Rücklicht und obendrein einen Tachometer.

Allerdings wollten wir nicht nur gesehen, sondern auch gehört werden. Fahrradklingeln schieden aus, die hatte schließlich jeder. Wir kamen auf die Idee mit den zwei Tröten. Solche Krachinstrumente gab es für Fußballfans zu kaufen. Außerdem besorgten wir uns zwei rote Gummiblasen von Klistierspritzen und feilten ihre Löcher auf, sodass sie auf die Mundstücke der schwarzen Tröten passten. Diese herrlichen Signalhörner befestigten wir mit Laschen an den zwei Lenkern und erzeugten damit einen solchen Lärm, dass uns keiner überhören konnte.

Außer im Winter fuhren wir nun an jedem Schultag in Lindenau in den Auwald und in Gohlis wieder heraus. Ein paar Straßen weiter bogen wir in den Schulhof ein. Natürlich mit kräftigem Tuten. Uns war größere Aufmerksamkeit gewiss als jenen, die mit den neuesten Motorrädern von MZ vorfuhren. Zuweilen legten wir im Rosental frühmorgens eine Pause ein. Anstelle der Russischstunde rauchten wir am Teich neben dem alten Scherbelberg lieber eine Zigarette. Die Russischlehrerin konnten wir ohnehin nicht ausstehen. Dummerweise kannte sie meinen Vater aus seinen Zeiten als Fachberater. Da ich in Russisch immer schlechter wurde, sagte sie eines Tages zu mir: »Wenn du dich nicht zusammennimmst, komme ich zu euch nach Hause und rede mit deinem Vater.« Ich warnte ihn schon mal vor. Er entgegnete unerwartet trocken: »Die kommt mir nicht über die Schwelle.«

Seinen Höhepunkt erlebte das Tandem an einem stillen Sommersonntag. Autos waren kaum unterwegs, dafür ziemlich viele Spaziergänger. Wir hatten alles vorbereitet. Ich hatte eine Musikkassette mit den passenden Titeln bespielt, fünf frische Monozellen in mein KT100 eingelegt und mir die Kunstledertasche mit dem Kassettengerät umgehängt. Mein Freund hatte eine große Lautsprecherbox auf dem Gepäckträger montiert. Er stieg vorn auf, ich hinten. Ich steckte das Kabel der Box ins Kassettengerät, und schon strampelten und lärmten wir los. Wir erschreckten die biederen Bürger, indem wir das Wildeste spielten, was wir überhaupt besaßen: »Revolution« und »Helter Skelter« von den Beatles, »Satisfaction« und »Street Fighting Man« von den Stones sowie »Whole Lotta Love«, »Black Dog« und »Rock and Roll« von Led Zeppelin. Mit voller Lautstärke fuhren wir kreuz und quer durch Lindenau und tuteten mit beiden Tröten, wenn die Leute uns hinterherschimpften. Es war einfach herrlich! Das ging so lange, bis die Batterien leer waren.

Im Laufe der Zeit musste unser Tandem einiges aushalten. In den Kurven bog es sich, auf dem Kopfsteinpflaster vibrierte es, und manchmal blieb ein Ballonreifen in der Straßenbahnschiene stecken. Dennoch hielt das Vehikel bis zum Abitur durch. Genau wie wir.

Fotografische Experimente

Mit etwa fünfzehn Jahren blickte ich gern in das Schaufenster des Fotogeschäfts in der Merseburger Straße. Dort lag meine Traumkamera: eine Zenit E. Diese Spiegelreflexkamera aus sowjetischer Produktion besaß die Größe einer Praktica, verfügte zusätzlich aber noch über einen Selbstauslöser und einen eingebauten Belichtungsmesser. Zudem war sie deutlich preiswerter als die Praktica L meines Vaters. Ich arbeitete also während der Sommerferien in der PGH Elektrotechnik, in der meine Mutter beschäftigt war, und kaufte mir vom Lohn die ersehnte Zenit E. Hinzu kamen die Utensilien für die Filmentwicklung wie Wechselsack, Entwicklungsdose, Trichter, Messzylinder, Dosenthermometer, Entwickler, Fixiersalz und mehrere Filme NP20 von ORWO. Diese feinkörnigen Schwarz-Weiß-Negativfilme kaufte ich in Blechdosen mit je drei Stück, die ich dann im lichtdichten Wechselsack einzeln in leere Patronen fädelte. Nun konnte ich meine Filme nach dem Fotografieren sofort entwickeln.

Entwickeln hieß, den belichteten Film im Lichtsack auf die Trommel der Entwicklungsdose rollen, die Dose schließen, aus dem Sack holen, den angerührten Entwickler einfüllen, unter Drehen nach Stoppuhr entwickeln, zwischenwässern, fixieren und eine Stunde lang wässern. Schließlich klammerte ich den fertigen Film zum Trocknen an die Leine über der Badewanne und betrachtete neugierig die Negative. In der folgenden Nacht okkupierte ich das Bad, verhängte das Fenster mit einer Decke, baute den geliehenen Vergrößerungsapparat auf, füllte die drei Fotoschalen mit Entwickler, Unterbrecherbad und Fixierwasser, stellte alles auf die Badbretter, die ich über die Wanne gelegt hatte, und begann im Schein einer dunkelroten Lampe mit dem Vergrößern. Die fertigen Papierbilder wässerte ich in der gefüllten Badewanne und trocknete sie auf der ebenfalls geborgten Trockenpresse. Eine eigene Dunkelkammerausrüstung konnte ich mir erst später leisten.

Auch mein Bruder entwickelte seine Fotos selbst und versuchte sich später sogar im Vergrößern von Farbbildern. Vater hingegen brachte seine belichteten Filme ins Foto-Atelier Walther und holte sich eine Woche später die fertigen Schwarz-Weiß-Bilder ab. Damals hatten sie üblicherweise das Format von sieben mal zehn Zentimetern. Heute reichen für doppelt so große Farbbilder ein paar Minuten am Fotodrucker zu Hause oder in der Drogerie oder eine rasche Onlinebestellung.

Ich fotografierte gern und viel und entwickelte dabei einen fotografischen Blick. Bei einem Renft-Konzert füllte ich einmal einen ganzen Film mit Cäsar, Kuno, Monster und all den anderen. Im Gebirge versuchte ich mich ein andermal in der Panoramafotografie. Stets interessierte mich das Besondere. Zum Beispiel die Stereofotografie. Ich kaufte mir also zwei Dia-Filme UT18 und zog mit meiner Zenit E in den Auwald. Dort suchte ich Motive mit unscharfem Vordergrund, markantem Mittelgrund und tiefem Hintergrund und fotografierte jeweils zwei Bilder, wobei ich die Kamera im Augenabstand versetzte. Ehe ich mich versah, waren die beiden Filme voll. Ihre Entwicklung mit dem ORWO-Farbentwicklersatz war deutlich aufwendiger als jene von Schwarz-Weiß-Filmen. Am Ende hatten beide Filme einen Grünstich. Dennoch rahmte ich die 3D-Dias und steckte sie paarweise in das Maliscop, diesen Bildbetrachter aus Plastik, mit dem eigentlich Kinder ihre Stereobilder mit Teddybären oder Märchen betrachteten. Ich musste die einzelnen Dias zwar ein wenig justieren, wurde dann aber mit dreidimensionalen Blicken in die Tiefen des Auwalds belohnt. Den blühenden Bärlauch konnte ich geradezu riechen. Hätte Herr Kostelnik, der Naturliebhaber, noch nebenan gewohnt, dem hätte das bestimmt gefallen.

Einen solchen Aufwand betrieb ich kein zweites Mal. Als ich später in einem Schaufenster am Prager Wenzelsplatz eine 3D-Kamera mit zwei Objektiven sah, kehrte meine Begeisterung jedoch sofort zurück. Leider war sie für mich unerreichbar. Nicht nur wegen ihres stolzen Preises, sondern auch wegen der arg eingeschränkten Möglichkeiten zum Kronentausch. Ersatzweise sah ich mir Stereo-Diavorträge im großen Saal der Leipzig-Information am Sachsenplatz an. Mit der Spezialbrille konnte ich sogar in die Tiefen von Städten und Landschaften blicken, die damals unerreichbar waren.

Dia-Abende

Nach jedem Urlaub und jedem Familienereignis rahmte unser Vater in mühevoller Kleinarbeit seine Farbdias, beschriftete sie und sortierte sie chronologisch in hölzerne Diakästen ein. War er fertig, versammelte sich unsere Familie abends in der Stube. Einer rollte vor dem Ofen die große Leinwand aus, ein anderer baute den Aspectar auf. Der Aspectar war ein kleiner Bildwerfer aus Metall, der sehr heiß wurde. Mutter stellte noch Salzstangen auf das weiße Tischtuch, später auch Wurzener Erdnussflips, und genehmigte sich ein Glas Weißwein. Vater trank lieber Bier, im Herbst und Winter ausschließlich Bockbier.

Waren die Vorbereitungen abgeschlossen und alle in der Stube, fragte Vater: »Wer schaltet denn mal das Licht aus?« Das galt jenem Kind, das dem Lichtschalter am nächsten saß. Die Stube wurde dunkel, der Projektor strahlte, der Dia-Abend konnte beginnen. Er führte uns in die gemeinsamen Sommerurlaube an der Ostsee, im Harz, in Thüringen, in Sachsen, in Polen oder in der Tschechoslowakei oder einfach nur auf eine Tour durch Leipzig oder Berlin. Andere Dia-Serien erinnerten uns an Geburtstage, Einschulungen und Jugendweihen, an Ostern und Weihnachten, und sie zeigten viele gestellte Familienfotos und Alltagsszenen. Mutter meinte fast immer, sie sei unglücklich getroffen. Vater hingegen schien mit sich zufrieden zu sein.

Das charakteristische Geräusch eines Dia-Vortrags war das »Klack-Klack« des Wechselschiebers. Oben kam ein Dia hinein, dann schob Vater den Hebel »Klack« nach unten und zog ihn »Klack« wieder herauf, wobei er das vorangegangene Dia mit nach oben holte und gleich das nächste lud. Zunächst hatte Vater die Diapositive sorgsam in verglaste Papprähmchen geklebt und beschriftet. Später kamen glaslose Rähmchen aus Plastik auf. Bei denen war der Diafilm jedoch unmittelbar der heißen Strahlung ausgesetzt. Nach ein, zwei Sekunden wölbte er sich und machte vernehmlich »Plopp«. Je nachdem, wie das Objektiv des Projektors eingestellt war, wurde das Bild auf der Leinwand scharf oder unscharf. Vater musste die Schärfe ständig korrigieren. Daran hatten wir uns gewöhnt. Lacher gab es allerdings, wenn ein Bild auf dem Kopf stand.

Waren unsere Messegäste zu Besuch, zählten sie quasi mit zur Familie. Folgerichtig wurden auch sie mit Dia-Abenden beglückt. Dafür stellte Vater, ganz Pädagoge, individuelle Vorträge zusammen. Der Stubentisch zeigte sich jetzt anders als sonst. Das gebügelte Weiß der Tischdecke war kaum noch auszumachen. Vor und neben dem Projektor stand alles voller Gläser und Flaschen wie Sternburg German Pils, Asbach Uralt, Cointreau und Kröver Nacktarsch. Mittendrin stanken Aschenbecher vor sich hin, zwischen denen eine aufgeklappte 24er Tischschachtel HB lag. Herr Braun, seines Zeichens Fabrikbesitzer, trug zwar keinen Zylinder, so wie ich mir das vorgestellt hatte, rauchte aber wenigstens die standesgemäß dicken Zigarren. In diesem Dunst trat der Lichtkegel des Diaprojektors wunderbar hervor und bildete die eigentliche Lichtquelle der Stube. Zunehmend mussten Gläser und Flaschen aus dem Strahlengang geschoben werden. Mutter öffnete alle Fenster und ließ die abendliche Herbstluft des Auwaldes herein. Die Erwachsenen wurden immer fröhlicher, erzählten sich Geschichten aus einer versunkenen Zeit, und ein Witz gab den anderen. Für Vaters Diavortrag interessierte sich längst keiner mehr.

Zuweilen war auch Filmabend. Vater hatte ja mit seiner Pentaka 8 zum Aufziehen so manchen Schmalfilm gedreht. Anfangs in schwarz-weiß, später in ORWO-Color. Außer der Familie filmte er besondere Ereignisse wie die Schwimm-Europameisterschaften von 1962, die im neuen Leipziger Schwimmstadion stattfanden. Vater saß auf der steilen Zuschauertribüne und drehte einen Filmmeter nach dem anderen. Teilweise mit Teleobjektiv oder gar in Zeitlupe. Weil wir zunächst keinen eigenen Projektor besaßen, gingen wir zum Filmeansehen hinunter zu Schmidts ins Erdgeschoss. Schmidts filmten ebenfalls. Also sahen wir uns zuerst deren Ostseeurlaub an und danach die Europameisterschaften. Beides in Farbe. Die Zwillinge und ich fanden die roten Sonnenuntergänge über dem Meer viel eindrucksvoller als Vaters Wassersportler. Da hatte Herr Schmidt eine zündende Idee. Er stellte den Projektor auf den Kopf, kurbelte Vaters Film mit der separaten Rückspuleinrichtung auf Ende, legte ihn verkehrt herum ein und startete. Nun kraulten die Schwimmer rückwärts durch das blaue Wasser und flogen mit den Füßen voran aus dem Becken auf die Startblöcke. Wir prusteten los. Bei der nächsten Szene bewegte sich das Wasser des benachbarten Sprungbeckens, dann spritzte es verkehrt herum, Zehen tauchten auf und stiegen nach oben. Es folgten Waden, ein schlanker Körper und gestreckte Arme. Rückwärts nach oben fliegend, drehte eine Wasserspringerin Schrauben und Saltos, um schließlich kerzengerade in zehn Meter Höhe auf dem Sprungturm zu landen und ihn rückwärts schreitend zu verlassen. So sehr wie bei dieser Vorführung hatten wir bisher nicht einmal bei Charlie Chaplin gelacht.

Später filmte Vater nicht mehr. Dafür fotografierte er umso fleißiger. Als er in den achtziger Jahren mit Mutter ins Rentenalter kam, sie mit sechzig, er mit fünfundsechzig, fuhren sie regelmäßig in den Westen. Stets schleppte Vater seine Praktica L mit und dazu noch den nötigen Belichtungsmesser Weimarlux, der die Größe einer Zigarettenschachtel hatte. Damit stand er eines Tages in Wien vor dem Stephansdom und maß das Licht. Ein Mann trat auf meinen Vater zu und frage interessiert: »Sagen'S, was haben'S denn da für ane tolle japanische Kamera?«

Der neue Wartburg

Seit 1970 besaß unsere Familie ein eigenes Auto. Einen Wartburg 353. Alle nannten ihn den »neuen Wartburg«, weil er sich wesentlich von den rundlichen Vorgängermodellen Wartburg 311 und 312 unterschied. Die neue Karosserie war kastenförmig, zugleich aber zeitlos modern. Ein Witz machte die Runde: »Was ist der Unterschied zwischen dem neuen Wartburg und einer Schrankwand aus Zeulenroda? Die Schrankwand hat den geringeren Luftwiderstand.«

Unserem neuen Wartburg sollte kein leichtes Leben beschieden sein. Der Ärger begann schon am ersten Tag. Mein Vater und mein großer Bruder hatten gerade erst ihre Fahrerlaubnis Klasse vier gemacht, da kam der Bescheid, dass unser Auto bereitstand. In Eisenach. Also fuhren die beiden mit der Reichsbahn nach Thüringen und bekamen im VEB Automobilwerk nach den entsprechenden Formalitäten einen papyrusfarbenen Wartburg mit fünfzig PS. Sie begutachteten das Fahrzeug gewissenhaft. Danach schraubte ein Mitarbeiter die vorbereiteten Nummernschilder an. Nun rollten sie zur nächsten MINOL-Tankstelle, denn sie waren gewarnt worden, dass der Sprit nur wenige Kilometer reiche. Nach dem Tanken des Benzin-Öl-Gemischs fuhren sie auf der Autobahn zum Hermsdorfer Kreuz und legten zum Fahrerwechsel eine Pause ein. Dabei kontrollierten sie die viertürige Limousine, indem sie einmal um sie herumgingen. Doch was war das? An der vorderen Stoßstange hing ein anderes Kennzeichen als am Kofferraum. Skandal! Sofort zurück! Im Eisenacher Automobilwerk wartete bereits der Besitzer eines anderen Wartburgs auf sie. Sein Wagen hatte ebenfalls zwei verschiedene Kennzeichen. Der Ärger verflog im Nu. Sie lachten, tauschen die Nummernschilder aus und fuhren ihrer Wege.

In Leipzig angekommen, lud Vater die Familie zur Probefahrt in den Wagen. Mutter bekam den Beifahrersitz. Bruder, Schwester und ich krabbelten auf die weiche Hinterbank. Der Innenraum roch frisch nach Kunstleder und Lack. Ehe wir uns versahen, startete Vater schon. Rietschelstraße – Uhlandstraße. Vater am Lenkrad: »Der zieht aber schlecht.« William-Zipperer-Straße – Am Wasserschloß – Hans-Driesch-Straße. Mutter: »Hier riecht es aber brenzlig!« Friesenstraße – Rietschelstraße. Mutter: »Das wird ja immer schlimmer!« Vater und Mutter vor unserem Haus: »Schnell! Sofort alle raus!« Die Hinterräder qualmten. Der Gummi war brenzlig heiß. Allein, wo lag die Ursache? Vater hatte vergessen, die Handbremse zu lösen. Lachen konnte er darüber erst später.

Der erste Autourlaub mit der ganzen Familie führte uns nach Cunersdorf bei Annaberg-Buchholz. Im Westradio liefen gerade die Sommerhits »Cecilia« und »El Condor Pasa« von Simon & Garfunkel. Auf der Rückreise fuhren wir in Leipzig durch die Straße des Komsomol. Die Ampel neben der Apostelkirche in Großzschocher zeigte Rot. Wir stoppten. Wumm! Hinten flog die Kofferraumklappe hoch. Wir stiegen aus und sahen die Bescherung. Unser Heck hatte eine v-förmige Kerbe, die Koffer quollen oben heraus, und hinter uns dampfte der Kühler der Unfallgegnerin. Sie kam aus ihrem Moskwitsch und sagte: »Entschuldigung. Ich dachte, Sie schaffen's noch rüber.«

Einige Monate später, die Karosserie war inzwischen repariert, starb mein Großvater auf Besuchsreise im Westen. Oma Hilde kam mit der Bahn zurück. Vater holte sie mit dem Wartburg vom Hauptbahnhof ab. Sie fuhren über den Karl-Marx-Platz. Vater hielt an der roten Ampel. Wumm! Wieder hinten. Der Unfallgegner stieg diesmal aus einem Škoda, blickte unter die eigene Karosse und sagte: »Entschuldigung. Der Bremsschlauch ist geplatzt.« Oma Hilde hatte hinten gesessen, und bei dem Aufprall war ihr Kopf gegen die Heckscheibe geflogen. Körperlich blieb sie unversehrt. Jedoch konnte sie sich wochenlang nicht mehr daran erinnern, dass ihr Mann gestorben war. Bei dem Aufprall hatte sich die Karosserie verzogen. Das Blech und die aufgesetzten Rücklichter wurden zwar repariert, der Kofferraum indes hing fortan auf der linken Seite ein paar Zentimeter herab.

Auch die rechte vordere Tür hatte es nicht leicht. Mutter stieg gewöhnlich im Hof aus und schloss die Beifahrertür. Dann erst fuhr Vater in die Tiefen der Garage. Dabei musste er aufpassen, dass er den senkrechten T-Träger rechts stehen ließ, an dem Herr

Muske immer seine »Walzerfahrt«-Pinsel ausgestrichen hatte. Am fraglichen Tag lehnte Mutter die Beifahrertür nur an. Vater hingegen fuhr besonders schwungvoll hinein und bremste hart. Die rechte Tür flog auf. Wumm! Sie war gegen den bunten T-Träger geknallt. Die Beule war klein, der Ärger groß. Da die Tür aber noch schloss, wenn auch etwas klemmend, fuhr Vater diesmal nicht in die Werkstatt. Er demontierte einfach das Türfutter, drückte die Beule weitgehend heraus und kaschierte die Schramme mit papyrusfarbenem Reparaturlack, den er schon öfter gebraucht hatte.

Das große Dach der Garage bestand aus rohen Brettern, die mit Dachpappe beklebt und geteert waren. Der Zahn der Zeit nagte daran, und bei Regen tropfte es durch. Mutter erreichte bei der Wohnungsverwaltung, dass es frisch geteert wurde. Teer stellte man in der DDR aus minderwertiger Braunkohle her. Bei Hitze weichte er auf, bei großer Hitze wurde er flüssig. Am ersten heißen Sommertag tropfte es schwarz auf unseren Wartburg herab. Vater zog eine alte Plane darüber und kaufte Teerentferner. Die Chemikalie war ohnehin nötig, weil im Hochsommer die Räder fröhlich Teertropfen von der Straße hochspritzten, wodurch die Autos Sommersprossen bekamen. Bremsten sie vor Kreuzungen, schob sich die weiche Teermasse zu meterlangen Waschbrettern zusammen, die nach dem Erkalten einfach wellig blieben. Wer dann zügig darüber hinwegfuhr, den rüttelte es durch bis zur Gehirnerschütterung.

Bevor Vater Auto fuhr, war er mit seiner dunkelroten Jawa ohne erkennbaren Ehrgeiz am rechten Bordstein entlanggezuckelt. Damals parkte da kaum einer. Die Fahrbahnmitte überließ er stets den Größeren. Genau so fuhr er später Auto. Es ist schon ein Wunder, dass er niemals einen Radfahrer erwischt hat. Seltsamerweise ist auch auf den Landstraßen nichts passiert, wo Vater den Straßenverkehr vollkommen als Nebensache betrachtete. Im Gegensatz zur Landschaft. Das klang etwa so: »Seht mal! Dort oben! Habt ihr die Burg entdeckt?« Bei diesen Worten sackte das Tempo in Richtung Schrittgeschwindigkeit ab. Die Schlange hinter uns wurde immer länger. Nun folgte ein dunkler Wald. Vater gab Vollgas. Alle ließ er hinter sich. Plötzlich holperte es gewaltig. Ich sagte: »Vater, du bist soeben mit Hundert über einen Bahnübergang gerast. Erlaubt sind Fünfzig!« Seine Antwort kam seelenruhig: »Aber hier ist doch gar nichts weiter zu sehen.«

Kritisch wurde es noch einmal, als wir spät abends am Rande einer fremden Stadt ihren großen Parkplatz verließen. Da wir die Letzten waren, fuhr Vater rasant rückwärts aus der Parkmarkierung. Instinktiv drehte sich die ganze Familie um. Eine Sekunde später schrien wir: »Haaalt!« Vater ging auf die Klötzer und blickte verstört um sich. In der Mitte des Platzes erhob sich eine große Laterne. Die einzige weit und breit. Unser Kofferraum stand wenige Zentimeter davor. Wir hatten das Auto gerettet. Zum Glück für meinen großen Bruder. Denn er übernahm das leidgeprüfte Fahrzeug von unseren Eltern, als diese nach über zehn Jahren Wartezeit erneut einen Wartburg 353 kauften. Diesmal entschieden sie sich für ein gelbes Modell. Für die anderen Verkehrsteilnehmer war das besser zu erkennen.

Leipzig gestern – heute – morgen

Der Sachsenplatz, der heute mit vier Eckhäusern und dem dahinter stehenden Bildermuseum verbaut ist, war einstmals sehr beliebt. An der Seite zur Katharinenstraße plätscherten drei wasserspeiende Pusteblumen aus Chromstahl in drei großen Wasserbecken friedlich vor sich hin. Auf der gegenüberliegenden Seite standen drei eckige Pavillons. Zwei davon wurden vom Leipziger Centrum-Versandhaus betrieben, das 1976 gemeinsam mit dem Konsument-Versandhaus Karl-Marx-Stadt geschlossen wurde. Wegen Warenmangels. Das Wichtigste auf dem Sachsenplatz aber war das zweigeschossige Gebäude der Leipzig-Information mit seiner umlaufenden Verglasung und der fächerartigen Dachkonstruktion. Darin kaufte ich hin und wieder Eintrittskarten für Konzerte, besuchte Veranstaltungen im großen Saal oder sah mir Ausstellungen an wie »Die Schönsten Bücher der DDR«.

Im Frühjahr 1970, ein halbes Jahr nach ihrer Eröffnung, zeigte die Leipzig-Information eine ganz besondere Ausstellung. Sie präsentierte den weit in die Zukunft reichenden Generalbebauungsplan für die Messestadt. Daran schloss sich im Alten Rathaus die Ausstellung »Leipzig gestern – heute – morgen« an, die ein paar Jahre später noch den Generalverkehrsplan sowie ein großes Innenstadtmodell mit allen künftigen Bauprojekten vorstellte. Das war sensationell. Tausende strömten hin. Ich natürlich auch. Wir Leipziger nahmen ja seit jeher regen Anteil an der Entwicklung unserer Stadt. Und was da nicht alles geplant war!

Die Blockbebauung der inneren Vorstadt, die den Krieg überlebt hatte, sollte weitgehend durch Neubauten ersetzt werden. Als zeitgemäß galten jetzt aufgelockerte, fließende Stadträume. Zügig fließen sollte auch der Straßenverkehr. Ein innstädtischer Autobahnring musste her. Verlaufen sollte er über die weitläufigen Gleisanlagen nördlich vom Hauptbahnhof und von dort weiter nach Westen durch das Rosental zu einem Dreieck im Auwald, dann entlang der Kleinmesse nach Süden, mit einer Brücke über die Jahnallee, am Palmengarten entlang, mit einer weiteren Brücke über die Karl-Heine-Straße, durch den Clara-Zetkin-Park, über die Rennbahn Scheibenholz, östlich davon über ein spaghettiartiges Dreieck, danach mit Anschlussstellen unter der Dufourstraße hindurch und unter der Straße des 18. Oktober, der Leninstraße und der Straße der Befreiung ebenfalls, um schließlich in einem riesigen Spaghettiknoten nordöstlich vom Hauptbahnhof das Oval zu schließen.

Selbstverständlich hatte man auch markante Hochhäuser geplant. Die Universität war bereits in Form eines aufgeschlagenen Buches hochgezogen worden. Nun sollten an der Wintergartenstraße insgesamt drei Wohnhochhäuser folgen, mehrere Hochhäuser zudem an der Gerberstraße sowie am Friedrich-Engels-Platz, gegenüber dem Konsument-Warenhaus. Dort sollte obendrein eine große, im Viereck verlaufende Fußgängerbrücke errichtet werden, eine weitere sollte nördlich der Thomaskirche über den Dittrichring führen. Auch die Brache des Wilhelm-Leuschner-Platzes wurde mit Hochhäusern bedacht. Und an der Stelle des späteren Gewandhauses sollte ein rundes, mit Kupfer verkleidetes Auditorium Maximum entstehen. Ach, wie konnte ich mich in diese Pläne versenken, wie konnte ich mich in diese Zukunft hineinträumen!

Es kam noch besser. Unter Leipzig sollten sogar Tunnel für eine U-Bahn gegraben werden. Eine Ost-West-Strecke sollte unterirdisch aus Richtung Torgauer Straße kommen, unterhalb des Hauptbahnhof-Vorplatzes verlaufen und weiter unter der Jahnallee bis zur Angerbrücke, um sich hier dreifach zu verästeln. Aus dem Norden hingegen sollten drei unterirdische Linien zum Hauptbahnhof führen, sich unter dem Markt beziehungsweise unter der Goethestraße entlangziehen, um sich dann nach Süden beziehungsweise Südosten zu verzweigen. Einfach grandios! Ich war begeistert.

Doch aus all diesen Plänen wurde so gut wie nichts. Denn ab 1973 flossen alle verfügbaren Mittel fast ausschließlich in das Wohnungsbauprogramm. Die Arbeiten am Leipziger Stadtzentrum wurden eingestellt. Einzige Ausnahme war das 1981 vollendete Gewandhaus. Die »sozialistische« Umgestaltung der DDR-Städte hatte sich, abgesehen von Berlin, generell erledigt. Wenn ich heute an die radikalen Pläne für Leipzig zurückdenke, war deren Aufgabe ein großes Glück. Andererseits verfiel die Stadt zunehmend. Schließlich wurde gar die Frage gestellt: »Ist Leipzig noch zu retten?«

Die »Walzerfahrt zum Mond« war nicht zu retten. Auch die Bewohner der Rietschelstraße 49, die in meiner Kindheit erwachsen waren, leben längst nicht mehr. Das Haus aber steht noch und wurde inzwischen gründlich saniert. Sein Dach ist ausgebaut und frisch gedeckt. Dort oben gibt es heute jedoch nur noch eine einzige Dachluke und einen einzigen kurzen Steg, der zum letzten verbliebenen Schornstein führt. Ich kann mir nicht vorstellen, dass sich dort oben noch einmal jemand hinsetzt, um träumend über den Auwald zu schweben, wie ich es in den sechziger Jahren getan habe. Für so etwas nutzt man heute wohl eher Google Maps.

Wer aber zu Fuß durch Leipzig geht, der sieht vielerorts gerettete und sanierte Häuser. Auch der gelbe Wappenschild mit dem lesenden Goethe, der einst auf einem der Wohnhochhäuser gegenüber dem Sachsenplatz angebracht war, wurde neu hergerichtet und auf die Höfe am Brühl montiert. Das Zitat daneben, das seinem »Faust« entnommen ist, gilt heute wie ehedem:

»Mein Leipzig lob' ich mir …«